雨花忠魂 雨花英烈系列纪实文学

燃烧的云

谢庆云烈士传

晁如波 著

江苏凤凰文艺出版社

图书在版编目（CIP）数据

燃烧的云：谢庆云烈士传 / 晁如波著 . — 南京：
江苏凤凰文艺出版社，2023.1（2025.2重印）
（雨花忠魂：雨花英烈系列纪实文学）
ISBN 978-7-5594-7425-4

Ⅰ . ①燃… Ⅱ . ①晁… Ⅲ . ①纪实文学 – 中国 – 当代
Ⅳ . ① I25

中国版本图书馆 CIP 数据核字 (2022) 第 252096 号

燃烧的云：谢庆云烈士传

晁如波 著

出 版 人	张在健
责任编辑	张 婷　查品才
封面设计	马海云
责任印制	刘 巍
出版发行	江苏凤凰文艺出版社
	南京市中央路 165 号，邮编：210009
网　　址	http://www.jswenyi.com
印　　刷	南京新洲印刷有限公司
开　　本	880 毫米 ×1230 毫米　1/32
印　　张	6.75
字　　数	180 千字
版　　次	2023 年 1 月第 1 版
印　　次	2025 年 2 月第 2 次印刷
书　　号	ISBN 978-7-5594-7425-4
定　　价	32.00 元

江苏凤凰文艺版图书凡印刷、装订错误，可向出版社调换，联系电话 025-83280257

"雨花忠魂·雨花英烈系列纪实文学"丛书编委会名单

张爱军　徐　宁　邢光龙

万建清　毕飞宇　汪兴国

鲁　敏　高　民　邵峰科

青春多壮志　热血谱华章

中共江苏省委书记、省人大常委会主任　吴政隆

英雄是民族最闪亮的坐标。翻开我们党一百多年非凡的历史篇章，一代又一代中国共产党人以"为有牺牲多壮志，敢教日月换新天"的英雄气概，为国家富强、民族复兴、人民幸福甘洒热血、奉献生命，谱写了一曲曲感天动地的英雄壮歌。南京雨花台，是新民主主义革命时期共产党人集中殉难地，在这里英勇就义的革命烈士留下姓名的就有1519名。他们正值青春年华，大部分出生于富裕家庭、受过高等教育，牺牲时平均年龄不到30岁。他们用鲜血浇灌理想、用生命捍卫信仰，留下了气壮山河、彪炳史册的事迹，展示了中国共产党人的崇高理想信念、高尚道德情操、为民牺牲的大无畏精神，在中华民族伟大复兴的历史征程中树立起不朽的精神丰碑。

习近平总书记指出，"对中华民族的英雄，要心怀崇敬，浓墨重彩记录英雄、塑造英雄，让英雄在文艺作品中得到传扬，引导人民树立正确的历史观、民族观、国家观、文化观"。中共江苏省委宣传部和江苏省作家协会组织创作的"雨花忠魂·雨花英烈系列纪实文学"丛书，以文学的形式记录英雄、礼赞英雄，讲述了朱杏南、周镐、赵景升、胡廷俊、陈处泰等雨花英烈的革命事迹，让我们透过文字穿越历史,感受先烈们舍家弃业只为"寻找光明而快乐的路"的不灭信仰,感受先烈们"打断了双腿,也打不断共产党人坚强意志"的不屈灵魂,感受先烈们慷慨赴死"只求换得光明"的不朽精神,具有重要的历史见证价值、文明传承价值和思想教育价值,也为党史学习教育常态化长效化提供了生动教材。

在江苏这片深深浸染先烈鲜血的红色热土上,全省人民牢记习近平总书记的殷殷嘱托,坚决扛起"在改革创新、推动高质量发展上争当表率,在服务全国构建新发展格局上争做示范,在率先实现社会主义现代化上走在前列"的光荣使命,奋力谱写"经济强、百姓富、环境美、社会文明程度高"新江苏现代化建设新篇章。 新的征程上,我们要坚持用习近平新时代中国特色社会主义思想武装头脑,大力传承弘扬雨花英烈的精神风范,用英雄的火炬照耀前路,将使命化为担当,将责任化作奉献,在先烈先辈们用生命和鲜血开辟的道路上不懈奋斗、永远奋斗,奋力书写无愧于时代的壮美篇章,这是对英烈最好的告慰。

天地英雄气,千秋尚凛然。 雨花英烈永垂不朽! 雨花英烈的精神风范将永远铭记在我们心中!

是为序。

目 录

001	前言	
001	第 一 章	生乱世名携暗示　来人间民福潜求
019	第 二 章	入军营苦练本领　秉夜烛彻夜苦读
034	第 三 章	弃暗投明苦无路　冯蒋合作闹剧多
051	第 四 章	几经沉浮光明现　一路辗转仍无望
079	第 五 章	被迫投"汪伪"愁苦　楚光遇旧友纳闷
092	第 六 章	街头相逢一瞬间　心头盘桓久不散
113	第 七 章	入组织为党分忧　运枪药继续潜伏
129	第 八 章	火线策反显功绩　盐城起义获成功
144	第 九 章	潜伏孙营任务重　暗中策反波澜起
156	第 十 章	王清瀚战场起义　孙良诚被迫投诚
184	第十一章	百变孙良诚再变　策反刘汝明遇难
196	第十二章	人民不忘爱国士　革命烈士永不朽
201	后记	

前　言

南京雨花台烈士纪念馆。

走进第八展厅,首先映入人们眼帘的是几幅威武严肃的烈士遗像,有谢庆云、陈楚光、周镐、王清瀚、祝元福……走近谢庆云烈士遗像,人们不由自主地停下来,只见他眉宇之间英气逼人,眼神中透出智慧和沉着之光,一身凛然正气。纪念馆里设有谢庆云烈士的遗物陈列室,室内陈列的有1928年冯玉祥将军赠送给他的一双象牙筷子,1929年吉鸿昌将军赠送给他的一块地毯……

这个从山东巨野大谢集村走出

来的农家娃子，二十一岁参军，一生戎马，从一个底层的新兵一步一步走上国民党高级将领的位置，直至后来秘密加入中国共产党，为中国人民的解放事业献出了年轻的生命，书写了一个中国人吃苦拼搏、沉着向前的人生典范，树立了中国人不怕苦不怕累，一心为民的精神丰碑。

从秘密加入中国共产党的那一刻起，他便置生死于度外，置妻儿于不顾，一心向党，一意为民。他有无数次机会可以转到安全区，可他无惧危险、不怕牺牲，毅然决然留在国民党军营中，继续潜伏，随时准备为革命献身。

成功策反赵云祥后，他可以选择离开，他没有……

成功策反孙良诚后，他也可以选择离开，他仍没有……

因为他心中装着比自己的生命和家人的安全更重要的事。他憧憬着革命胜利的那一天，他盼望着全国人民都过上幸福生活的那一天，而不是只有他们一家人过上安全幸福的日子，可是就当这一天即将来临之际，他却倒在敌人的杀戮之中……

……

本书全面地记述了中共秘密战线上的杰出代表人物谢庆云烈士鲜为人知的传奇人生。

第一章
生乱世名携暗示
来人间民福潜求

山东巨野是一个历史悠久、人杰地灵的地方。

地处鲁西南大平原腹地的巨野县，因古有大野泽而得名。境内有万福河、洙水河、洙赵新河和郓巨河。大野上的河流汇入东北部的一片洼地，形成湖泽，得名大野泽。远古的鲁西南，是鲁民活动的中心，鲁人西出群山，见此地连绵旷野，谓之"人野"。"大"者，"巨"也，故"大野"亦称"巨野"。

巨野最早是何时出现的，确切年代已不可考。但根据一些古籍记载，我们可以断定，至少在夏代以前，巨野已经出现，距今有四千余年。位于巨野县城南二十七公里的大谢集镇前昌邑村，是西汉山阳国、昌邑国的都城，现在谓之昌邑故城。可见巨野的历史之悠久。

北宋初年，巨野诞生过著名的文学家王禹偁。稍后，又有一位"苏门四学士"之一的晁补之也出生在大野泽畔。思想家孔子，农民起义领袖彭越、宋江都曾活跃在巨野，或落泪，或吟咏，或斗争。巨野的名人还有很多，比如晁公武、刘藻等，可见巨野之地灵人杰。

谢庆云就出生在这样一个人才辈出的地方。

19世纪末20世纪初，帝国主义国家为争夺世界霸权，发动了一系列的侵略战争，给各国人民造成了深重灾难。中国大地上也是云遮雾挡，英、法、美、日、德等帝国列强纷纷在中国抢占租借地，企图瓜分中国。1895年4月17日，中日甲午战争结束，清政府代表李鸿章和日本明治政府代表伊藤博文签署《马关条约》，将台湾及其附属岛屿、澎湖列岛割让给日本；1897年11月1日，"巨野教案"发生，同月13日，德国侵占胶州湾；1898年3月27日，清政府与沙俄签订《中俄旅大租地条约》，同年4月14日，清政府与美国签订《粤汉铁路借款合同》，5月，清政府与沙俄在圣彼得堡签订《续订旅大租地条约》六款，进一步确定俄国建筑及其在租借地附近的独占权，中国东北成为俄国的势力范围；1899年义和团运动爆发，11月16日中法签订《中法互订广州湾租界条约》；1900年八国联军入侵中国。

面对帝国主义列强的侵略，中国北方正涌动着反对外来侵略的义和团运动的怒潮。

一向有着爱国传统的巨野大地也颇不平静。

尤其值得一提的是"巨野教案"。1897年11月1日晚二更前后，大刀会刘德润、奚老五等跳窗进入磨盘张庄教堂杀死德国传教士能方济和韩·理加略二人。德国政府以此为借口，于13日出兵强占胶州湾，并提出无理要求，迫使清政府租借青岛。德国政府逮捕群众9人，处死2人，要求赔款建教堂3处、住房7处，山东巡抚李秉衡、巨野知县许延瑞等多人被撤职。这就是闻名中外的"巨野教案"(亦称"曹州教案")。

闭关锁国的清政府面对帝国主义者的侵略束手无策,任由别人宰割。以慈禧为首的清政府除了退让、逃跑和赔款以外别无他法,昙花一现的"新政"也是花拳绣腿不敌重任。

这是一个新旧交替的时代,这是一个水深火热的时代,这是一个惊心动魄的时代,这是一个呼唤能人的时代,这也是一个铸造能人的时代。在这个时代里,有识志士纷纷走出茅庐,走向社会,走向人民,走在革命的最前列。

一时中国大地上军阀割据,群雄并起,谁都可以立杆、拉队伍、闹革命,谁都说是为了人民而战、国家而战。只有时间和人民才是检验真伪的唯一标准,能走到最后的队伍,劳苦大众拥护的队伍才是真正经得起历史考验的队伍,优良的队伍。

谢庆云就出生在这样一个时代里。

1900年7月20日(农历六月二十五日午时),太阳火辣辣地烤着巨野的大地,一丝风都没有,人们心情焦躁,闷热无比。"哇——哇——"一声婴儿的啼哭声从巨野县大谢集镇的谢集村传了出来,原来是一户姓谢的人家添了个长子。只见全家个个笑逐颜开、喜气洋洋。不管时局如何变化,生活有多么艰难,家中添丁总是让人高兴并值得期待的事,特别是这家已经添了三个女娃,添到第四个,是个男娃,真是举家欢庆。这个男娃就是谢庆云。

谢庆云又名谢卿云,字天祥,乳名"迁都"。猛一听这个乳名,好生诡异,怎么会叫这个乳名?原来在这一年的6月17日八国联军攻陷大沽口炮台,8月14日攻陷北京,西太后和光绪皇帝逃往西安。所以叫"迁都"。谢庆云的二弟乳名叫"回銮",三弟叫"路训",四弟叫"新政"。这些看似漫不经心、随意随性所起的小娃娃们的乳名,深刻地揭示了谢庆云的父辈,一个普通老百姓对时局的关注和关心,对国家兴亡的职责和担当,同时也彰显了巨野人民对国家政治的参与热情。

父辈们对国家政治的关心多多少少会影响到他们的下一辈对政治的理解能力和参与能力，在这种环境中长大的孩子眼光多放在国家社稷、民生社会上，眼光长远，理想远大。

幼年的谢庆云天资聪颖，父亲对他寄予很高的希望，很早就把他送进了私塾。虽然1905年（清光绪三十一年）全国已经停掉了科举考试，但是谢父还是认为读书可以改变命运，特别是穷苦人的命运。读书自古以来就是穷苦人家的孩子向上的唯一通道。从古至今养儿读书考取功名、光宗耀祖就是一个家族的头等大事和全部希望。谢庆云的父母对谢庆云寄予同样的厚望。不过那时已经开始流行新学。新学不同于旧学，新学加进了自然、地理、政治等学科，不像旧学以八股作文为主。新学更加全面，可是对于那些老旧思维的人一时半会儿还无法接受，认为新学所教东西用处不大，其实那是他们还没有认识到新学拓宽了孩子们的知识面，从而也拓宽了孩子们的思维。思维和思维方式很重要，思维方式决定了思维，只有沉浸在浩瀚的知识世界里，你才会把眼光放向全世界。世界如此多元，你只盯着中国国内形势是不行的，你还要有全球意识、世界意识。

谢庆云开始上的是旧学，也就是私塾。可谢庆云的二姐夫（姓傅）却建议自己的岳丈大人将小舅子送进县城的公立小学。可谢父从骨子里还是认同老式教育——私塾教育，一时半会接受不了新式教育，所以一直未允。小小年纪的谢庆云也对外面的世界充满了好奇，向往去新学堂上学。但父亲不允诺，也只好作罢。

在私塾里，谢庆云从来都是出类拔萃。谢庆云从小跟同年人相比不仅天资聪颖，而且不怕吃苦肯用功，所以他的学习成绩一直比别人优秀，在同辈中属于佼佼者。他的毛笔大字更是经常被先生表扬。很多年后，当他有了自己的孩子，他同样要求自己的孩子练习大字，一日不落，天天练习，坚持方有成效，他经常检查孩子们的大字写得如何。他也学着先生的模样用红笔给孩子们圈字，写得好，他就用红笔圈出来加以表扬，鼓励孩子多练字，练好字。他常常挂在嘴边的一句话：字是一个人的门面，一定要练好。

除了学习好，谢庆云从小还很独立、很能干、很听话，知道心疼父母。小小年纪的他经常帮着母亲做家务。母亲知他是家中长子，将来是要继承家业的，也许作为一个农村妇女想不到孩子长大以后治国理家平天下这样的大道理，但是起码延续香火，养活家人的能力是要有的，所以她经常会给谢庆云一些小小的历练的机会。

"庆云，你能帮母亲去一趟孟堂吗？"

"能。"

母子俩一问一答。谢庆云就上路了。这个孟堂，具体一点说应该是孟堂的燕洼，是谢庆云的姥姥家。自古以来小孩子跟姥姥都很亲，有童谣为证："小麻雀溜墙根，溜到姥姥家吃花生。"但是这个孟堂却不是溜溜墙根就能溜到的。就是今天步行从大谢集镇谢集村到孟堂的燕洼除了要走一段长长的乡村公路外，还要走十里以上的乡村小路，更何况那是一百年前的巨野。1910年的巨野乡村，天远地旷，乱坟遍地，甚至有野兽不时地出没！这只能说明谢庆云从小就胆识过人，并且具备处理复杂事务的能力。

长大后谢庆云回忆，那时的天空并不很高，没有成片成片的大树林，只有乱草遍地和参差不齐的野树林，天空像锅盖一样顶在头上，前不着村，后不着店，一直朝着天边走，可是天边永远走不到尽头，挑战着一个孩子的耐心和毅力；路上碰不到一个人，根本找不到人搭伴同行，还要越过两处乱坟地，阴森森的，不时有冷风从四面八方吹来。世界上哪有不害怕的孩子，不过都是咬牙坚持罢了，眼睛闭着朝前闯，不去多想，或者飞也似的朝前跑，听到风声就好了，因为终于能弄出一点声音来了，总比四周静悄悄地好。有声音相伴，哪怕是风声也是一件让人壮胆的事。就这样，小时候的谢庆云经常帮着母亲去姥姥家，来回走的次数多了，他由开始的害怕到后来冷静对待周遭环境，冷静对待这个世界，不管遇到了什么，都能独自冷静地面对，并设法找到解决问题的方法。

"妈,我放学了。"

"功课多吗?"

"早在学校都已做完了。"

"嗯。饭还没做好呢。今天妈事多,饭做迟了。"

"没关系的。"

放下书包的谢庆云没有去找同龄的小伙伴们玩,而是帮着母亲做家务活。做为家中长子,他从小就有担当意识和责任心,和其他孩子不一样,他既乖巧又听话。他打算把厨房里的大水缸提满水,看起来那个大水缸比他的人都要高,也比他的人还要粗。一桶,两桶,三桶……对一个十岁的小男孩来说,桶都要与他的人一般高了,如何提水呢?踮起脚尖,耸起双肩,两个手抱着桶把子,一步一步向前挪,一次提一桶水他肯定提不动,所以每次他只提半桶水向前挪。即便这样也是一路跌跌撞撞、磕磕绊绊,不小心被溅出桶外的水打湿了鞋子、裤子,几桶水提下来,他的下半身就全都湿透了,当然水桶里的水也因为他磕来绊去,到最后到家时只剩下半桶水的半桶水。不过这也没关系,小小年纪的他从来没有气馁过,能把一件单调重复的事做得一丝不苟足可以证明一个孩子的耐心和毅力。来一桶,再来一桶,又来一桶……天黑之前一定会把水缸提满。谢庆云从小做事有始有终,一般不提满他连饭也不吃,即便是母亲叫他不要再提了,他也不会答应。

谢庆云的肯吃苦和常人不能及的毅力,直到他长大成人后,他的母亲还逢人称道,而且还拿他小时候种种好的表现说给她的孙辈,即谢庆云的孩子们听,当然也说给谢庆云的妻子陈英听。老太太为这件事骄傲了一辈子。一个母亲最值得骄傲的地方,就是她的孩子比别人的孩子还要优秀,还要出类拔萃。

晚饭后,全家人有的上床睡觉,有的月下闲聊,只有谢庆云一个人悄悄地坐到了那盏油灯下,趴在那张古方桌上,摊开一张发黄的旧纸，开始写大字。从小就节俭的谢庆云，一张纸上写满了字，小小的人，并没有人非要他写，一切都靠自律，也许这就是与生俱来的天分吧。所谓的天分，就是你喜欢做一件事，在别人看来是十分的辛苦，而你自己却不觉得辛苦，乐在其中，苦中找乐，苦亦是乐。小小的影子被昏黄的油灯拉得长长的，瘦弱却倔强，写满三张大字再上床，这一撇没写好，那一捺没写好，这一点没点好……自己慢慢摸索、体会，在下一张要注意了，果然下一张比上一张要好很多，一张更比一张好。成年后的谢庆云写得一手好字，与童年打下的坚实基础有很大的关系。

1908年整个巨野大地遭受了百年不遇的大旱，春秋皆无收。1909年（清宣统元年）春发生蝗灾，禾苗被吃光。1910年巨野又是白茫茫一片，天先降大雨，冬天时又降大雪。巨野大地自然灾害频发，农民流离失所，温饱难保。

多灾多难的岁月并没有吓倒生活在这片土地上的人民，再苦再穷也要从牙缝里省下一些银两给孩子读书。特别是一些有识之士更想通过读书救国救民，拯救中华民族于水深火热之中。一定要通过精神的力量铲除一些陈规陋习，从精神层面唤醒国民，从思想层面教会国人独立思考和选择，唯有读书。谢庆云的二姐夫看到自己的小舅子智勇双全、天资聪慧、沉稳刻苦，是个可造之才，三番五次地做岳父的思想工作，劝其将谢庆云送到县城的公立小学就读。

"爹，庆云聪慧，又肯用功，让他去新学堂读书吧。科举已经废除，再念旧学没有出路了。新学比较全面，学的东西也多，有利于他以后的全面发展。"

这是谢庆云的二姐夫第三次替小舅子向老泰山求情，前两次都被拒绝了。老人家抚着胡须，还是不表态，过了好一会儿，谢庆云的老父亲微微一点头终于同意。

可就是这微微的一点头改变了一个孩子一生的命运。在中国，读书从古至今都是穷苦人家孩子改变命运的最佳方法之一。

老人家终于被说通了，谢庆云高兴得蹦起来。从此以后，谢庆云就告别了家乡的私塾和那些亲密的小伙伴，进入了一个崭新的天地。那时能念书而且是念新学，是一件非常振奋人心的事，对于一个家庭来说也是一件大事，因为那时候能念得起公立小学的家庭实在不多，大家都穷。可谢庆云的父母有远见，愿意在教育上投资的家长都是了不起的家长，家长的眼光决定了孩子将来能走多远，就这样谢庆云被转到了巨野县城的公立小学巨野小学读书。这是一座新学堂，是当时巨野县最好的小学。在这里谢庆云接受了西方民主、平等、共和的思想，为他日后的发展和走上革命道路奠定了思想基础。

上小学，在今天的中国人看来，是再正常不过的事情。据资料显示，当代中国，我国的小学适龄儿童净入学率已达99％左右，小学五年巩固率已达95％左右。国家不仅将小学教育作为九年义务教育的重要阶段，还免除了小学学杂费和书本费。

但在一百多年前谢庆云上小学的年代，旧式的私塾教育仍然是启蒙教育的主要途径。当时，中国积贫积弱，正面临着亡国灭种的危险，绝大部分地方的贫穷、落后和闭塞是孩子们学习新知识道路上的拦路虎。作为中国北方大地上的山东巨野也逃脱不了这样的命运，大多数孩子没钱上学，少数有钱人家的孩子可以稍微念几年书，可目的也就是识识人名而已，而且当时仍然是私塾盛行，孩子念书首选还是上私塾，念八股，那些老学究们所教的知识仍然停留在考取功名、学而优则仕这样的狭隘思想上，没有家国天下之情怀，更没有以天下苍生为己任的远大目标。每个朝代，那些愿意顺应历史潮流向前走的人，一定会成为历史的弄潮儿，而一味地拒绝只会让你被动，让你落后，让你被这个崭新的时代所抛弃。主动拥抱潮流，被动顺应潮流，还是拼命抵制潮流，这些人生的态度和选择决定了你在未来时代中的位置！

谢庆云从九岁开始就接受私塾教育，在大谢集的私塾学习儒家经典著作《论语》《孟子》，也学习了私塾必教科目《三字经》《百家姓》

《千字文》。私塾历来实行个别教学,体现了因材施教的原则。 塾师对学生背书和写大字这两项要求特别高,"每日读诗三百遍,不会作诗也会吟。"而字是一个人的门脸,必须从小抓起。 这些从小就打下的童子功为日后谢庆云在巨野公立小学取得优异的学习成绩打下了坚实的基础,也为谢庆云入伍后能迅速成长,文字水平超出常人,很快做到团部上士文书一职夯实了文化基础。 今天看来谢庆云早期所受的私塾教育并非一无是处,这并不难理解,任何事物都具有两面性,只是时代在向前发展,优质的新式教育替代以前的老式教育是历史发展的必然,但这并不意味着非要把以前的老式教育模式贬得一文不值。

去巨野县城的公立小学读书让谢庆云在思想上迅速成长起来,他开始知道天有多大,地有多圆,外面的世界是什么样子,这为他后来走上革命道路奠定了思想基础。 虽然他前期也在黑暗中摸索了很长时间,走了一点弯路,但他最终还是找到了中国共产党,找到了光明,找到了他愿意为之付出一切的革命事业。

巨野小学的课程设置跟私塾相比完全不同,开设的课程包括修身、国文、历史、地理、数学、外语、物理、化学、生物、体育、图画、音乐等。 该校学风严谨,聘用有真才实学的教师,注重师生之间的理解与沟通。 它办学理念先进,注重引导学生关心社会发展,了解国家大事。 这种新式的教学环境,暗合了谢庆云追求进步的个性,促使他更加如饥似渴地学习各种知识,是他后来投身革命洪流的第一引路人。

在这里,谢庆云接受了新式教育,极大地开阔了眼界,激发了他刻苦学习的自觉性与坚定性。 在历史课上,他第一次听到了俄、美、日等这些国家的名字;在文学课上,有的老师用新观点解释旧经文,有的老师开讲当时被列为禁书的《饮冰室合集》,有的老师甚至在讲《天方夜谭》《泰西五十轶事》这样的国外名篇;在地理课上,他第一次看到了中国地图,直观地了解到国家版图的广阔;在从来没有上过的音乐课上,他跟随老师唱歌,并因此感受到了音乐带给人的美妙。

学习这些新式课程让一直读私塾的谢庆云耳目一新，大开眼界，他知道了中国以外的世界，他知道了很多很多他以前从来没有接触过的新事物，他也知道了只有刻苦学习、掌握更多的知识，才能为国家的复兴贡献力量。 他尤其爱读以前未曾读过的历史、地理和军事方面的书籍。 他勤于学习、善于思考，利用一切机会汲取新知识。 他想改变自己家乡贫穷落后的面貌，更想走一条与自己的父母不一样的道路。 他还阅读了有关维新思想的文章与书籍，他的民族意识和人民意识逐渐觉醒。 巨野小学为了开阔老师和学生的视野，使之跟上世界发展的大潮，做到了"兼容并蓄"。 学校允许教师在课堂上公开讲授维新派的一些文章，也允许学生仿效"康梁体"作文，还利用有限的经费，订购了当时比较昂贵的《饮冰室合集》《万国公报》《格致汇编》《申报》《汉报》《时务报》《新民丛报》等书和报刊。 梁启超言："少年智则国智，少年富则国富，少年强则国强，少年独立则国独立，少年自由则国自由，少年进步则国进步，少年胜于欧洲则国胜于欧洲，少年雄于地球则国雄于地球。"这样的话，谢庆云读了一遍又一遍，深受鼓舞和启发。 在学习中他第一次知道邻邦日本的存在，并且知道日本一直有侵华野心，而与我们又离得这么近，生事端是在所难免的事，他的心猛地往下一沉。 外国侵我中华之心一直不死，爱做白日梦的日本人一直觊觎我国的领土，他们把扩张和侵略已经明明白白写在脸上了，中国人如果没有起码的防备意识该是多么危险！ 所以中国一定要自强，中国人也一定要自强！ 这些外来的豺狼一直在盯着我们，随时都在威胁着我们国家、民族的独立与安全。 他在心里细细地思量，更为理性地看待这样的一个小国日本，弹丸之地志气不小，离我们又近，确实值得注意。 兵书上一直都在提醒"远交近攻"，越是离得近的邻国越容易发生领土资源的争夺，中国是它扩张的第一目标，一定要警惕日本！ 这也为他后来一直在内心抵制日本侵略，反对国民党反动派、反对孙良诚对抗日不积极埋下最初的种子。 这一切对于谢庆云来说，都起到了重要的思想启蒙作用。 自此，他产生了对国家、民族前途的深深忧虑和报效祖国的坚定决心。谁更爱人民，他就拥护谁；谁能让中华民族不受外辱，他就支持谁；谁能让中国贫穷的老百姓过上好日子，他就跟谁走。爱人民者人民恒爱之，爱人民者谢庆云恒爱之。

其实爱国的种子在幼年的谢庆云心中早就有了萌芽，但是那是无意识的。英、法、美、德、日等帝国主义侵略者相继入侵中国，他们用洋枪火炮打败了腐朽的清政府，迫使清政府签订了一个又一个丧权辱国的不平等条约，使中国迅速沦为半殖民地半封建国家。特别是在1896年前后，外国列强在我国神圣国土上任意划分势力范围，对中国加紧进行军事、政治侵略和经济掠夺，并派大批传教士对我中华民族进行精神腐蚀和文化渗透，清政府逆来顺受，屈膝求和。在巨野，传教士及其教徒肆无忌惮，横行乡里，敲诈勒索，作恶多端，清朝官吏畏之如虎，是非混淆，百般袒护。百姓们饮恨吞声，积怨痛恨，"巨野教案"就是在这样的一个大环境下发生的。而谢庆云是这个大环境的亲历者。"巨野教案"就发生在谢庆云家的家门口。

"爹，我们都没有饭吃了，为什么还要交钱给教会？"

"那是侍奉上帝的钱。"

"上帝长什么样子？他怎么从来不到教会来？"

"上帝长得……他是上天派到人间的使者，专管公平正义。"

"传教士是做什么的？"

"传教士是上帝的代表。"

"上帝专门派传教士来捉走二娃他妈的鸡吗？那只鸡正在下蛋。二娃他妈都哭了。"

"你哪来这么多问题？快吃饭。吃完帮你妈抱草去。"

在幼小的谢庆云心中烙下深深印记的就是山东巨野的传教士欺负老百姓，大人们却敢怒不敢言。虽然他不知道上帝是不是也这样欺负老百姓，也不知道是不是上帝派传教士来欺负老百姓的。

"你给我跪下。"

"快说你们是怎么把牛粪蛋子撒到教会的灶台上的？"

……

"快说。"

"我们是用弹弓一粒一粒射进去的。"

"你这个不成器的东西，不好好念书，尽给我惹祸。"

接下来，谢庆云他们被毒打一顿，这是可想而知的事。大人们教训孩子有时没有理由或者根本说不出、不敢说出理由，可纯真的孩子们在毫无理由的情况下被打，根本压不住他们的天性。明明就是传教士的不对，可父母却因为这个打他们，你说他们能服气吗？这种不公平的对待，等他们长大了就成为他们闹革命的火种。

一件又一件的小事使谢庆云产生了很多疑问：为什么那些外国人要到我们中国来？还欺侮我们？为什么我们不能赶他们走？……到巨野公立小学读书后，谢庆云反帝反侵略的意识开始苏醒。

在公立小学，谢庆云修养身心，磨炼坚强的意志与体格。他的衣着比别人破旧，饮食比别人清苦，但这些都难不倒他。他的追求和注意力不在这些上面，他的刻苦是最出名的，他的友好也是最出名的。他不仅自己爱学习、能吃苦，还留有一部分精力帮助那些不如自己的人，自己虽不富裕却能够省下一些钱物，在自己能力范围之内帮助那些比自己更贫苦的同学，从而逐渐赢得同学们的尊重。在默默奋斗中走向心理上的成熟，对于一个未经世事的少年来说，是一种何其重要的成长经历！谢庆云还通过体育锻炼磨炼自己的意志品格。当时，巨野小学堂虽已将学生的身体锻炼纳入教学内容，配有专门的体育教习，但学校的办学能力有限，谢庆云就充分发挥自己的主动性，积极参加体育课以外的体能活动，除必修课外，还经常和几位要好的同学在早晨起床钟敲响之前起床，先围着学校的围墙跑几圈，这为他后来的行军打仗打下了强壮的身体基础。

而此时的中国大地上军阀混战，政治变幻莫测，局势波谲云诡。

1914年7月,孙中山在日本东京召集国民党党员组织成立中华革命党,宣布以"扫除专制政治,建设完全民国"为目的,"以实现民权、民生两民主义"为宗旨,开始反袁斗争。

1915年1月,日本为独占中国,向袁世凯政府提出了灭亡中国的"二十一条",妄图把中国政治、军事、财政及领土完全置于日本的控制之下。而袁世凯为了换取日本支持他做皇帝,于同年5月基本接受了"二十一条"。12月13日,袁世凯在北京中南海居仁堂接受百官"朝贺",并定年号为"洪宪",改中华民国为中华帝国。袁世凯复辟帝制的活动,遭到全国人民的强烈反对,孙中山在日本发表《讨袁宣言》;蔡锷在云南发动讨袁的护国战争;同年9月,陈独秀在上海创刊《青年杂志》(第二卷改为《新青年》),宣传民主和科学,反对封建专制和迷信,抨击以孔孟为代表的封建文化思想,揭开了中国现代新文化运动的序幕。

中华大地到处都在举行爱国反帝反封建运动。

巨野是朗朗大中国的一个微小缩影,其爱国运动更是一直走在全国爱国运动的最前列。

进步青年、有识之士在巨野大地上纷纷举旗,可革命初期,谁也不知道谁才是真正的为国为民的革命者。大浪淘沙,只有经得起时间和人民考验的政党才会取得最后的胜利,也终将成为人心的指向。

从谢庆云出生到读书期间,巨野虽偏安一隅,但这种爱国运动起起伏伏,从来没有停止过。

巨野上空弥漫着革命的气息。一些进步青年都有革命的思想倾向,他们都想走上街头参加革命,苦于报国无门,没有真正的革命队伍可以投靠,没有真正的革命领导可以追随。那时的革命队伍比较混杂,很多人打着闹革命、为穷苦人民斗争的幌子,却在盘算自己的小利益。"哪里有压迫,哪里就有反抗。"后期的巨野小学由于当政者的腐败无能,一改办学风气,逐渐施行奴化教育,对学校奴化教育不满的热血青年,在黑暗中苦苦地追寻生命的光亮。那时候年轻的谢庆云只能在黑暗中继续摸索前行……

"庆云,谷庄村的谷良友回来带人。你去吗?"
"什么时候?"
"现在。"
"你去不去?"
"去。"
谢庆云想都没想,看着郭楚材答道。说着两个人就朝外走。
"庆云,庆云……"
母亲喊着儿子的名字,想阻止他去报名参加。闹革命可不是闹着玩的,是要掉脑袋的。谢庆云是家中长子,父母一直寄予他很高的期望。父母的心里很矛盾,一方面舍不得他走,他走了家里谁帮着担事;可又不能总这么把儿子留在身边,不让他出去闯荡,儿子如何才能成材呢?如何才能闯出一翻天地呢?唉,顺其自然吧,儿大不由娘。

"妈,我去去就来……"
母亲看着他们两人的背影,内心的不舍化为无声的泪水悄悄地流了下来。谢庆云的母亲在那一刻深深地知道,以她儿子的优秀肯定能当上兵,这个儿子以后与她聚少离多了,她只能在心里默默地为儿子祈祷了。

也许在年轻的谢庆云心里,只有国家和人民,没有党派,由于年龄和社会阅历的局限,他还无法辨别谁是真革命,谁是假革命;谁在真正为人民、为国家;谁在为私利,谁在为己欲。那时候的中国大地热闹非凡,大家群起而上,稍有能力者个个都想占山头、拉队伍,年轻人如谢庆云者,都纷纷报名,跟着队伍走了。

当然并不是所有的队伍都能经得起时间和人民的考验,以国家和人民的利益为出发点,爱国爱民者,人民爱之敬之,拥护之;害国害民者,人民恨之恶之,反对之,或铲除之。一切皆以国家和人民为前提，无个人恩怨夹杂其间。也许那时年轻的谢庆云还无法分清一个政党的好坏优劣。总之，好男儿志在四方，岂能一辈子窝在家里？其实那个时候谁也没有必胜的把握，谁也无法分清谁是真正的为国为民的政党，都在摸索。

"下一个。"
"叫什么名字？"
"谢庆云。"
"哪个村的？"
"大谢集村。"
"念过书？"
"念过。在乡下念过私塾，后又到巨野县城读过巨野小学。"

谷良友抬起头上上下下将谢庆云打量一番。只见这个青年，眉清目秀、儒雅沉稳，眼睛里闪着智慧的光芒，说话不慌不忙，不躲不让，稳稳地看着对方的眼睛，是难得的人才。谷良友轻轻地眨了一下眼睛。

"来，写几个字让我看看。"

谢庆云信手写下"人正心公"四个大字，谷良友微微地点点头。

"收了！这一个留下。"
"下一个。"
"叫什么名字？"
"郭楚材。"
……

就这样谢庆云和同乡郭楚材一起走进了兵营，跟着他们的同乡谷良友走了。

等待他们的将是什么样的命运呢？

负责招兵的谷良友是冯玉祥的拜把兄弟（又称异姓兄弟），巨野县章缝镇谷庄村人，国民党中将，冯玉祥麾下的将领。1898年，初入保定"练军"，与冯玉祥同棚（同班）当兵。袁世凯在天津小站练新军时，与冯玉祥编入同棚，谷良友任棚头。二人志趣相投，感情甚笃，于是结为异姓兄弟。后来冯玉祥一路高升，1902年，冯玉祥担任京畿宪兵营长，谷良友由排长升任统长（相当于连长）。1908年，谷良友任第一混成旅旅长。1911年武昌起义时，随冯玉祥驻扎在武昌待命。1913年奉命在小顶山关口剿截白狼匪一部，1915年谷良友连大战蔡锷军于綦江松坎，突破蔡军重围，冯玉祥乘机逃出，谷良友对冯玉祥有救命之恩。袁世凯恢复帝制，1916年谷良友随冯玉祥参加讨袁。1917年7月，张勋拥清废帝宣统复辟，冯玉祥讨伐张勋，谷良友率领连队攻克天坛。1920年又随冯玉祥讨伐陕西督军陈树藩。同年秋，冯玉祥任河南督军，谷良友升任旅长。1921年谷良友奉冯玉祥令回乡招兵。

谢庆云就是这一年跟着谷良友走的。

上面的这一幕是谷良友回到家乡招募新兵的真实情景。因为是同乡，所以大人们更放心把孩子交给谷良友，如果非要去参军，人们惯常选择熟人引路，因为大家都是熟人，甚至沾亲带故，到了营中，如果真出了什么事也好有个照应。

作为新兵，谢庆云与郭楚材能入冯玉祥部锻炼是一个不错的选择，这对他们日后的成长大有裨益，因为冯玉祥练兵颇有一套。

冯玉祥在中国近代史上是一个活跃的人物，有很多士兵愿意追随他。在这种情况下谢庆云和郭楚材当年能留在冯玉祥部当兵也是当时情况的必然。没有那么多的道路可供选择，大环境不可逆转，唯一能坚守的就是不失去自我。

冯玉祥带兵是很有特色的。根据多年的经验和自己的情感倾向，他自定招兵的标准：只招收乡间质朴精壮的少年，但凡从前入伍当过兵的一概不要。他知道旧军中兵油子较多。

因为他曾目睹保定练军在战争中的不堪一击，平日训练完全用不到点子上，每个月发的兵饷居然养了一群没用的兵。冯玉祥对此也认真总结了一番：（一）兵源差，所招之兵懒惰成性，缺少刻苦精神；（二）士官差，训练官训练不勤，甚至很多时候放士兵的鸽子；（三）军中风气差，中下级军官都以吃喝玩乐为主，很少对士兵进行有效训练和管理；（四）知识普及不到位，在作战上一味畏敌，总是把洋鬼子想得多么强大；（五）缺乏训练，平时多流汗，战时少流血。

所以到他有能力带兵时，他第一个在兵源上下功夫，先是自己回乡招兵，然后是他手下的士官轮流回老家招兵。

这就是谢庆云和郭楚材能被冯玉祥的拜把兄弟谷良友带来参军的原因之一。

很显然冯玉祥出身草根，身上有一股奋发向上、不怕吃苦、爱动脑筋的精神。此人虽然当上了军官，但作风很平民，惯以柔情来笼络铁汉、硬汉，丝毫没有官僚气，甚至与士兵们一起挑水、一起做工。一些官老爷笑他没有官样子，但士兵们都喜欢与他在一起，并且敬重他、佩服他。"以力服人者霸，以德服人者仁"，"以力服人者非心服"，霸者虽然强悍一时，但终究会被表面服而内心不服的人打下去，只有仁者让人心服口服，才能长久地将自己的事业、人脉维持下去。冯玉祥讲究的就是仁德，所以才有他数次倒下后仍然能号召一方豪杰与他并肩作战。

冯玉祥在注重军事技术训练以及思想品德教育之外，还特别注重军纪的培养。所部驻扎之处，鸡犬不扰，秋毫无犯，人民爱戴，足称模范，这也是有志有识之士加入冯部的重要原因之一。由于冯玉祥的部队在人民群众中的口碑很好，所以吸引了大批优秀青年加入。这为他后来能招到好兵打下了坚实的基础。这也是后来谷良友回乡招兵，人们一听说是冯玉祥部在招兵，都踊跃报名参军的重要原因之一。

当然冯玉祥的身上也是有很多缺点的，无论从他的性格上，还是政治信仰上。

还有就是冯玉祥这个人一生不停地倒戈，大概和他与生俱来的憨直、冲动、好打抱不平之侠义精神有关。当然憨直、好打抱不平都是一个人身上非常美好的品质,但是如果用在一个将领身上就不那么好了。

所以周总理这样称他:"冯玉祥将军是一位从旧军人转变而成的坚定的民主主义战士;虽然和所有的历史人物一样,由于政治视野的局限,在他身上不可避免地存在这样那样的缺陷,但是,瑕不掩瑜,冯玉祥将军为中国民主事业的贡献,将是永垂不朽的。"

谢庆云和郭楚材参军入的就是冯玉祥部,这无形中决定了他们以后的道路会随着冯玉祥将军上下起伏。

第二章
入军营苦练本领
秉夜烛彻夜苦读

"不合格。重来。今天练不好,饭不准吃。"

训练官冷冷地发完话,头都没回地走了。

这是1921年初河南信阳的冯玉祥新兵训练营。新入营的谢庆云、郭楚材等士兵正在训练场上挥汗如雨。

直皖战争还没有结束,河北又逢大旱,政府财政困难,部队已经有三个月没有发饷了,士兵们都饿得嗷嗷叫。只见训练场上的战士个个瘦得前胸贴后背,条条肋骨清晰可见。

听到这样的训话，士兵们哀声一片。但总有几个默不作声，虽然肚子也饿得咕咕叫，却能一丝不苟、不折不扣地完成训练任务，其中有一个就是谢庆云。

　　今天练习的是单杠引体向上和双杠双臂撑。谢庆云两项成绩都不理想，又瘦又黄的谢庆云身体里仿佛藏着巨大的能量，早晨只喝了一碗玉米粥外加一个窝窝头，早就饿得前胸贴后背了，累到身体里的汗都挤不出来了，可他还在一次又一次上杠下杠，单手轻轻将身体向上支起，可到一半又掉下来了，再来一次，不对，为什么总是上不去呢？力气大的士兵有的是蛮力，不用动脑，一个猛劲就将身体立了上去，可谢庆云是书生型的士兵，欠缺的就是力量。怎么办呢？谢庆云发现单双杠除了需要臂力稳定之外，立不上去的原因是腰腹力量不够，训练方法是折腹而不是做仰卧起坐（这很关键）。找到问题所在就好办了，他本来就很瘦，体重是没有问题的，主要是腰部肌群的协调能力和臂力的稳定发挥欠缺，他用做俯卧撑的方法来锻炼臂力，用引体向上来锻炼腰部肌群力度，很快他由原来的比不上力大的同学变成超过他们，而且做得还比他们轻松自如、娴熟漂亮。爱学习、肯动脑、不怕苦帮了他。

　　冯玉祥练兵是家长式的，打骂都来，几十岁的军官只要是犯了错误都是要被罚跪的，更别说小兵了。

　　军中不许抽烟，有一次军队刚刚练完兵，冯玉祥就迈着大步走到检阅台上，对着几千名准备休息的士兵说："为了严明军纪，我宣布，从今天开始，军队中一律不准抽烟。在我的军队中就两个字：戒烟。谁要是不戒烟，就是跟我冯玉祥过不去，就是跟整个部队过不去。谁要是抽烟，我就让他在众目睽睽之下，把烟头给我吃了！"冯玉祥要求在军队中戒烟如同戒鸦片一样严格。然而，抽烟的事情还是发生了，有一天，冯玉祥在军队中突击巡视，看看在军队中有没有"逆天"的抽烟分子，没想到，这次还真让冯玉祥给逮了个正着，他发现一个小士兵躲在角落里偷偷地抽烟。冯玉祥走上前去，对着小士兵就是一顿劈头盖脸的训斥。冯玉祥生平最厌恶不守军纪的人。没想到,这个小士兵性子也很倔强,嘴里嘟嘟囔囔。冯玉祥就纳闷了,对小士兵说:"我就不明白了,你抽烟,我教训你不对吗? 国有国法,军有军纪。我宣布戒烟以来,就是要抓一个典型。按照军纪,你现在就把烟头给我吃下去。"小士兵不愿意,一动不动地站在那里,还在自言自语着。"你有什么话大声讲,男子汉别扭扭捏捏的!"冯玉祥对着小士兵又是一顿痛批。"我不敢说。"小士兵吐出了这几个字。"有什么不敢说的,男子汉就应该顶天立地,敢作敢当,更应该敢说。"冯玉祥被他气得眉毛都竖起来了。"您上次在接待客人的时候,我看见您抽烟了。"小士兵低声对冯玉祥说道。冯玉祥一拍脑瓜,"哦,你提醒了我,上次我在办公室会见友邻部队首长时确实抽烟了。"说完这句话,冯玉祥一下把军帽摘下,对小士兵说道:"上梁不正下梁歪,我确实抽烟了。 今天我要惩罚自己,以身正法。"说完,冯玉祥从小士兵手中夺过烟头,硬生生地给咽了下去,那个小士兵及侍卫完全愣在那里,一脸茫然。小士兵见冯大将军把自己的烟头给咽下去了,顿时吓得两腿直打哆嗦,扑通一下给冯玉祥跪下:"冯将军,都是我的错,以后我一定戒烟。"说完往自己的脸上扇了几个响亮的耳光。"你知道就好,以后再敢违反军纪,绝对严惩不贷,就连我自己也一样,戒烟到底!"冯玉祥说完就走了。你说遇到这样的"野蛮"上司谁敢不服管理? 累、苦、脏、饿,忍着,不能吱一声。 更何况谢庆云从小就是一个乖孩子。

由于谢庆云在冯部训练刻苦,再加上冯玉祥练兵有方,这为他以后的戎马生涯打下坚实的基础。 枪弹无眼,在战场上一次又一次躲过子弹,除了要有运气以外,还要有过硬的本领,敏锐的判断能力,高度的注意力,而这些能力的获得和平时的刻苦训练是分不开的。

结束河南信阳的新兵训练后,谢庆云被正式编入河南信阳冯玉祥部第十六混成旅第一团孙良诚营当兵。

训练不怕苦和累,行军不怕远和难,冲锋打仗不怕死和伤,谢庆云是军营中一等一的好兵。

从小就聪明的他，知道战场上光有勇猛是不行的，还要多谋。有勇无谋只能当炮灰。勇一时，谋一世，智勇双全才能天下无敌。如何才能涵养自己的韬略呢？他开始把自己的工作重点转移到文化学习上来。

他把每月少得可怜的军饷节省下来，托人买来手电筒和干电池。那是1922年的中国，手电筒和干电池怕是有的人见都没有见过，听也没听说过，想都不敢想，数量之有限、价格之昂贵可以想象！可是谢庆云就算是饿肚子，也要把节省下来的军饷用来购买这些东西。因为他想进步，他要学习，而白天一般都有很重的训练和行军任务，只有晚上才有时间学习。只有营中按时熄灯以后的时间才是属于他的，所以要想学习，只有省吃俭用购买干电池，用手电筒照着看书！

靠省吃俭用买了手电筒和干电池的谢庆云，晚上看书还是不能放开来看，军中管理甚严，按时作息，熄灯以后按照规定是不能看书的，只能用来睡觉，大家统一行动，万一被查到了怎么办？谢庆云只能等，等所有的人都睡着了，等整个军棚里响起此起彼伏的鼾声，他再悄悄把书和手电筒打开……躲在被窝里不敢动也不敢发出太大的声响，怕把同棚的弟兄给吵醒，就这么憋着，一直忍着，躲在黑暗里，一个字一个字地用手电筒照着默默地读，像一只小鸟一样迎着仅有的一丝光亮飞翔，飞翔就是为了寻找光明。因为他知道不读书没有出路，书能够打开人的思维，也能开阔人的心胸，他知道他想要的解决问题的方式和方法从书中都能找到。书，让没有翅膀的人类能够飞翔。

由于干电池太贵，而且不容易买到，所以那时在军棚里还流行一种钻有洞的大箱子看书，这种木箱子谢庆云也有一个。

木箱子不算太大，箱盖上留着一个人头大小的洞，箱子里只需要放一本书，外加一盏灯。当所有士兵回铺休息时，想看书的人就将书和灯先放进箱子，然后把箱子盖好，箱口上正好留一个人头大小的洞，脸对着箱子里面的书看，这样视线集中，而且看书人的脸正好将箱子里透出的光挡住，不会影响同棚的弟兄休息。这样想看书的人就可以想看到几点就看到几点。

当然如果看得太晚，整棚的弟兄都睡了，遇到查房时，目标太明显，很容易被拎出来。

"那边的营棚里好像有光，一闪一闪的，谁在做什么？而且一直在亮，昨天晚上好像也亮了一下，但后来当我走过去时就消失了。"

巡夜的孙良诚摆手示意随从不要出声，轻手轻脚地靠近黑暗中那一点点微弱的光源……

夜深人静时，外面响动来得格外清晰，一向感觉灵敏的谢庆云，虽说在聚精会神地看书，但还是能感觉到有人在靠近他。他也不出声，快速把灯熄了，就连忙整衣把自己放进被子里，屏住呼吸，躲在黑暗里悄悄向外张望，好像脚步声朝这个方向更近了……谢庆云的心怦怦直跳，像表演场上的擂鼓一样。

其实狡猾的孙良诚早就大概锁定了谢庆云，但他并不急于走近，他知道他的脚步声由远而近会惊动谢庆云，对方一定会迅速熄掉灯，从而隐没在茫茫黑夜中，给搜查工作带来难度，所以当他走到一定的距离时，这个距离足够他观察到对方就行。不能太远，太远看不清；也不能太近，太近会打草惊蛇。孙良诚站在那里稍微缓了一下，原地不走，锁定目标，看清了再向前走。他站在远处观察了谢庆云有五分钟之久，看看这个兵到底在做什么，他观察到谢庆云先是将头伸得老长地迎着灯看什么，然后竖起耳朵听他的脚步声，好像感觉到危险正在逼近他，但他快速将灯熄灭，悄没声息地将自己躲进黑暗里……谢庆云的整套动作他已看得清清楚楚。

孙良诚微微一笑，稍微顿了一会儿，径直朝谢庆云的床铺走去。
"109床，站起来！"
谢庆云心中一愣，连忙从被窝里"唰"的一下滑下床，
"是，长官！"
孙良诚掀开谢庆云的被窝。

"刚才你在做什么？"

"报告长官，没做什么。"

"没做什么？那为什么会有亮光？"

说着孙良诚用手电筒一照，命令道：

"把箱子里的灯点上！"

谢庆云心想这下完了，只好听话地把箱子里的灯点上。孙良诚把手伸进箱子里，掏出一本《孙子兵法》来。孙良诚拿起书左翻右翻，看来看去，又抬头盯着谢庆云看了许久，问道：

"你叫什么名字？"

"报告长官，我叫谢庆云。'谢谢'的'谢'，'庆祝'的'庆'，'云彩'的'云'。"

"什么地方人？"

"山东巨野人。"

孙良诚又上上下下打量了谢庆云一番，然后什么话都没说，头都不回地走了出去，两个随从也跟着他走了出去。临走前他意味深长地看了谢庆云一眼。谢庆云心里一阵紧张，头皮麻麻的。

精明、能干、踏实、稳重、积极上进、智勇双全的谢庆云因为这次夜读被巡夜的孙良诚逮了个正着，很快就引起孙良诚的关注。那晚孙良诚细细观察了谢庆云，他发现谢庆云临危不惧，竖起耳朵感知外部危险情况时能沉着冷静、不慌不忙地把自己藏进被窝里，就知道这小子精明。他还发现这个兵不仅爱学习，作战时也很勇猛，心中有谋略，不莽撞，肯吃苦，求上进，在团结同志、尊敬师长方面也很好。在部队里孤兵没有用，一定要有团结作战的能力，打仗一定要有团队精神，一个人的英雄主义不合适，在其他领域一个人也许可以出大成绩，但部队里不行。尊敬师长他也做得很好，军人的天职是服从命令，服从性不好，各执一词，各持一念，那不成了散兵游勇？总之，谢庆云给孙良诚留下了良好的印象，这为他后来在孙良诚部的晋升作了必要铺垫。1921年孙良诚任北京政府第11师21旅41团团长。他上任不久就带了一批人去，其中谢庆云早就被内定了下来，于是在孙良诚上任的一个月后，谢庆云被提拔为团部上士文书。这是谢庆云一生中第一次重大的转折，他从一个普通士兵走到了士官的位置。这为他后来一步一步走向领导集团的核心位置开了一个好头。

谢庆云的优秀像一个发光源，在黑暗中闪着光，照亮了周围人的眼睛，想让人们看不见都难。好人喜欢好人，坏人也喜欢好人。虽然孙良诚这个人多以诡诈、狡猾、多疑行之于世，但他也喜欢真正的人才，但凡真正想做事的人，特别是像谢庆云这种有一点理想的人才，谁不想网罗住？因为大家都知道，世间一切哲学都是人的哲学，世间一切成功肯定首先是人的成功。

孙良诚，1893年出生，字良臣，天津静海人，少投军伍，入冯玉祥军幕，历直奉、国奉、北伐多役。为冯玉祥军"十三太保"之一，又号"五虎将"之一。及冯玉祥失败，转投国民政府，命其为军事参议院上将参议。抗战时期，为冀察战区副总司令兼游击总指挥，39集团军副总司令，于1942年前后率所部万余名投汪精卫。授第二方面军总司令，移驻扬州。抗日战争结束后，又投蒋介石，任第一绥靖区副司令官兼第107军军长。徐蚌会战，于江苏睢宁率该军军部及一师共五千八百人投诚。同时自己请命前往蚌埠劝降守将刘汝明，事败，解金陵，囚狱中。新中国成立后，逃脱，隐沪上。复囚。旋以病卒，年五十有八。此人立场摇摆不定，如同墙头草，没有主心骨，妄想鱼与熊掌兼得。他的狡猾多疑不仅害了自己也害了别人，周镐、王清瀚、谢庆云都是因为他被杀害的。1949年初，孙良诚从无锡来到上海，住到小老婆处。宁、沪解放后，周镐烈士的遗孀一直追寻孙良诚的下落。苍天不负有心人，她到底找到了孙良诚，并向军管会告发，孙良诚被捕入狱。以后孙良诚被押送到山东战犯管理所，1951年3月病死，这就是战犯孙良诚的最后结局。

谢庆云在军中生活虽然很苦，但是他人聪明又肯动脑筋，所以总能发现生活中的丰饶与美好。军营生活虽苦，但也不是一点乐趣都没有。善良乐观的人总是愿意记住生活的好,而选择忘记生活中的苦难。

郭楚材是谢庆云的同乡,两人从小一起长大,天天一起玩、一起上学,后来又一起当兵,同时分在一个训练营。两人的关系自然比旁人多一份默契,平时走动自然也多一点,有什么事两人之间也有一个商量和照应,当然有什么好吃的也会想着对方。那时愿意分享食物的都是生死之交,因为那时穷啊,饿死的人不在少数,愿意分一点食物给对方就是救对方一命。郭楚材从家中带了一个铜盆,本来是想带到军中用作洗衣、洗脸用的,可是后来这个铜盆却发挥了很大的作用,给枯燥乏味的军中生活带来无穷无尽的乐趣。

说铜盆的故事之前,先说说这个郭楚材。

郭楚材也是一个不可多得的军事人才,又名郭念基,字楚材,早年跟随冯玉祥"十三太保"之一的孙良诚做传令队队长。1938年秘密加入中国共产党。1940年春任河北枣强县县长,配合河北民军第二路司令赵云祥破坏大路、桥梁,防范日军进攻。1942年任山东曹县县长,谢庆云为参议。为了秘密工作需要随即跟随孙良诚加入"汪伪"政府,孙良诚为第二方面军总司令,总参谋长是甄纪印,郭楚材为总参议(中将军衔),下辖两个军,第四军军长赵云祥,第五军军长王清瀚,谢庆云为该部驻南京办事处主任。因中共工作需要,郭楚材无奈跟随孙良诚,秉承"曲线救国"的方针,此中是非曲折不再赘陈。1945年8月15日日军投降,同年10月孙良诚被任命为第一绥靖区副总司令兼107军军长,郭楚材仍为中将总参议。1945年11月郭楚材与谢庆云一起成功策反第一军军长赵云祥在江苏盐城起义。1946年7月,中共华中分局京、沪、徐、杭特派员周镐(湖北罗田人,黄埔军校五期学生,1946年加入中国共产党,公开身份为国民党少将军统特务)与谢庆云、郭楚材在南京云南路西桥7号107军驻南京办事处秘密开会,传达中共华中分局关于继续策动孙良诚部起义的指示,进一步研究部署策反的步骤、方法和措施,策反的重点对象是孙良诚和107

军中将副军长兼260师师长王清瀚。王清瀚思想较为进步,从1926年起,谢庆云、郭楚材二人一直与王清瀚共事,关系较深,王清瀚和谢庆云又是连襟关系,只要做好工作,他的起义是有把握的。此后,谢庆云和周镐、郭楚材多次与孙良诚会谈,反复做工作,但孙良诚狡猾多疑,缺乏诚意,一直以当过汉奸、与共产党打过仗为借口,迟迟不下决心,再加上他的堂兄弟、270师师长孙玉田坚决反对,致使策反工作进展不大。震惊中外的淮海战役打响后,国民党反动政府基本上败局已定。根据华东分局的指示,周镐与谢庆云、郭楚材等加紧了对孙良诚部的策反工作,他们针对王清瀚易于争取的情况,决定先做王清瀚的工作。王清瀚与孙良诚交情甚厚,1926年就在孙良诚师任参谋长,现任孙良诚部主力师师长,是孙良诚的军事支柱和心腹将领,在孙良诚部起着举足轻重的作用。不久,王清瀚被接收为中共特别党员,这为进一步策反孙良诚打下了基础。1948年11月中旬,淮海战役第一阶段即将结束,黄百韬兵团被全歼之际,据中共华东局和华野的指示,令周镐与谢庆云、郭楚材、王清瀚等加紧做孙良诚的起义工作,促使孙良诚在江苏睢宁县境内107军和260师就地放下武器,向人民解放军投诚,此行动,毛主席在《敦促杜聿明投降书》中予以肯定,1949年后郭楚材赴北京任职。

"庆云,今晚迟一点睡。"
"干什么?"
"明知故问。去不去? 不去拉倒。"郭楚材故意生气,兄弟之间,不打不闹还叫兄弟?!
"不去。"谢庆云也故意跟郭楚材玩闹。其实他也很饿,早就盼望着跟郭楚材一起出去狩猎了,也好解解馋。谢庆云饿得前胸贴后背,饿得晚上睡觉时,都不敢脸朝上睡,脸朝上口水像瀑布一样一泻千里。饿着的人口水总是很多,很多的口水由于睡着了来不及咽下,夜里总把他呛醒了。部队已经有几个月没有发饷,他仅存的一点钱都被他买了干电池，他的脚上磨得都是血泡，想买一点药粉擦擦都没有钱买，可这些都算什么啊，根本无法影响他革命的意志和决心，当然还有革命的乐观主义精神。

"庆云，把你的手电筒拿来，刚才我射中一只野兔，但是现在找不到了。"

"少来啊，还有一点点电了，我夜里留着看书用呢。"

"少废话，快拿来。"

"你省着一点用啊。"

"啰嗦。"

只见郭楚材从黑漆漆的灌木丛里钻了出来，一手拖着一个黑影，软塌塌的，是野兔！ 不是一只！ 是两只！

一会儿工夫，其他几个弟兄，从不同的方向汇集过来，每个人手里或多或少地提着一两只野味。

一堆柴火在山坡上生起，四周被照得亮堂堂、暖和和的，远处一座一座的山影竖立在黑暗中，慢慢地向高处生长，山顶上一片黑暗，广袤无垠的大地陷入沉睡，寂然无声。 两三点星星挂在天上，使整个大地显出少有的温馨和希冀。 几个年轻的士兵围着一堆火，跑前跑后，一派忙碌。

这样静谧的夜晚，对成长中的年轻人来说，值得一辈子回味，大地和天空不着一词，却创造了无数表达。 那些懂得和自己内心相处的人，一定可以走得很远。 人心虽小却能将大地和天空全部装下。 天空再大，大地再远，也没有一个人的心大，再大的天空和大地都走不出人的内心。

只见这几个年轻人团结友爱，分工明确，郭楚材负责剥皮，谢庆云负责拾柴，另一个战士负责烧火……大家忙得热火朝天，像过年一样喜气洋洋的。

一只大铜盆，里面盛满了野味，放到用铁丝圈支成的灶台上，发出咝咝的响声。 谢庆云一趟又趟地从远方把柴抱来，野兔早就被郭楚材剥好皮放进了铜盆里,他现在又开始忙着烧火,火起来了,近处的大地被照得亮堂堂的,他们几个一边瞎掰说闲话,一边吞咽着口水,突然其中一个战士一拍脑袋,好像刚才把什么东西给忘记了一样,大叫大嚷起来:

"你们怎么拿这个铜盆烧?"

大家一听他这样问,全都哈哈大笑起来,笑声在黑暗的大山里不停地回荡,把年轻的快乐送出去很远很远。真可谓如果你有快乐,一定要告诉风,它会帮你传出去很远很远……

谢庆云和郭楚材故意使坏,大声说道:

"随便你啊,你如果嫌这个铜盆脏,可以不吃嘛。"说完两个哈哈大笑。谢庆云还加了一句:

"坦白告诉你,这个铜盆在拿来炖肉前我根本就没洗。"

其实在没有烧肉之前,细心的谢庆云早就找了小半盆沙子,将铜盆里里外外擦了个遍,铜盆早就被擦得光亮如新,发出暖暖的黄光。

可是战友们嫌弃用这只铜盆烧肉也不是没有原因的。

原来这只铜盆真是一盆多用呢!

当然开始时这只铜盆还是十分干净的。没有当兵时,郭楚材家里有一只铜盆,厚实耐用,参军的时候他就想着把它带到军营,用来洗洗衣服,或者存放一些其他物品。可是军营生活,清汤寡水,个个都是二十岁左右的小伙子,不沾荤腥怎么受得了?战士们吃不饱,饿得前胸贴后背,要完成高强度的训练真是难上加难,正值青春年华的他们,有的还正在长身体,饭要吃饱,荤腥也要补充。那时冯部军纪十分严明,坚决不允许士兵下馆子,吸烟饮酒更是明令禁止,违者必罚,犯者必究。而谢庆云、郭楚材他们又都是上等兵,绝不会轻易去违反军纪的。思来想去,一边是不能违反军纪,一边是饿得浑身无力,他们几个一嘀咕,想到一个好主意,每个月发军饷时,他们几个要好的士兵就悄悄聚到一起在休息日时去野外野炊。他们几个人凑钱买几斤猪肉,找一个没人的地方,拾一堆柴火,两头用几根树棍搭好架子,然后用铁丝箍成灶台，搭在两头的架子上，把那只大铜盆放在铁丝灶台上，下面加柴火烧，锅里放一点盐就行，其他什么佐料都不放，不过煮出来的肉仍然很香。几个战友美美地打一顿牙祭，吃完后，他们几个悄无声息地将火熄灭，将铜盆涮干净，谁也发现不了，因为一盆肉都已装到他们的肚子里了。

可是后来到处闹饥荒，不是干旱就是水灾，军队几个月都不发饷，凑银子买肉已经不可能，谢庆云和郭楚材两个机灵人思来想去，最后相视一笑，计上心来，逢到营中休息日就约几个弟兄去后山打野兔，不用花钱，又解决了肚皮问题，这只古老的大铜盆一次又一次发挥了巨大的作用。

谢庆云在这样的环境中成长，正年轻的他很是上进、吃苦耐劳，又加上他沉稳干练，有深厚的文化底子，他在军营中表现非常突出。

从1922年谢庆云被任命为孙良诚所部第11师21旅41团团部上书开始，他就一直跟着孙良诚，随着孙良诚不断升迁。1924年9月孙良诚任西北边防督办公署新编第1混成旅旅长，10月任国民军第1军2师1旅旅长；1926年春任国民军第1军2师师长，10月任国民联军援陕军总指挥，在陕西与镇嵩军作战，这让谢庆云有了更多的机会直接接触冯玉祥，为谢庆云当上国民党军队高级将领提供了机会。

1927年谢庆云被任命为河南省烟酒局局长，这时冯玉祥兼任河南省省委主席。

1927年，也就是民国十六年，河南省内有几股政治力量。一股是国民政府，1月国民政府由广州迁武汉。信阳县柳林镇三千余人集会庆贺。是月河南全省红枪会总部发表《告汴民书》，历数吴佩孚的罪行，呼吁全省城乡人民联合起来，拒交一切苛捐杂税，反抗军阀统治。吴佩孚为直系军阀的首领。

2月以韩欲明为首的豫北天门会数万之众，在直隶磁州附近大战奉军，获胜。2月2日靳云鹗与武汉国民政府达成协议，靳以河南保卫军的名义在信阳一带策应北伐军入豫。后靳任河南保卫军司令。

这里的奉军，就是奉系军阀，首领是张作霖，其子为张学良。

同月张学良、褚玉璞（直鲁联军副司令）在徐州商定，派鲁军孙殿英（第35师）为攻豫先头部队。孙殿英军入归德，占开封。几经战斗，孙军终败，孙军因苏皖战场失利向徐州撤退。孙军败后还是不甘心，经靳云鹗力劝，吴佩孚同意抗奉，这样他们又结成联盟，豫军将领联名发帖讨伐张作霖。

就在同时，在中共驻马店特别支部领导下，确山县农民协会成立，马尚德（杨靖宇）为委员长，全县有会员一万余人。同日，在该会领导下的农民武装万余人进逼县城，与魏益三部对抗。这是一股看似不起眼，其实生命力很强的力量。3月确山、信阳、正阳、上蔡、新蔡、汝南等九县农民十万余人，反抗当地驻军勒索。信阳洋河镇、九店、黄家院一带红枪会反抗军阀庞炳勋部，将庞部第22旅包围于黄家院，激战三次。该旅多被缴械。后经各方调解，始解围。

豫北、直南天门会数万人包围磁州火车站，击溃奉军一个团。中共豫区委特派省农协负责人萧人鹄前往彰德等地慰劳。为了庆祝农民武装斗争的胜利，河南武装农民代表大会在武昌举行，出席代表六十九人，代表河南四十五县的四十万武装农民。会议听取毛泽东、李立三、陈克文、陆沉、于树德、郑震宇等的报告，通过了《河南全省武装农民代表大会宣言》《发展河南农民协会组织决案》《河南农民自卫军组织大纲》《河南农民自卫军临时执行委员会组织大纲草案》和《统一河南武装农民组织案》等项决议。萧人鹄被选为河南农民自卫军临时执行委员会委员长。

同年奉军占领郑州。吴佩孚率卫队逃巩县，靳云鹗军退新郑一带。新安、渑池等县红枪会与刘镇华镇嵩军开战。陕州、偃师红枪会同时响应，反对军队派粮征税。靳云鹗集中部队四五万人在临颍布防，抗击奉军。奉军最后占领了许昌。

与此同时，在中共豫区委领导下，驻马店特别支部组织确山数万农民武装起义，围攻县城。破城，歼敌二百余人。成立由中共河南党组织领导的第一个县级农工革命政府——确山县临时治安委员会,马尚德等七人为委员。 1927年7月4日,豪绅反攻县城,革命武装转入县东刘店地区坚持斗争。 信阳农民与魏益三军激战。 是日,魏军大败,退至县城,遂急调驻光山、罗山6个团驰援。 该部行至吴家坡,被数万红枪会众包围、击溃。 后,武汉政府将魏部调出武胜关驻防。 在中共商罗麻特别支部领导下,商城县南乡一带农民运动蓬勃兴起,先后建立了8个区农民协会,97个乡农民协会,会员达万余人。 是日,县农民协会筹备处在南乡班竹园成立,执行委员七人,候补执行委员三人。 委员长周汉卿,副委员长徐润亭。 这时候张海峰以中共豫东特派员名义在商丘召开红枪会首领会议,决定一致响应国民革命军北伐,共同打倒奉鲁军阀。

此时的蒋介石已开始恐惧农民武装的日益强大,发动反革命政变,大批屠杀共产党人。

辉县红枪会占领县城。 彰德、卫辉、滑县、汤阴等地农民纷起反抗奉军。 豫北天门会袭扰奉军后方,先后占领林县、辉县、武安、滑县、涉县等地。 奉军占领鄢陵县城。 信阳县农民代表大会在县城举行。 同时召开国民大会,成立县临时治安委员会,接管县政权。 在此之前,信阳道署已由国民党信阳县党部接管。 月底唐生智所部北伐军陆续由鄂入豫,集中于驻马店一带。 镇嵩军将领万选才、李万如、姜明玉等致电武汉政府,表示接受国民军联军总司令冯玉祥命令。 洛阳各地红枪会围攻洛阳县城,与张治公军激战四昼夜,红枪会败退。 随后,张部在偃师、洛阳、新安杀害民众3000余人。

整个河南大地一片混乱,军阀混战,常常你方唱罢我登场,农民流离失所,各大军阀轮流派粮征税,人民身处水深火热之中,苦不堪言,历史在呼唤一个能代表人民利益的政党出现,人民也在呼唤一支能保护他们不被轮流欺侮的革命队伍出现。

一日不停地战争,人民逃离故土,而军阀之间也是今天跟你合作,明天又可能跟他合作,都是为了一己私利相互倒戈,拉帮结派。

没有恒定的政治理想和远大抱负，更不可能把人民的利益放在首位。不与人民站在同一立场的军阀是走不远的。那些大批屠杀人民群众的军阀更是走到人民的对立面。

中国大地上一派军阀混战的乱象，人民苦不堪言。此时的谢庆云内心苦闷无比，但是作为军人，服从是天性，他只能跟着他追随的长官东征西战，从这个省到那个省，从这个战场到那个战场，可战争绝不是他内心的选择。

第三章
弃暗投明苦无路
冯蒋合作闹剧多

1927年6月13日,河南省政府成立,冯玉祥任主席。谢庆云被任命为河南省烟酒税务局局长。此时的河南大地总体上战事稍有平复,可仍然战事不断,区别就是以前是多军混战,不分主次,现在变成冯玉祥与多军之间的一一挑战,或者又可以说成是多军围攻冯玉祥。

1927年5月,冯玉祥国民军联军奉武汉政府命令改名为国民革命军第二集团军,冯玉祥任总司令。

同月冯玉祥进驻潼关,所部各军先后攻克灵宝、陕县、卢氏、洛宁、渑池、新安等县城。张治公军退洛阳，奉军西进援张，固守洛阳。后冯军克洛阳，俘奉军2万余人。信阳、罗山等地豪绅控制的红枪会3000余人，发动暴乱，破坏柳林铁路，捣毁国民党党部，屠杀革命群众。武汉国民政府命令北伐军回师镇压，将其肃清。武汉国民党中央战区农民运动委员会入豫，先后在驻马店、汝南、遂平、确山、郾城、临颍、上蔡、西平等县创办了8个农民训练班，共培养农运骨干570名。久困巩县孝义兵工厂的吴佩孚，逃离巩县。后经南阳、邓县逃到四川军阀杨森处。国民革命军第四方面军总指挥唐生智在驻马店下达总攻击令，命所部分三路北进，攻取郑州、开封。北伐军克西平，占漯河、郾城。另部大破奉军于上蔡、周家口地区，进驻上蔡县城。息县农民协会成立。该县已有3个区农民协会，会员1万余人。杞县农民自卫军在中共杞县党组织领导下，由萧人鹄、吴芝圃指挥，举行暴动，攻占县城，建立县临时治安委员会。接着，睢县、永城武装农民也分别占领县城，建立同样的政权组织。唐生智所率北伐军在临颍大败奉军，相继占领许昌、新郑。冯玉祥军于月底进占郑州。两军会师于郑州。1927年6月右路军贺龙部进抵开封。武汉国民党中央训令河南各县国民党党部、各农民协会、妇女协会等团体，"均停止活动"，"听候中央调查"。陈独秀向河南等省中共党组织发出制止农民运动的命令。

1927年6月，武汉国民党中央、国民政府委员汪精卫、谭延闿、孙科、徐谦、顾孟余和苏联顾问加伦将军等抵郑。同月冯玉祥同汪精卫等在郑州举行会议，决定唐生智部回师武汉，河南由冯玉祥部驻防。

谢庆云是冯玉祥手下的兵，冯玉祥驻防河南，谢庆云所在部队跟着他的长官顺理成章地也开进了河南。

至此，河南暂时进入一个相对短暂的稳定时期。武汉国民党中央政治委员会开封分会成立，冯玉祥为主席，委员11人，指导豫、陕、甘三省事务。同年6月13日，河南省政府成立，冯玉祥任主席。

就是在这种情况下谢庆云被任命为河南省烟酒税务局局长。

"报告。"

"进来。"

"庆云,你身上的担子很重。我们政府工作人员有没有饭吃,就全看你的了,你得加油!"

"请主席放心,保证顺利完成任务!"

这是冯玉祥任命谢庆云为河南烟酒税务局局长时跟谢庆云之间的谈话,对谢庆云来说,这是信任同时也是压力。刚刚结束混战的河南大地,人民还没有得到休养生息,收税谈何容易?

任务是领下来了,不完成肯定是不行的。那就想办法。世界上问题很多,办法也很多。虽说这是军阀混战刚刚结束的河南大地,人民群众手里虽然没有钱,想从农民、土地上收税肯定是有难度的,但是部分战争的投机者腰包还是鼓的,这里可不可以作为一个突破口?新的问题是在战争中投机发财的人多是有社会背景的人,这些人大多和上层领导沾亲带故,收他们的钱谈何容易?谢庆云一个人在办公室里踱来踱去,思忖着怎么办。农民的钱好收,但农民没有钱;投机者的钱不好收,可他们口袋里有钱,一个字——"难"。

慢慢谢庆云理清了思路,整天坐在办公室里肯定不行,他要动起来,他要下去,到基层去,到第一线去,没准就有思路了。那一阶段谢庆云几乎跑遍了辖区内的所有角落。因为冯玉祥沿袭的仍然是包税制,谢庆云就想着他也可以把这种包税制再一次包出去,包给他的手下工作人员,并与他们签订责任状。经过他多方考察,他对河南的烟酒产业一一分类归纳,掌握了第一手资料。当他对河南的烟酒产销情况了如指掌后,着手划分区域,设置分局或稽查所。他可以与各分局或稽查所的一把手签订考核指标,而分局与稽查所与工作人员之间也可以包税,这样层层分包,整个收税工作有条不紊。责任到人,不扯皮不推诿,也不会人浮于事,这样的思路一决定,谢庆云立马着手准备实施这个方案。

前期他把河南所有的角落都跑遍了，怎样分块比较好，安排几个人，安排谁比较好，哪个地方相对薄弱就少收一点，哪个地方相对雄厚就多收一点，等等，政策要向穷苦的老百姓有所倾斜，河南老百姓的生活太苦了，不能再压榨他们了，让那些资本家多出一点，可越是有钱人，越难说话，税越不好收，这又是一块硬骨头，对于手下的工作人员完成出色的可以适当给予奖励。把这一切细细想透、想好，准备好前期工作，出台方案，开始实施。

召开烟酒局全体大会，已经分好的分局和稽查所朝墙上一贴，大家可以自由组合。你们几个人在一起搭手比较顺，你们可以承包一个分局，年底上交多少税；那几个人在一起搭手比较顺的可以在一起承包另一个分局，年底上交多少税……这样工作很快分配到位，剩下的就看执行了。

他天天在全省各分局和稽查所辖区内转，什么也不说，什么也不指挥，更是什么都不指导，大家各做各的，他就转来转去，细心观察他的手下如何操作，并在小本子上一一记录、分析，以便在以后的工作中再出方案时绕开弯路。手下看他如此勤勉，岂敢怠慢，大家都不想哪天在玩的时候被查岗的领导碰见，所以也是加足马力，大干特干。

经过整整半年的努力，谢庆云人瘦了一圈，可冯玉祥派给他的财税任务他不折不扣地提前完成了。细细一算，除掉上交冯玉祥的任务数字，他又把跟他干的弟兄们每人的奖金按规定分给大家。从常理上来说，剩下的部分就应该是他谢庆云的了，但是谢庆云并没有这样做，他没有把剩下的税钱放进自己的腰包。他当年在参军的时候写下的"人正心公"，这是他一生的写照。

"主席，这是您下达的任务数，全部完成。这是超额完成的部分，如数上交！"

"什么？还有超额完成的部分？超额部分你没有自己留下？"

"没有。我觉得您现在比我更需要钱。"

"超额数是多少？"

"20万现大洋。"

"20万现大洋?"

"是,20万现大洋,如数上交,一分不少。"

冯玉祥睁大了眼睛,他是真不敢相信这个结果啊。

他看着眼前的这个年轻人,浓眉大眼,英气逼人,不仅仅是喜欢,更多的还有佩服! 不仅完成了任务,还超额完成了任务! 能力不一般! 面对20万现大洋不动心,品质不一般! 古今能有几人?

1927年的河南烟草业,因五卅运动、北伐战争等一系列运动的影响,出现了诸多变化。 英美烟草公司一家垄断的购销模式被打破,随之而起的烟贩、烟行和转运公司如雨后春笋般林立在河南烟草种植区域各个地方,以它们为中心,"三级市场体系"的购销模式逐渐形成,要想如数把税收上来谈何容易! 他看看眼前这个不多言不多语、只知埋头干活的下属,真不知道该赏他一些什么。 冯玉祥也知道一个人如果连钱都不贪了,其他东西他可能更不上心,可于公于私冯玉祥心里都想赏他一点东西,作为他的上司,他打心眼里喜欢谢庆云。 谢庆云的勤勉、务实、肯干、爱动脑筋为冯玉祥部的财政收入提供了有力的保障。 在当时河南政府所有机构中这是一个关键的部门,他关系冯玉祥部存活下去的物质基础。 兵无粮草自散,这个道理冯玉祥岂能不懂? 所以冯玉祥开始越来越看重谢庆云。

其实清末时期为解决财政问题,政府逐渐重视烟酒征税,烟酒税收制度得以逐步构建。 但在烟酒征税中存在着两个主要问题,一是征收的实际效果与预期之间存有很大差距,二是烟酒税收十分混乱。 由于烟酒税收办理不善,以后的历届政府为扩充财源,不断试图加征烟酒税或对烟酒税收进行整顿,但都收效甚微。 民国初年,烟酒税已成为国民政府的一项重要收入,政府设立了全国烟酒公卖局,督促税款的征收,但由于各省的税率不一,又盛行包税制,故税制杂乱。

所以谢庆云的工作能力确实非同一般,当然这也为他后来在冯玉祥部的升迁奠定了基础。

"20万现大洋！"冯玉祥又重复了一遍。1927年时的20万现大洋，这在当时是一个天文数字！

1924年曹锟政府买了一批旧存的意大利枪械，其中已批准发给冯玉祥部2000支步枪。等到1927年冯部去领取时，每支要交60元的价款，一起要交12万元。为此冯玉祥各方张罗，还不够，又把部队的经费悉数凑上，才凑够了12万元。冯玉祥身为一军统帅凑足12万都费了九牛二虎之力，可见当时谢庆云上交的这20万对冯部来说是怎样的一笔巨额财富。

冯玉祥带兵一向赏罚分明。他对谢庆云的智慧、能力、心胸、品质都非常赞赏。谢庆云不爱钱，那就奖给他荣誉吧。于是冯玉祥奖给谢庆云一把小佩刀！这有一点近似于旧社会皇上奖给臣子的尚方宝剑。那年谢庆云才27岁，对于一个只有27岁的青年军官来说，这是何等的荣耀。值得一提的是，这把小佩刀做工非常精致，外鞘上有景泰蓝花纹并同时插着一双象牙筷，刀把恰好能一手握住，露在外面时闪着金灿灿的光芒，小佩刀的刀柄上还刻有四个字以及冯玉祥的落款，这是冯玉祥为了奖赏谢庆云特制的一把小佩刀。小佩刀一直和象牙筷分开保存，现在这双象牙筷保存在南京市雨花台烈士纪念馆，那把小佩刀则下落不明。

谢庆云的管理才能在他任河南省烟酒税务局局长时，充分展示出来。当时，整个河南大地也还是很不宁静的。天天打仗，给人民带来深重的灾难。一边是必须完成工作的压力，一边是看到民不聊生后内心的苦闷。谢庆云对国家的前途、人民的幸福、个人的命运有了一些自己的思考，他由一个山东巨野农村走出的懵懂少年开始一步步蜕变成一个有独立思考能力的青年军官。

面对冯玉祥部与其他军阀在河南大地上一刻未停的厮杀，作为河南省烟酒税务局局长的谢庆云天天在河南大地上转来转去。他是这场战争的亲历者，面对中国人民所受的苦难，他的内心深处天天经受着巨大的煎熬，他一刻都没有放弃过以一己微薄之力改变中国命运的理想。

1927年冯玉祥派孙良诚、吉鸿昌、石友三等军由孟津、巩县、广武渡河，进攻奉军，占新乡。进而又克沁阳、孟县、温县、武陟等地。也在这一年的6月，共产国际通告中国共产党：冯玉祥已投入反革命集团。冯玉祥公开宣布与中国共产党决裂，下令"清党"。开封政治分会委员徐谦通知在第二集团军政治部工作的五十多名共产党员，必须迅速脱党或离开。接着，冯玉祥对豫、陕、甘政治工作人员一律加以甄别；武汉总政治部所派五十多名共产党员全被遣回。汪精卫叛变，国共合作彻底破裂，第一次国内革命战争失败。随后，中共河南党团组织遭受严重摧残。工会、农协等革命团体全被取缔。杞县、睢县等革命政权被解散，领导杞、睢农民武装暴动的共产党员吴芝圃、马集勋等也被通缉。全省共产党员由大革命后期的三千多人减至七百余人。革命转入低潮，河南党组织开始进入更加艰苦的土地革命战争时期。

　　冯玉祥部东攻直鲁联军，两军在马牧集发生激战，二集团军退守商丘。豫北红枪会万余人为反对二集团军对工人、农民的屠杀，包围该军驻彰德一个团，激战后将该军一个营缴械。后军队增援，红枪会群众被击退。冯玉祥免去靳云鹗二方面军总指挥职，并调动部队向靳军总部郾城进攻。靳军败退，东走入皖。禹县李振亚部战败逃散。冯靳战争结束。郑州市总工会举行成立大会，与会者高呼"继续二七奋斗精神"等口号。会后举行示威游行。冯玉祥下令取缔郑州市总工会，并逮捕工人领袖及活动分子三十余人，工会亦被改组。中共河南省委就这一事变提出"保障工人集合、结社、言论、出版、罢工之自由"等口号。共青团河南省委机关被破坏，许多重要文件被抄。冯玉祥密电各县搜捕共产党员和共青团员。

　　1927年10月蒋介石为夺取徐州，约冯玉祥同时发起进攻。二集团军自商丘向直鲁联军发起进攻。二集团军姜明玉部叛冯投鲁。直鲁联军占领商丘。二集团军全面反攻，直鲁联军溃退。豫北二集团军击败孙殿英部，解彰德之围。中共豫南特委和驻马店办事处领导确山农民于刘店发动秋收起义。起义军在李鸣岐、马尚德等率领下夺取刘店镇,建立了农民革命军和确山县革命委员会,开展游击战争,揭开了河南土地革命战争的序幕。

二集团军张德枢旅在汝南王楼村与确山农民军展开激战,农民军领导人马尚德等负伤,中共豫南特委书记王克新牺牲。农民军受挫后南下信阳四望山。在此以前,已有中共信阳四望山特别支部领导当地农民于中旬举行暴动,成立农民军,占据了四望山。确山农民革命军与四望山农民军会师后,成立豫南工农革命军和豫南革命委员会。

面对这样不停的打打杀杀,任何一个有良知的中国人内心深处的悸动与不安恐怕都有,更何况谢庆云这样有志报国的青年。他能把20万现大洋毫无保留地交给冯玉祥,这就充分说明他是一个能为理想活着的人,同时也是一个能为他人而活着的人,一个不贪小利的人,他的心中必有天下苍生的位置。与此同时,国共分裂也在谢庆云的内心掀起巨大的波澜,通过日常生活中与共产党人共事,他认为共产党人的素质比国民党军人的素质更高,他们严于律己,善待穷苦人民,与人民大众站在一起,他们愿意为穷苦人而活着而奋斗,不像国民党军人为了中饱私囊到处搜刮民脂民膏,两相比较足见共产党虽在当时未成气候,但从长远看这是一个有生命力的政党,与他的人生价值观是契合的。但是这些想法与看法,对于已入国民党军营的谢庆云来说只能放在心里,服从是军人的天性,不非议首长与自己的政党是一个士官最起码的素质。

下面我们再来看一看把20万现大洋如数上交的谢庆云家的早餐是什么样子的吧。

"孩子们,快吃饭了。"谢庆云的夫人陈英烧好早饭喊孩子们起床吃早饭,然后去上学。

"妈,怎么又是小米粥,太稀了,我一泡尿就没了……"最大的孩子走到餐桌旁首先表示抗议。

"快吃呗，想想隔壁二蛋家连稀饭都喝不上。"谢庆云的夫人陈英安慰着自己的孩子。

"妈，又是窝窝头……"

最小的孩子看见妈妈总是做窝窝头，可怜惜惜地抬头看着妈妈，孩子还小，正是长身体的时候，总是不吃肉肯定馋得慌，大人们不吃可以忍着，小孩子还没有学会忍耐，也还不知道父母的艰难，只能抱着父母的大腿哭闹。

陈英看着一个个嗷嗷待哺的孩子，看着早餐桌上天天都是粗粮，其他更好的不是她不会做，也不是她不会过日子，实在是家里没钱。说这样的话可能大家都不会相信一个国民党的高级将领家里会没有钱，可事实真是如此。她也深知丈夫的为人，踏实本分，只拿属于自己的工资，不该拿的从来不拿，可就凭工资，要养活这么多孩子，怎么能够？所以她只有拼命安慰孩子们，跟那些穷人家的孩子比，他们已经算很幸福了，起码不会饿死。

"谁说今天只有窝窝头的？"谢庆云从里间走出来，孩子们一看今天爸爸在家，都围了上去，跳了起来，因为孩子们知道，爸爸如果在家，妈妈就会适当加餐，也就是说爸爸在家，小小的惊喜也会随之而来。只见谢庆云的夫人陈英笑吟吟地看着孩子们跟在爸爸后面坐上了餐桌，她转身从厨房里端出一盘馒头片外加一小碟芝麻酱，孩子们欢呼起来，这样的美食在谢家的饭桌上是不常出现的！

可他们的父亲竟然把唾手可得的20万现大洋悉数上交了！面对金钱他是怎样做到不动心呢？看到孩子们嗷嗷待哺，看到家里的伙食清淡，看到妻子淡淡的哀伤和为难，说丝毫不动心也很牵强，只因为他心中有更大的事，更多人的幸福等着他去谋取。因为毕竟谢家的孩子再穷还不至于饿死，总有一把粗粮能维持生命和生存，而其他千千万万的孩子却每天都挣扎在死亡线上，他能有多少力就出多少力吧。他在担任河南省烟酒税务局局长时看到的是满目疮痍的河南大地和一贫如洗的广大人民，他多么渴望能有一个优秀的党，一支优秀的军队,结束这场全国混战,把全国人民都带向温饱、带向幸福,而不是仅仅只有他一家的孩子过上好日子,可这样的优秀的党和军队又在哪里呢?

1928年秋,谢庆云由河南省烟酒税务局局长调任山东省烟酒税务局局长,他以一贯的工作态度和作风扎扎实实地在山东大地上风里来雨里去,他的工作很快得到上司的赏识,加之他本人沉稳干练,所以他一直都被委以重要的岗位,很快他又改任山东省公路局局长。虽为高级将领,但是他们的命运仍然掌握在军队的领头人手里,领头人跟谁好,他们就跟谁好;领头人跟谁分道扬镳,他们也会跟着与对方分道扬镳。领头人为人民,他们也会为人民;领头人与人民为敌,他们也洗不干净。这就是他们的被动性与局限性。这也正是谢庆云的苦闷之所在,奋斗了很多年,脱离现在的军队,多有不舍,留在现在的军队,又总是飘摇不定,思来想去,只有暂时留在部队,等待时机。可是新的转机什么时候才能出现呢?

而这一时期蒋、冯仍处在蜜月期。

从1927年宁汉分流开始,冯玉祥与蒋介石在徐州举行会议,表示与蒋介石合作,同时也就是放弃了联俄、联共革命的道路,跟着蒋介石走上反革命的道路,这就给了蒋介石很大的支持。同年8月,蒋因内部矛盾,曾经一度下野东渡日本,冯玉祥除致电国民党中央及国民政府促蒋复职外,还约同阎锡山联名电蒋请其主持北伐大计。蒋回国复职后,深感进一步拉冯的必要,一次他到开封与冯会晤的时候,和冯结拜为弟兄。在北伐战争后一个阶段,蒋和冯在郑州、柳河、新乡、党家庄等处数度晤面,并且每次都进行了长时间的密谈。在当时,蒋、冯都拥有雄厚的兵力,在蒋看来,冯对他的拥戴,不但在军事上增加了声势,更为重要的是,在政治上也提高了他的威望;在冯看来,蒋介石有中央政府作为依靠,只要与蒋靠拢,则一切困难和问题就会得到他的帮助。所以在这段时期内,蒋、冯一直保持着密切合作的关系。在北伐军事行动结束以后,冯为了表达对蒋的拥戴,甚至要在郑州为蒋铸造铜像（经左右劝阻未施行）。蒋对冯也是推崇备至，蒋的代言人吴稚晖有一次在给冯的电报中，称誉冯为"一柱擎天，唯公有焉"。

可军阀到底还是军阀，他们这种相互利用的短暂结合，随着形势的发展，逐渐发生了变化，最终走向分裂。

分裂的主要原因有以下两点：一是河北省和北平、天津两市地盘的问题。在北伐战争最后阶段，冯玉祥派鹿钟麟指挥韩复榘等部战胜奉军，进兵河北，直取平津。因鹿钟麟和韩复榘都是河北人，鹿钟麟在1924—1926年期间，又是北京的实际统治者。他们都抱着打回老家、取得地盘的迫切要求。冯玉祥不满足于长期局促于西北瘠苦之地，早就有了向外发展的打算。他还曾对人说过："我们连个海口也没有，向国外购买一些军事装备，真是太不方便。"虽然这时蒋介石已将山东省的地盘许给冯玉祥，但胶东和济南都在日军占领控制之下，是一个残缺不全的省份，远非河北和平津可比。当时冯玉祥认为他的军队在河北打退奉军付出的代价最大，论功行赏，应该把河北及平津分配到自己名下。不料在1928年5月间蒋介石到石家庄与阎锡山会面之后，却使冯玉祥的希望落了空。原来蒋介石、阎锡山在石家庄会面的时候，他们对冯玉祥有一个共同的感觉，认为冯玉祥的军事力量过于强大，对他们是一种威胁。特别是阎锡山和冯玉祥都希望向河北和平津发展，他们之间的利害冲突更为尖锐。蒋介石和冯玉祥之间，虽然暂时还没有直接的利益冲突，但蒋介石这时已经有了统治全国的野心，他唯恐冯玉祥的势力发展过快，将来难以控制，所以阎锡山就趁着蒋介石来和他商议战后北方问题的机会，使出了阴险毒辣的手段，企图把冯玉祥打压下去，并借此向蒋介石讨好。当他们谈到冯玉祥的时候，阎锡山对蒋介石说："请你翻开历史看看，哪个人没有吃过冯玉祥的亏？"这句话正好触动了蒋介石的心事。他们经过计议之后，蒋介石便秘密决定把河北省和北平、天津两市的地盘都分配给阎锡山。后来蒋介石为了敷衍冯玉祥，把北平市长一职给了冯玉祥的部属何其巩,但是北平警备司令张荫梧和北平市公安局局长赵以宽都是阎锡山的人,实际上统治北平市的人是兼任平津卫戍总司令的阎锡山。在河北省和北平、天津两市地盘分配方案尚未揭开之前,蒋介石还征求过冯玉祥的意见。冯玉祥对这类问题,向来不肯直截了当地说出自己的真正意图,唯恐别人说他是争权夺利。他表示一切以蒋介石的意旨为意旨,以示对蒋介石的尊重。蒋介石便趁势说出把河北及平津交给阎锡山的主张。他的理由是:第二集团军拥有鲁、豫、陕、甘、宁、青六省,已不为少;第三集团军才不过冀、晋、察、绥四省,并不为多。况且北平、天津两地外交关系复杂,不易应付,万一发生意外,难保不造成第二个济南惨案。他认为冯玉祥性情刚直,不适合外交折冲,故以交给阎锡山应付为宜。冯玉祥对蒋介石的话不便当面表示异议,分配就这样决定下来。这个问题解决之后,冯玉祥在新乡给部队讲话,提出"地盘要小,军队要少,工作要好"的口号,是说漂亮话,也是发牢骚,其实在这一问题上,冯玉祥的内心对蒋介石、阎锡山是极为不满的。这是蒋介石、冯玉祥关系发生变化的第一个具体影响因素。

第二个因素是军队的编遣问题。1928年7月,蒋介石、冯玉祥、阎锡山、李宗仁等在北平汤山会商东北问题和裁兵问题,冯玉祥在前往北平路过保定的时候,为了迎合蒋介石,同时也为了收揽人心,发出一份个电(7月5日),提出了统一军权、收缩军队、减轻民困和废除不平等条约等主张。在汤山会议时,他又重申了这些主张,并望各方促其实现。在会议之后,他于8月1日到达南京,并且发表谈话,认为北伐战争结束,各军事首脑都应到中央供职,以加强中央政府的力量和威信,使国家能够达到真正的统一,所有总司令、总指挥等名义均应取消,以改变过去分裂割据的局面。他提这些主张,表现了对蒋介石的支持。这时阎锡山看到冯玉祥的言论和行动与蒋介石靠得很紧,估不透他意之所在,所以在没有摸清底细以前,虽经蒋介石、冯玉祥迭电催促入京,他总是推说有病,迟迟不肯就任,一直迁延到12月中旬才到南京参加了编遣会议。而冯玉祥在南京则早已接受了行政院副院长和军政部长的职务，兑现了在京供职的主张，并且保持了与蒋介石合作的关系。

在编遣会议正式开会之前，蒋介石提出了一个全国共编五十个师的指标（东北除外），要大家进行讨论。冯玉祥对军队的编遣，首先提出一个编遣准则："强壮者编，老弱者遣；有枪者编，无枪者遣；有训练者编，无训练者遣；有革命功绩者编，无革命功绩者遣。"他还根据这个准则提出一个方案：第一、第二集团军各编十二个师，第三、第四集团军各编八个师，其他不属于各集团军的军队共编八个师。原来他认为第二集团军兵员最多，素质最好，训练最精，战功最大，论道理应该多编几个师。可是他又考虑到，如果按照自己的编遣准则，第二集团军应编的人数就要占第一位，就要超过第一集团军，必然得不到蒋介石的支持，而且会影响到与蒋介石的合作关系，所以他的方案是：把第一、二两集团军拉平，把阎锡山、李宗仁的第三、四两集团军和其他杂牌军压低。冯玉祥以为这样就可以蒋、冯的团结为中心，控制其他方面。这是冯玉祥的天真想法。殊不知蒋介石此时对冯玉祥已有戒心，绝不愿冯的力量与自己相颉颃，况且蒋介石早有剪除异己的阴谋。因此，蒋对冯案采取了不置可否的态度。

阎锡山看透了蒋的意图，便提出另一方案。

这个方案是：第一、二、三、四集团军各编十一个师，另设一个中央编遣区，亦为十一个师。不言而喻，这个中央编遣区，当然要由蒋介石掌握。这个方案，表面上是抬蒋压冯，而骨子里还有着离间蒋、冯关系的作用。蒋看到阎案于己有利，故授意何应钦积极支持阎案。李宗仁和白崇禧对此案亦表同意。

因李、白与蒋的矛盾当时已达表面化，只是因为惧怕蒋、冯的团结，如此一来，他们当然同意阎的带有离间蒋、冯阴谋性质的提案。在编遣会议正式开会之前，冯案受到多数人的反对，而阎案得以通过。冯遭此打击，在正式开会时，即称病不再出席。而阎在这时便到处说冯的坏话,说他如何反复无常,如何不讲信义,使冯陷于孤立。

冯托病不出,召鹿钟麟到南京,拟令其代理军政部长,以便于借故离开南京。但因鹿是常务次长,不能代理部务,冯亦无之奈何。蒋介石虽明知冯是托病,但仍两度偕宋美龄亲往探视慰问,以示关切。有一次,冯玉祥正在和部属谈话,忽报孔祥熙来访,冯玉祥立即卧床蒙被,呻吟不止。当时外边很多人都说冯玉祥患的是"心病"。

冯玉祥这次在南京,本想与蒋介石能有进一步结合,以便在国民政府中占一个重要的地位,同时在蒋介石的支持下保持自己的强大实力,以形成内外呼应之势。不料在编遣会议上遭到失败,使他看清了不可能再和蒋介石合作下去,于是在1929年2月5日以养病为借口离开南京,前往豫北辉县之百泉村。这是蒋、冯分裂公开化的表现。

桂系的李、白看到蒋、冯关系破裂,认为反蒋时机成熟,就先从湖南下手,罢免了非其系统的鲁涤平,蒋、桂战争已到了一触即发的地步。李、白派代表温乔生到百泉村谒冯,冯毫不犹豫地表示共同倒蒋。不久,邵力子衔蒋命到百泉促冯入京,冯则表示愿辞职出国留学,以备他日效力党国,并希望军政部长一职由鹿钟麟代理,谢绝了南京之行。3月下旬,冯抵华山,邵力子和贺耀祖先后赴华山访冯。这时,蒋因桂系与他公开决裂,请冯出兵援助,并提出以行政院长及湖北、湖南两省主席为条件。冯表示:论公论私,都不能使蒋独任其艰,决定出兵13万相助,随即派韩复榘为总指挥,着手进行军事部署。但是,冯的军事行动究竟是援蒋还是助桂,对外并未表示明确的态度,而实际上冯的计划是:把蒋、桂之争看作一个大好机会,先作壁上观,待一败一伤,再收卞庄刺虎之利。不料李明瑞的倒戈,使得桂系很快遭到失败。冯的计划不但落了空,而且弄巧成拙,给自己造成了极为不利的后果。由于韩复榘部迟迟不进,不但失掉了夺取武汉的时机,而且在蒋、桂两方看来,都认为冯无助己的诚意,冯落得两面不讨好。特别是蒋借着韩复榘带兵南下的机会将韩召至汉口,对他进行了收买,为后来韩、石倒冯投蒋埋下伏笔。

1929年5月间，韩复榘联合石友三叛冯投蒋。冯痛心韩、石叛变，对蒋已到了势不两立的地步，于是有亲赴山西拉阎反蒋的行动（当时对外表示与阎联袂出洋，实系放烟幕）。本来冯、阎之间早就有过不少的矛盾，如1925年冯的国民军与奉直联军作战失利时，阎曾派兵在天镇、大同等处截击，使国民军遭受很大损失；还有前面所述河北、北平、天津地盘问题；编遣会议提案问题等。冯一向对阎没有好感，但是为了达到打倒蒋介石这一目的，不得不冒险去山西拉阎，不料目的没有达到，反被阎软禁起来。不久，阎看到冯的将领与蒋恢复了往来，惟恐不利于己，又骗冯命令宋哲元等于1929年10月10日发动了反蒋战争。由于阎的背约，导致反蒋战争很快遭到失败。冯屡次受阎之害，对阎恨之入骨，但在被软禁的情况之下，又不能和阎翻脸。当时冯的想法是，只有拉阎下水（指联合倒蒋），自己才有出路；把蒋打倒之后，回过头来再收拾阎，那就容易多了。所以冯在这一时期，把全部精力都用在设法拉阎倒蒋的问题上。

1929年12月，冯召鹿钟麟从天津秘密到他被软禁的建安村，对鹿面授机宜，令其回陕代理总司令职务。鹿到了西安，立即按照冯的指示提出了"拥护中央，开发西北"的口号，并派代表赴南京往见何应钦。鹿对他的代表说："蒋介石是我们的敌人，阎锡山是我们历史上的仇人；敌可化为友，仇则不共戴天。"他的代表与何应钦见面时，何为了拉拢西北军以消灭阎锡山，对鹿表示好感，希望鹿不要再上阎的当，并说："只要西北军一经表明打阎的态度，马上可以获得中央的接济。"鹿既已与南京拉上关系，便开始计划与韩复榘、石友三联合起来攻打山西。在鹿看来，晋军力量不大，而且是长于守而短于攻，在进攻山西时，只要不攻坚城，仅以少数兵力予以监视，以主力直取太原，取胜是有把握的。

鹿在密派代表赴南京见何的同时，并派闻承烈、李火斤去河南与韩复榘、石友三取得联系。韩电鹿表示：阎锡山好用权诈，搬弄是非，如不把他打倒，国家就不会太平。鹿即复电备致赞扬之意，并说:"我弟如举兵入晋,兄愿听弟指挥。"石友三部自从由安徽移驻豫北,主要靠韩的接济,正在伺机取得一块地盘,对于联合攻打山西,当然表示同意。鹿和韩、石的这些电报,均被阎的无线电台截听译出,阎得此消息大惊,感到对冯的软禁已无作用。同时,阎亦感到二、四两集团军已被蒋打败,而自己又曾经参与过唐生智反蒋战争的策划,蒋介石迟早要和他算账。而且这时各方代表都在太原进行反蒋活动,一致对他表示拥护,如再迟迟不表明反蒋态度,一旦西北军联合起来向山西进攻,自己就会陷于十分不利的地步。

于是亲自去建安村访冯,表示坚决与冯合作,共同讨蒋。阎迎冯至太原后,立即会同冯与桂系代表以及各杂牌军的代表对讨蒋联军的组织系统和作战方略进行了会商,大体决定之后,冯即于1930年3月10日由山西返回潼关。

生活在这样的一幕闹剧中,战争不过是军阀争权夺利的游戏,打打杀杀,形同儿戏。军阀如同小孩,完全是今天跟你玩,明天跟你恼,今天跟你一家打他,明天跟他一家打你,根本无人考虑战争之下的中国大地和中国人民,而谢庆云这些为人属下的军官们也很被动,完全是跟着他们的首领走,没有半点选择人生的自由和权利。

军阀混战,导致一切正常的社会生产生活陷入巨大的动荡与混乱,生产力水平大幅度下降。饥饿是常态,饥荒有时甚至会让战争停下来,或者决定战争的胜负。因为战争,人口增加十分困难,甚至可以说不可能增加。整个社会在旧制度下已经呈现崩溃形势,军阀战争是这种形势的结果,同时又加剧恶化了这种形势。有没有一个政党可以改变这种形势,扭转中国的命运?具体办法就是革命——土地革命,阶级革命,民族革命,工业革命。土地革命,消灭了地主阶级;阶级革命,消除了官僚资产阶级;民族革命,消灭了买办阶级和帝国主义剥削,废除了旧的帝国主义债务;工业革命,直接产生最先进的生产力。如果没有这些革命,中国、中国人仍然处在旧社会,"马尔萨斯三骑士"(饥荒、战争、瘟疫)就会反复出现。清末和军阀混战期反复出现的状况,充分说明了"马尔萨斯三骑士"是怎么表演的。必须尽快让一支英明的队伍取得战争胜利,夺取全国政权。然后天下才能太平,休养生息,发展生产力,人口增加,财富增加,人民才能过上好日子。

谢庆云褪去一身军衣的掩盖,作为战争中的一枚小小的棋子,随时都有死亡的危险。他更渴望结束战争,大处着想的是政权、国家、民族,小处着想的是自己、父母、妻儿,他们的温饱似乎离他更近一点,他更希望他们首先过上太平、幸福、富足的生活。

第四章
几经沉浮光明现
一路辗转逐前程

1928年秋,谢庆云先任山东省烟酒税务局局长,后调任山东省公路局局长。这段时期他因为不在前线,有更多的时间和机会接触当地的老百姓,很多老百姓都处于饥饿中,更有甚者穷到卖儿卖女,农村人口越来越少,多数人都出去逃荒、乞讨,他深深地了解到军阀混战之下中国大地的实际情况。他从河南到山东一路走过来,对军阀混战更是深恶痛绝。什么时候才能结束这长期混战的局面,不再打打杀杀,让耕者有其田,人民只需安安稳稳、踏踏实实过日子,解决温饱问题就行。

无论是河南还是山东，中国大地一片混乱，军阀们轮流在中国的政治舞台上表演，这个刚走，那个又来，农民种的粮食都不够交军粮的，各大军阀轮流派粮征税，人民苦不堪言，历史在呼唤一支能代表人民利益的革命队伍的出现，人民也在呼唤一个能保护他们不被轮流欺侮的政党的出现。

此时的蒋介石恐惧人民武装力量的不断壮大，大肆屠杀共产党、工人、农民和学生。

军阀到底还是军阀，他们之间的利益媾和不可能长久下去。谁都把一已私利放在首位，他们为了利益分分合合，打打杀杀。人民、人民的疾苦、人民的利益，这些概念和词语在他们的心中从来都没有存在过。

北伐成功后，由于裁军问题，冯玉祥与蒋介石产生了矛盾，于是冯玉祥于1929年起兵反蒋，但因冯被阎锡山软禁，由宋哲元等指挥部队，加之韩复榘、石友三叛变投蒋，很快就被蒋介石打败。1930年5月，冯玉祥再度与阎锡山、李宗仁联合起兵反蒋，发起中原大战，但在蒋的纵横捭阖、分化瓦解之下，再次失败。这次，西北军被彻底打垮，一个纵横中国二十年的军事集团从此分崩离析，不复存在。

西北军余部被缩编为宋哲元的29军、孙连仲的26路军，以及韩复榘、石友三的投蒋部队。淮海战役时的八兵团（刘汝明部）和第三绥靖区（冯治安部）算是西北军的最后一点余脉。

1929年谢庆云任反蒋联军二二路军汽车管理局局长，参加中原大战，1931年任25路军总部参议，抗战爆发后曾任热、察、绥、冀四省统税局石家庄分局局长，59军参议。当时部队人心未定，士气低迷，他们对自己的前途十分迷茫，只能盲目跟随带领他们的长官走一步是一步。一会儿跟着这个，一会儿又跟着那个，根本没有自己的自由和选择。又加之军人的天职就是服从，他们虽在内心有了自己的是非价值判断，但是仍然是身不由己。

可是谢庆云对中国大地上的军阀混战真是一刻都不能忍了,但作为一个军人,他又能怎么样呢? 茫茫大地,路在何方?

宣侠父的出现,无疑给谢庆云带来了春天的消息和一线生机。

谢庆云与宣侠父相识于1929年。

冯、蒋决裂以后,冯玉祥成立讨逆军,这一年谢庆云任冯玉祥讨逆军二路军汽车管理局局长,二路军孙良诚任总指挥,宣侠父任政治顾问。当时的宣侠父经过反复斟酌,决定到他熟悉的西北军从事兵运,遂于1929年3月辗转来到山东济宁国民党军孙良诚部。这样谢庆云与宣侠父就有了第一段同事的经历,这对谢庆云以后走上革命的道路尤为重要。了解一个政党是从了解一个人开始,好奇一个政党是从好奇一个人开始,追随一个政党是从追随一个人开始,宣侠父就是后来谢庆云思想转变、加入共产党并成功策反赵云祥、王清翰起义成功,绕不过去的一位重要人物。

宣侠父没有跟谢庆云同事之前,谢庆云对宣侠父就有所耳闻,大家一致认为此人不凡,而且对他的出生来历、趣闻逸事早在坊间时就听人说过。谢庆云认为此人很有趣,所以平时爱听别人提起他。

宣侠父1899年12月5日出生在浙江诸暨的一个贫寒的小知识分子家庭。宣侠父少年时聪慧锐敏。其父宣铁珊是远近闻名的拔贡,铁珊为人忠厚老实,诗词歌赋俱精。因为家境清贫,曾充"枪手"替别人中过举人。宣侠父的旧学基础就是跟他父亲打下的,旧体诗词写得很好,极受同窗和远近亲朋喜爱。他爱好书法,练就一手王羲之风格小楷,隽秀飘逸,还会写一手漂亮的空心字。宣侠父1916年考入浙江省立特种水产学院本科渔捞科学习。1920年夏,以优异成绩考取官费留学资格,东渡日本,入北海道帝国大学水产专业攻读生物学。在日本,宣侠父受到马克思主义的熏陶,特别是十月革命的胜利,极大地增强了他寻求救国救民道路的信心,也明确认识到只有走十月革命的道路才能救中国,从而抛弃实业救国思想,积极投身中国留日学生反帝、反封建的革命斗争。此时,浙江水产学校因宣侠父在日本参加革命活动停止了他官费留学的待遇。1922年，他被迫离开日本回到杭州。1923年，他加入共青团，任团杭州地委秘书。不久，转为中国共产党党员。

宣侠父公开的身份就是中国共产党。这么优秀的人都能跟着中国共产党走，这使谢庆云第一次对中国共产党产生了几分好奇和好感。

而宣侠父对谢庆云其人也是早有耳闻，大家一致称谢庆云是"草根英雄"，能力非凡，多次受到冯玉祥的嘉奖，是冯部的"财神"。有他，冯部就不会缺钱花，虽没有留过洋，却敢于发声，很有正义感，这些品质让宣侠父非常惊讶。

"宣顾问，刚才下车的就是谢局长，就是您上次问起的那个人。"

"哦。"

宣侠父对着谢庆云的背影停顿了一下，此人果然气宇轩昂，一脸正气。

接着那个随从又笑着说了一句，"他跟您很像呢。"

"是嘛？"

"嗯。"

谢庆云1935年8月毕业于中央陆军军官学校高等教育班第三期，在学校也是优秀学子，身上值得写的事太多，其中领导学生会争取民主的事名震一时。他在整个三期同学中年纪虽不是最长，但文才最好，能写一手好字，既诙谐又风趣，言辞中肯，踏实，乐于助人，在同学中颇有威望。军校开学两个月后，要成立国民党支部，校党部与队党部的领导均由选举产生，而分队党小组的组长却是由校本部指定，用校长的名义公布的，慑于校长威严，没人敢公开反对。谢庆云却挺身而出，团结了几个平时跟他玩得好的学生会同学，共同写了一份报告呈给校长说："由校长指定党小组的小组长，不符合党的组织法，请收回成命，改由各小组选举自己的小组长。"校长看了十分恼火，把谢庆云他们几个一起叫去，威胁说："你们如自动收回报告，我将不予追究。"谢庆云他们几个人冷静地回答："小组长产生的办法违背了民主制度精神,应不应提意见,责任在我们;接受不接受,权在校长!"校长大怒,下令把谢庆云他们几个学生会同学关在禁闭室反省写检查,限三天之内写出悔过书,否则严惩不贷。

连谢庆云在内一共七个人,人太多,校方不敢有大动作,怕引起公愤,所以一直采取恐吓的办法。这一点谢庆云他们早就想到了,所以谢庆云等人一直在坚持,不向校方低头。三天后,当他们再次被校方叫去时,谢庆云他们不仅没有写出悔过书,反而义正词严地说:"我们无过可悔!"校长盛怒之下写了一纸手令:以谢庆云为首的学生会七人,目无师长,不守纪律,再三教育,坚拒不受,着即开除学籍,即令离校,以申纪律,而整校风。

可第二天所有的学生都停课了,抗议校方的野蛮行为。校方怕引起更大的轰动,又给谢庆云等七人留了三天期限,三天之内愿意悔过,仍可从轻发落。此时的谢庆云已经知道校方不敢过分胡作非为,岂肯松口。他们请出校务主任做通校长工作,给校长台阶下,三天后,教务主任率全体教职员请求校长从轻发落,教务主任及全体教师这样说道:"我们大家都知道校长是在考验您的学子,在大事前面会不会腿软。看来校长的弟子个个都是好样的,他们在个人前途事业受到威逼的情况下仍能坚持原则,真是一群好学生。中国有希望了,树立民主革命风气,防止独断专行这事就交给他们这一代了。"校长哈哈大笑。

谢庆云他们赢了。校方一度采取分化瓦解的手段,并未奏效,他们七个人在利益面前选择相互信任,坚不可摧,校方就是想拆散他们,也不敢动作太大。所以这件事最后以谢庆云他们的胜利而告终。冯玉祥曾赞叹:"宣侠父一张嘴顶得上二百门大炮。"他谈吐幽默,枪法又好,举枪可击落天上的飞鸟。他的人格魅力赢得了一批军官(如孙良诚、吉鸿昌、方振武、梁冠英等)的信任和拥戴。可宣侠父今天却佩服谢庆云他们的团队作战精神,宣侠父在心里想,当年他为了争取民主自己被学校开除了,而谢庆云比他聪明,他先是团队作战,鼓造声势，后是找校务主任给校长台阶下，让校长哑巴吃黄莲——有苦说不出，他不仅有勇还有谋，是一个将才！

　　面对不公平时大多数人选择沉默，没有人敢站出来发声寻求公平正义。 在中国推动民主的进程为什么会这么难？ 这与中国的文化有关，比如儒家的出头的椽子先烂，比如老子的无为而治等，这些都是让人们不要吵不要闹，安安静静在一边待着，受欺侮的又不是你一个人，你为什么要先站出来发声，成为众矢之的，因为第一个站出来的人很可能被枪毙掉！ 大家都怕为了别人而牺牲自已，你怕他也怕，所以中国的民主进程推进是最慢最难的。 还有就是中国几千年来都是皇帝说了算，哪怕皇帝只是一个三岁的黄口小儿，他同样可以做到，君要臣死臣不得不死。 这种环境只能培植专制、暴力，不可能有民主。民主首先就不应该是哪一个人说了算，而应该是集体的智慧，集体是相互制约的。 蒋介石口口声声说是继承孙中山先生的"三民主义"（即"民族、民权、民生"），不过是一个漂亮的政治幌子而已，实则上他搞的还是"一言堂"。

　　谢庆云和宣侠父二人的优秀就是读书而不全信书，懂孔孟却不唯孔孟是从。 头脑冷静思维锐敏。 他们已跳出了书本的窠臼，脱颖而出。 虽然他们跟其他人一样，从小学就受我们中国人几千年的孔孟之道影响，甚至他们学得很好，他们的古文底子比一般人都要好，什么"出头的椽子先烂""枪打出头鸟""木秀于林，风必摧之"，他们也是从小念到大的。 可他们在面对不公平时，却能挺身而出，不怕牺牲，引领新风气，他们读书不是为了完全信书，而是了解另外一种思维的存在，不是读到什么就信什么，多读书是为了培养自己的甄别能力！他们看到了这一点，知道中国为什么民主的进程会走得这么难，就是因为没有拍案而起的勇士，没有敢牺牲自己的性命去血祭民主的人，而那些自私者为了保全私利创造出那么多自勉的句子，更是毒草毒瘤，连宣侠父这样真正的革命家听到谢庆云为民主发声，都由衷地尊敬和佩服他。 他们真的是在用自己的生命和前途，用自己的一切利益来换取公平和民主，或者准确地说是用自己的利益来换取大家的利益。这样的人怎么能不让人肃然起敬呢?! 很多道理大家不是不懂，可是到关键时刻，更多的人还是没有勇气用自己的利益换取大众的利益，宣侠父和谢庆云迟早是要走到一起的，因为人以群分，他们有着相同的志向和气质。

宣侠父长谢庆云一岁，他们是同龄人，在一起有话说，好沟通。谢庆云被宣侠父的口才所吸引，宣侠父被谢庆云的人格所照亮。谢庆云心里纳闷，如此优秀的人才都能跟共产党走，那共产党该是一支怎样的队伍呢?

谢庆云与宣侠父彼此吸引，他们二人渐渐走近，平时也愿意在一起共事聊天，谢庆云从宣侠父那里了解到共产党的很多事，对共产党有了向往之心，换一句话说，谢庆云想加入中国共产党是从他和宣侠父的彼此认可开始的。

宣侠父的活动能力极强，活动范围也广，在国民党军队黄埔系成员中、在西北军中、在浙江系的上层军政人物中，影响都很大。他的活动可以从丁玲的《回忆宣侠父》一文中窥见一斑，从记者史轮在宣侠父牺牲时发表的悼念诗文《我永远敬念——你超人的灵魂》中，也可窥见一斑。蒋介石曾说："我们这边怎么也找不到一个像宣侠父这样的人!"蒋鼎文、胡宗南利用同乡和黄埔系关系多次拉拢利诱他，均遭拒绝。他跟谢庆云的走动是很频繁的，谢庆云欣赏他为人处世的方法，他也乐得为谢庆云指路引路，或遇事给出合理的建议和提醒。

作为一个革命家，宣侠父不仅以其非凡的胆识、过人的精力和才干，一生从事兵运工作和上层统战工作，同时他也从未放下过战斗的笔。他用笔名"侠夫"发表短论和杂文，笔锋犀利、泼辣，直指混战中的军阀。屠杀工农的李济深、鱼肉人民的冯玉祥、政客吴稚晖……都成为他嬉笑怒骂、嘲讽抨击的对象，颇有鲁迅杂文之风。谢庆云特别喜欢读他写的文章。

宣侠父牺牲时年仅39岁，正如阳翰笙所说："他的牺牲是我党的一个重大损失,也是我们左翼文艺运动的一个重大损失。我们将永远怀念他。"

谢庆云喜欢跟宣侠父在一起谈论国家大事,也喜欢向他打听一些共产党的事,所以宣侠父心里明白谢庆云是有跟他后面走的冲动,但还没有下定决心。也许各人有各人的苦衷与无奈吧,他想给谢庆云一点时间,他相信谢庆云最后一定会站到共产党这一边。

谢庆云虽然跟在军阀冯玉祥后面干,但是他跟他们不一样。他应该是军阀队伍里的一股清流。军阀没有未来,历史终究会抛弃这些军阀,共产党如果能把像谢庆云这样的清流争取过来,无异于抽薪于釜底,军阀们如果没有这些清流在支撑,前面的路会更短。谢庆云因人格魅力在其周围团结着一股西北军的政治和军事力量,那么争取到谢庆云的同时,还会争取到凝聚在其周围的其他政治力量。长期做统战工作的宣侠父对谢庆云的评价是:精明能干、正直稳重、乐于助人。

宣侠父到西北军不久,很快就与留在这支部队中的地下党员取得了联系,工作开展颇为顺利,他创办了一个名为《混战》的刊物,这本刊物也是谢庆云当时最爱读的刊物之一。宣侠父所说正是谢庆云想说而不敢说的,宣侠父所想也正是谢庆云所想而不敢多想的,宣侠父支持的事业也正是谢庆云内心里支持的事业——揭露新军阀的反革命罪行,报道红军战斗和工人罢工的消息。中国革命即将进入一个全新的时代。

不料到了1929年的5月,冯玉祥获悉宣侠父在部队中从事革命活动,立即电令将宣侠父押送开封,软禁在总部军法处,后来又转押至潼关监狱。不久,冯玉祥因准备同蒋介石开战,无暇他顾,宣侠父因此获释。他的弟弟宣翼父此时在胡宗南部第一师当连长,已安家在武汉。入秋后宣侠父便来到武汉,住在弟弟家里。

谢庆云与宣侠父分手后双方杳无音讯,直到1932年两人再次相遇。战争年代两个人分离后有可能是阴阳两隔,也有可能是敌我势不两立。

1932年谢庆云在梁冠英部任参议，梁冠英任25军总指挥，宣侠父此时任国民党中央军事委员会少将参议，但派驻梁冠英部。这样两个人再一次有了交集。

谢庆云看见宣侠父出现在梁冠英部时，不禁心头一震，心想此人果然神通广大。不由得在心里产生一股由衷钦佩之情，不过他心里也很纳闷他到底是哪方面的人呢。他公开的身份是共产党人，但目前的身份又是国民党的人。他是怎么被派驻梁冠英部的呢？他是什么来头呢？生生死死，起死回生，都是翻手覆手之间轻易的事。

宣侠父的神通广大，让谢庆云摸不着头脑。此时的他已经有了想加入中国共产党的想法，但苦于没有引路人，宣侠父值得信任吗？

"李副官，进来一下。"

"是。"

"帮我去查一下宣侠父是如何进来的。"

"是。"

宣侠父进梁冠英部的过程有一段曲折的故事，不仅谢庆云不知道，大多数人都不知道。战争年代，为了革命的需要，暗流汹涌，今天是你的人，明天又有可能是他的人，这很正常。

原来宣侠父进入梁冠英部的具体过程是这样的。只有当谢庆云了解了宣侠父进梁冠英部的始末后，他才会放心跟在宣侠父后面跟着共产党走。因为从思想上来说，宣侠父是影响谢庆云加入共产党的第一人，可以说没有宣侠父的影响，根本就不可能有后来的谢庆云的态度转变，也就不会有谢庆云的认可、佩服、跟党走。

当年宣侠父在黄埔军校顶撞蒋介石，被学校开除时，恳劝宣侠父向校长蒋中正认错的同学中，有一位叫蒋超雄。1929年，蒋超雄在镇江拜见了江苏省政府主席叶楚伧，原来是蒋介石写信把蒋超雄介绍给叶楚伧，让蒋超雄来江苏省从事水上治安工作。不久，蒋超雄便担任了江苏省政府水上警家督练署署长兼江苏省水上公安第五区区长。管辖范围沿长江上溯安徽境内，下至江阴、常熟之间的江面，以及沿江南北两岸,区署机关就设在江北瓜洲的前清镇台衙门。

两年以后,也就是蒋超雄举家搬迁到镇江,在山巷居住不久后的一天,突然有一位不速之客上门拜访。门卫进来报告:"外面有一位先生要见署长,问他姓名,他不肯说,只讲他是署长黄埔军校的一期同学。"蒋署长对门卫说:"既是我的黄埔一期同学,那就请他进来吧。"此时他心里也对这位同学究竟是谁作了许多猜测,只是署长无论如何也不会想到,这位不速之客竟是宣侠父。

两位久别重逢的老同学顿时互致问候。一别多年,从此了无音讯,署长似乎更急于想知道老同学自打离开黄埔军校后的诸多情况。入座以后,宣侠父说:"说来话长,老同学面前,我不应隐瞒。"于是,宣侠父将他在冯玉祥西北军中的情况大致说了一下,只是他略去了自己到西北军中的使命。毕竟这么多年未见,他对这位多年不见的老同学还得有个重新了解、重新认识的过程。讲完这些经过后,宣侠父喝了口茶,然后说道:"我现在可能随时被人监视,安身无地,知道你在镇江后,我经过深思熟虑才来找你,你如果有所不便,我马上就走。"蒋说:"你在困难中来找我,说明你对我的信任,我岂有不助老同学之理?"

于是,宣侠父在昔日老同学、今天的署长的安排下,在离镇江不远的三江营江边暂住下来。几天以后,宣侠父来看蒋超雄,蒋超雄对宣侠父说:"昨天我看完了你送我的《西北远征记》,我想,就凭你写的这本书,西北军也不能容你。"宣侠父笑笑,说:"这部作品不怎么样,眼下我又在写一部小说,已快要完成了。再过三个月就可以完稿付印,你公务也忙,所以这段时间如没有什么要紧事,我暂时就不过来了。"蒋超雄点点头,他希望宣侠父有什么需要他帮助的,尽管提出。宣侠父再次向老同学表示暂时没有,想在此暂居一段时间完成小说稿。宣侠父暂住蒋超雄那儿的理由单纯是完成小说?后来事实证明不尽然。

由于种种原因,宣侠父原先计划"再过三个月就可以完稿付印"

的小说，足足用了五个月。五个月后的一天，宣侠父带着文稿《入伍前后》来看蒋超雄，希望老同学多提意见。不过宣侠父的《入伍前后》如今早已不见，蒋超雄是极少数读过《入伍前后》原稿的读者之一，所以对《入伍前后》的内容梗概，蒋超雄的回忆是最为详尽的：作品内容是一个农家子弟的青年，被招进部队当兵，因作战受伤，进镇江伤兵医院养伤，受到一个进步分子的影响而参加其组织。伤好后回到原部队任排长，调到江西作战。有支革命部队的一个团被敌军包围，眼看就要被消灭，在关键时刻，由于这个排的倒戈，这个团乘黑夜突出重围。这个农民出身的军人，从此走上了革命的道路。读完了这部作品之后，蒋超雄写了一封信给宣侠父，提了一点意见："作品的主题是进步的，但在当前的政治形势下，是否能容它问世？"宣侠父回信说："我没有也不应该考虑出版问题。"但在宣侠父离开半年后，蒋超雄才得到这部作品的确切下落。它是在上海闸北地区一家规模中等的书店代为印发的（即湖风书局），书店的经理叫周梦莲，是宣侠父和蒋超雄黄埔一期同学陈德法的爱人周云的哥哥。周梦莲与宣侠父的关系，既是诸暨同乡，又是同志，蒋超雄因周云的关系与周梦莲也很熟识。周云告诉蒋超雄，《入伍前后》初版三千本，印好后，存在仓库全部被抄走。后来书店也被封闭，不许营业，周梦莲也被捕，并向他追查用"石雁"为笔名的作者的真实姓名，这个"石雁"就是宣侠父。能读完《西北远征记》及《入伍前后》的全文和理解其内容与写作经过的人，除蒋超雄之外，很难找到第二个人。至于他在后来的十余年中，是否别有写作，蒋超雄就不知道了。

宣侠父在三江营差不多待了一年，这也是宣侠父值得别人佩服的地方，他用了整整一年的时间来换取蒋超雄的信任。

那天在蒋超雄家里，蒋超雄郑重其事地对宣侠父说："你风华正茂，英年有为，至于遁迹山林，徘徊风月？甚非其时。当此全国震荡，生民唯艰，于心何安？我认为你目前局限荒江，终非长久之计。"见宣侠父久久不语，蒋超雄又说："考虑你的出路问题，我倒有一个想法,因不知你是否同意,故不敢轻易启齿。"宣侠父说:"我们之间,还要保留吗?"蒋超雄笑道:"我想同你到南京走一趟,你有没有勇气和我一起去见见校长?"蒋超雄一直称蒋介石为校长。听了蒋超雄的建议,宣侠父并没有表示惊讶,他等的就是这句话!

他这样说:"我也曾经想过,怕不易做到。"蒋超雄以为宣侠父有顾虑,就说:"你应该鼓起勇气去见见校长!"宣侠父说:"阁下义重如山,我怎能胆小如鼠。"事情就这样说定了。两人当天傍晚即赶赴南京,下榻在中山东路上的励志社。

由蒋超雄提出去见蒋介石,怕是宣侠父隐姓埋名于镇江整整一年的真正的革命目的吧。当蒋超雄提出时,他不惊不慌,成竹在胸!

翌日上午,蒋超雄一人先来到蒋介石公馆。当时蒋介石正在会客室会见宋子文,侍从副官让蒋超雄等在外面小会议室里。十分钟后,蒋介石和宋子文走出了会客室。宋子文在前,蒋介石在后。蒋超雄连忙起立向蒋介石敬礼。蒋介石看了眼蒋超雄,没有止步,直到将宋子文送走后才回来问蒋超雄:"找我有事?"得到蒋超雄肯定的回答后,他便走进会客室,蒋超雄知道这是得到了允许,也随后跟了进去。蒋介石坐定后,蒋超雄得到他的示意,才毕恭毕敬地坐了下来。"你最近工作情况怎么样,出现了什么困难?"蒋介石猜测,蒋超雄星期天一大早来求见,十有八九是工作上发生了什么要紧事。蒋超雄答道:"报告校长,工作开展得还算顺利,学生此番来求见,不是为了工作上的事,而是另有要紧事想向校长报告。"蒋介石"嗯"了一声,看着蒋超雄说:"你说吧。""黄埔一期时有个被开除的学生叫宣侠父,校长可记得此人?"说这话时,蒋超雄一直在暗暗观察着蒋介石的表情。他已经想好,如果蒋介石一听到宣侠父的名字后脸露怒色,恨从中来,那么关于宣侠父的话题就设法搪塞过去;如果蒋介石宽宏大量,不再追究,那么他愿意引荐宣侠父继续听命于蒋介石,一来让宣侠父为党国效力,二来也让他前途有望。蒋超雄知道,宣侠父命运如何,就听今日蒋介石一句话。结果,蒋超雄等来的却是将介石用一口浓重的家乡口音吐出的淡淡一句话："他现在怎么样了？"蒋超雄不由顿生紧张，蒋介石这是不露声色地逼他道出眼下他所知道的关于宣侠父的一切，他不说还不行，而一旦如实道出，事后想要搪塞就难了。面对蒋介石那双如锥子般逼人的目光，蒋超雄顿时意识到了自己要在这双目光下隐藏什么绝对是愚蠢的行为。于是，他稳定了一下自己的情绪，回答说："处境不好，他住在我那里一个江边小镇上将近一年，在写小说，不参加任何活动。"说到这里，蒋超雄偷偷观察了一下蒋介石的表情，发现那张瘦削的脸上没有顿起愠色，于是便大着胆子说："依学生看，宣侠父在品学才能上，是一个不可多得的人才，不宜听其自流。"说完这话，蒋超雄越发紧张起来，他想，现在蒋介石总该拿出一个态度来了吧。然而，蒋超雄还是失望了。蒋介石给他的，依然是一句让他摸不着凶吉祸福的话，而且向他的心理防线更逼近了一步。蒋介石问道："他现在在哪里？"蒋超雄只得如实报告："昨天同我到了南京，现住在励志社。"蒋介石不再问什么，伸手按下东边的电铃。铃声刚落，值日侍从柴副官已推门而入。蒋介石吩咐道："派一辆车子给蒋超雄，去接一个人来见我。"说完，蒋介石起身叮嘱蒋超雄："快去快回，我等着。"乘上汽车，柴副官问蒋超雄："我们去哪儿，接谁？"蒋超雄说："去励志社，接宣侠父。"副官也是黄埔一期学生，当年宣侠父不向校长屈服的经过仍记忆犹新，所以一听是去接宣侠父，顿时露出满脸惊讶，但他和蒋超雄一样，也摸不准蒋介石召见宣侠父会是什么结果。蒋超雄轻叹一声，既像对柴副官，又像对自己说："事已至此，听天由命吧。"

　　汽车很快就载上宣侠父走在返回的路上。蒋超雄在车上将先前会见蒋介石的经过告诉了宣侠父，为了安慰宣侠父，他说估计校长已经对他既往不咎。同时他希望宣侠父为自己的前途着想，千万别再惹校长生气。宣侠父笑笑说："你放心吧，我知道应该怎么做。"

　　到了蒋介石公馆，柴副官安排蒋超雄和宣侠父等候在会客室，然后去向蒋介石通报。不一会儿，蒋介石便来到了会客室，对着蒋超雄和柴副官点点头，示意他们坐下，并不去看宣侠父。蒋超雄和宣侠父原想等蒋介石先发话的，所以坐下后便噤口不语。但蒋介石并没有立刻开口，他只是神情专注地将目光透过前方的窗户，望向遥远的天空，那一刻谁也猜不透他究竟在想什么。会客室里的空气一下子变得凝重起来，蒋超雄觉得自己几乎快要窒息了，有几次他忍不住想开口打破这种窘迫局面，但既然校长不开口，他也不敢造次，毕竟今天这次会见，关系着宣侠父的命运。终于，过了好一会儿，还是蒋介石首先打破了这令人难堪的气氛，"你现在怎么样了？"这话显然是问宣侠父的，但蒋介石的目光依然望向窗外，没有正眼看一下宣侠父。宣侠父沉着地回答道："这一年来，我一直住在镇江写点东西，同时闭门思过，我过去年少气盛，常意气用事……"蒋介石摆手制止了宣侠父的话，他凝视着窗外，继续发问："你今后如何打算？"宣侠父犹豫了一下，说："如果校长许可，我……"宣侠父突然发现，蒋介石直到这时，才开始将目光一下子从窗外收回，然后像钉子似的久久停在了他脸上。面对这样的目光，宣侠父反而增强了自信，于是他坚定地回答道："如果校长许可，我想做些为党国效力的事。"宣侠父语未了，只见蒋介石冷不丁离座而起，接着就像眼前没人似的，径自朝里面的办公室走去。面对此情景，蒋超雄和宣侠父不由面面相觑，两人心想，难道提这条要求惹恼了蒋介石？蒋超雄更在懊恼，好不容易请蒋介石召见宣侠父，难道一切就这样结束了？正这样想着，却见蒋介石忽然停下脚步，回头对两人说："你们等着。"说罢，蒋介石的身影就消失了。

　　整个会见过程还不到十分钟。这下宣侠父心里也没了底，蒋介石说"你们等着"，这是什么意思？是接受他，还是要惩罚他？宣侠父这时候忽然留意打量起四周，会客室外面是小会议室，再出去就是一条开放的通道，右边通往侍从副官室，左边通往蒋介石办公室，对面是楼梯，通向楼上寝室。正打量着，蒋介石手中拿着一张纸笺，神色凝重地又走了出来。但这次他没有走向座椅，而是径自走到蒋超雄面前,将纸笺递给他,说:"把它送交侍从柴副官。"说完,蒋介石再也没有看他们一眼,重新回到办公室,并将门带上。

拿着蒋介石的纸笺,蒋超雄的心顿时收紧了,他担心这张纸笺会不会是蒋介石下令让侍从柴副官扣留宣侠父的。事已至此,再说什么也晚了。蒋超雄和宣侠父无言地相视了一眼,似乎在说,一切只能听天由命了。两人退出会客室,在小会议室里,蒋超雄迫不及待地展开了那张让他悬着一颗心的纸条。

"委宣侠父为本会少将参议。中正。"字条上原来是这几个字!

蒋超雄顿时松了一口气,连忙将手中的纸笺递给宣侠父。宣侠父看后,脸上没有特别的激动,只是朝蒋超雄笑了笑。接着两人进入副官室,把那张纸条交给了柴副官。柴副官看罢纸笺说:"二位放心,我马上将此事交办下去。"当蒋超雄向柴副官道别时,柴副官说:"不忙道别,汽车停在门口,我送你们回去吧。"回到励志社宣侠父的住处,一关上门,宣侠父这才握住蒋超雄的双手,说:"老同学,谢谢你,此行没有辜负你的一片苦心!"

蒋超雄笑道:"一切顺利就好。"

看看已到了午餐时间,蒋超雄建议到外面找家小馆子喝点酒,为今天庆贺。在小馆子里他还特地要了瓶香槟酒。蒋超雄给宣侠父和自己倒了满满一杯,然后举杯道:"劝君更进一杯酒,再入阳关见故人。"宣侠父和蒋超雄碰了碰杯,说:"改得好!"随即两人将杯里的酒一饮而尽。离开小馆子,蒋超雄对宣侠父说:"镇江那里公务忙,我先回去了。你在这里等柴副官的通知,我想这事会很快落实的,接到通知后立即告诉我,免得我惦记。"但结果蒋超雄等了一星期也没有得到宣侠父的音讯。他有点忐忑不安起来,心想别是遇到了什么麻烦,他担心在宣侠父的事情上,蒋介石一旦耿耿于怀,难保不会节外生枝。这样一想,蒋超雄决定再等两天,如果还是没有宣侠父的消息,就再去南京跑一趟。两天以后,还没等蒋超雄动身前往南京,宣侠父却出其不意地出现在了他面前。蒋超雄戏谑道:"你就像孙悟空,总是突然从天而降。"宣侠父说:"我可没孙猴子的本事。"说罢,两人不由哈哈大笑。

这就是宣侠父进入梁冠英部的始末。有些史料在提到这个过程时,只说宣侠父利用旧关系打入梁冠英部。(中共党史出版社《革命烈士传》第五集)更多的则干脆绕开,只约略交代此时宣侠父已在梁冠英部任职。大家都不是太清楚宣侠父是如何打入梁冠英部的,因为他隐居镇江一年多,也就是说跟外界一年多不联系,谁能知道呢?也就是谢庆云他们这个级别的军官,不仅跟梁冠英部的人熟悉,还要跟蒋介石那边的人熟悉,才能打听得出宣侠父入梁部的始末。

但是谢庆云没有想到的是像宣侠父这样的革命活跃分子,竟然能在镇江隐姓埋名一年多。今天想来,也就是宣侠父这种沉得住气的人才适合做地下工作者,不张扬,安静内敛,给对方足够的时间来信任自己。如果宣侠父一找到蒋超雄就让蒋超雄带自己去见蒋介石,没准蒋超雄还不干呢,还会起疑心呢。蒋超雄心里肯定会这样想:为什么找到我就让我带他去见校长?这么着急,他宣侠父到底想干什么?其中肯定有蹊跷。蒋超雄心里肯定会这样犯嘀咕的,这是人的正常思维,搁谁身上都会这么想。而宣侠父却不这样做,他是深扎下来,稳稳地等着对方先开口,就凭他这样的心理素质,就是一名合格的地下工作者,所以他看中的人比如谢庆云肯定错不了。因为他是一位喜欢深扎的人,不会凭一时一事来判断一个人。只有两个素质相同或者相近的人才会被彼此吸引,因为都能读懂对方。当然谢庆云作为国民党内部的一名高级军官,他也是被宣侠父身上具备的这些素质深深地打动了,只有英雄才能读懂英雄。

当手下副官向谢庆云汇报了宣侠父进梁冠英部的始末后,谢庆云陷入深深的沉默中,他对宣侠父的崇敬之情更进了一步。这样的一个百折不挠的人,经历九死一生还愿意跟着共产党走,共产党到底是个什么样的政党?宣侠父用一年的时间首先取得蒋超雄的信任,其定力和耐力真是让人不得不佩服。无论是重会老同学蒋超雄,还是经由蒋超雄再见蒋介石，实际都是出于革命工作的需要，也是宣侠父事先准备好的，最后事情也朝着他事先设想的方向发展了。不过有一点不知道宣侠父想到没有，蒋介石对他还是留了一手。蒋介石既然同意宣侠父进入梁冠英部，他就有把握相信梁冠英会随时随地将宣侠父的一举一动、一言一行向他汇报。后来事态的发展，果然证实了这一点。想来以宣侠父的聪明当时也是意识到此去国民党内部任职，大有"不入虎穴，焉得虎子"的悲壮。这就不难让人想起为什么宣侠父知道蒋介石留用他时，蒋超雄高兴得喜形于色，而宣侠父却是表情淡淡的。他内心里肯定知道，此去凶多吉少，革命尚未成功，现在高兴为时太早，也许他也早就做好了随时为革命献身的准备。

宣侠父进入梁冠英部后，不仅很快联系上了其部地下组织，在下层士兵中开展革命活动，而且在梁冠英的上层军官中也十分活跃。谢庆云就是他热烈的追随者，就连梁冠英本人对他也十分信任。

如果说当年在黄埔军校，身为校长的蒋介石还只是气恼作为学生的宣侠父的话，那么当宣侠父来到梁冠英部队后，这种气恼则陡变为愤恨，他一而再、再而三地挑战蒋介石的底线。也许蒋介石用一生的时光才能想明白像宣侠父这样的革命者就是死也不会改变初衷，这也是谢庆云佩服宣侠父的地方，也是谢庆云佩服共产党的地方。蒋介石最后还是对宣侠父起了杀心。

梁冠英的部队驻罗田一带，主要任务是"英山剿共"，即围剿大别山地区的共产党。

宣侠父当然会百般阻挠，可是他是派驻参议，很多事情都是后知后觉。国民党内部一直都有派系之间的相互倾轧，蒋介石对宣侠父还有所防范，所以宣侠父很难接触到军队中的核心机密。这个时候谢庆云起到了关键作用。宣侠父下班后偶尔请谢庆云喝酒，谢庆云也装着不经意地透露一两点消息，走时还嘱咐宣兄可不能到处乱说。宣侠父当然心知肚明。

每次宣侠父从谢庆云处探知敌人的"清剿"部署后，就会立即用字条的形式传递出去。 因为有这个第一手消息，敌人虽多于我军几十倍，最终"清剿"却多以失败告终。 当然各部行动也不可能一致，特别是十一路军和二十五路军及东北军为了保存各自的实力，矛盾重重。 只要有摩擦就会有伤亡，大家都是你看着我，我看着你，巴不得都想让对方先上，等到两败俱伤时再收渔人之利，所以国民党方面三方军队的行动速度都是很慢的。 我军虽然人少，但对地形熟悉，调动灵活，而且有广大人民群众和地方党组织支持，再加上谢庆云透露给宣侠父的消息及时，有关敌人的情报很详尽，更有大别山良好的根据地作掩护，便于游击。 留在后方的部队就这样坚持了下来，同时还消灭了一部分敌人，发展壮大了自己。 我军就是这样以游击战为主要作战形式，时聚时散，分散敌人，调动敌人，疲劳敌人，拖垮敌人，打击敌人，最后保卫了根据地。

有一次宣侠父又来到谢庆云的办公室，装着不经意路过，随便问侯一下。

"谢参议，最近好像很忙啊？"

"是啊，忙得不分昼夜，其实也没什么大事，但是就是什么时候都没闲过。 杂事太多，后勤兵忙的事都不上台面，也不知道忙个啥，每天都忙，无事都忙，有事更忙。"谢庆云跟宣侠父在大庭广众之下打着哈哈。

"后勤兵咋了，兵马未动，粮草先行，后勤无小事，后勤之事都是大事。 没有后勤，前方将士还不都饿死了，还谈什么打胜仗。 不过您的事都是机密之事，不聊这个，不聊这个，让兄台为难，兄台你忙你的，我也就是路过你办公室，向你问个好，借坐一分钟。"

以宣侠父的聪明，他当然知道跟人聊天，该聊什么不该聊什么，有些事你越是想知道，越不能表现出来，太明显了人家就会警惕你，即使谢庆云有心想帮你也不敢了，你的动作太大，过于明显，这样双方的隐蔽性都差，都容易暴露。 要想把革命工作干长久，保存实力也是很重要的，万事都要讲个心照不宣，彼此之间要有默契，悟透但一定不能说透,尤其是这种事就应把它放在灰色地带,有个缓冲处理的机会,对双方都好,那可是提着脑袋做事的年代。

"谢谢兄台理解。"

宣侠父哪有时间跟人闲聊啊,以谢庆云的聪明当然知道宣侠父的来意,但他不说,在那样的年代不说就是一种保护,而能愿意"让眼",几乎就是公然相助了。

"宣兄,在这儿小坐一会儿,小弟去一趟洗手间。别走啊,晚上我们喝两杯,我做东。"

"宣侠父说,那敢情好啊,真是求之不得,你去,你去,我不走。我就坐在沙发上等你。"

谢庆云一走,宣侠父立刻就站了起来,装着若无其事的样子,来回在谢庆云的办公桌前踱步,来回走动时用眼睛瞄着谢庆云办公桌上的文件,又不时下意识地瞄一眼外边,看有没有人走进来。以宣侠父敏捷的身手和机警的反应,他能以迅雷不及掩耳的速度完全将其记下,这一点谢庆云对宣侠父是深信不疑的。他故意磨磨蹭蹭地上完洗手间,慢吞吞地从洗手间里走出来,又认认真真洗了一下手,思忖着宣侠父该办的事情大概已经全部办完了。

都是聪明人,宣侠父心里哪能没有感觉啊。经过这一段时间的相处,二人的关系更近了一些,了解也更多了一点,谢庆云给宣侠父留下了更深刻的印象。明明心里是想帮助宣侠父的,但是表面还装作没事人一样。

宣侠父通过跟谢庆云的短暂相处以及日常的点点滴滴观察,他知道谢庆云是一个有良知的中国人,跟着军阀东征西战,并不是他的理想,但是也无可奈何,一个人无力挣脱出来,只要有机会他很愿意帮着国家和人民做一点力所能及的事。如果宣侠父不走,下一个地下工作者发展对象他会考虑谢庆云。这就是后来为什么宣侠父虽然走了,却对其他地下工作人员比如徐楚光提到谢庆云,并对他作出正面评价,这其实就是在暗示他们:谢庆云可以作为下一个发展对象来考察。因为在那样的年代要发展一个工作对象是要经过严格的明里暗里考察的，草率地发展地下工作人员，如果出现了叛徒，对党造成的损失将是巨大的。可是宣侠父又深知谢庆云是一个人才，不发展过来，实在可惜。宣侠父在组织开会时，曾有一次特意跟徐楚光提到谢庆云的为人，希望徐楚光及大家对谢庆云其人能多多留意。

很可惜后来宣侠父被迫离开梁冠英部，离开的原因主要是宣侠父的政治活动过于频繁和明显。蒋介石当时虽然同意宣侠父入梁冠英部当参议，但是并没有放弃对他的监视，就是在梁冠英部，蒋介石对宣侠父动了杀心，他知道这一生宣侠父跟他的政治主张是不可能一致的，留着他只会给自己带来更多的麻烦。

宣侠父从梁冠英部悄无声息地消失，谢庆云和他失去了联系，便派他的副官多次多方打探他的消息。这个神通广大的人，总是像孙悟空一样来无踪去无影，不知又潜伏到哪里去了。谢庆云一直在找他，可一直没有找到。

宣侠父虽然被迫离开梁冠英部，可是敌人的"清剿"因为他的多方设计暗中阻挠，也因为谢庆云的暗中帮忙，"清剿"活动总是在事先泄露，所以敌人的"清剿"活动只持续了几个月，并没有取得成功，很快就结束了。敌人见"清剿"活动实在捞不到更多的油水，只好夹着尾巴走了。不幸被敌人抓去的同志虽受尽了敌人的折磨和摧残，但他们绝不吐露半个字，更不会交待其他战友的行踪和根据地的一丝情况。正是这些人的鲜血染红了鲜艳的五星红旗。不邀功不请赏，是一个共产党员起码的素质，正是这些起码的素质构成了我党我军的优秀。

下面是一位当时围剿时没有被抓去的老兵的回忆。

夜很寂静。偶尔，从山林深处传来野兽的嚎叫声，使我有些害怕。孤星当顶，我怀着沉重不安的心情，走出了乱石丛，翻过一块又一块岩石。我一面走一面想着妇女排的同志们，当我走到我们突围的那条山沟时，突然发现前面有具尸体，头被敌人割去，肚子被剖开，夜色灰蒙蒙的，看不清这具尸体是谁。我用手摸到一双粗糙的大脚，我断定这是一个男同志，是自己的同志牺牲了。这时我只有仇和恨，而没有眼泪，我怀着对敌人的满腔怒火，捧了几捧黄土，撒在死者身上，聊尽我的心意。

在离这具尸体几丈远的深沟里我又发现了一个黑影子，心想莫非又是一具尸体，我一边这样想，一边向前走去，到跟前仔细一看，原来是床破被单。从这床被单上知道前面被敌人杀害的那个同志是红军家属老李同志，这时我的泪水忍不住滚了下来。老李同志六十多岁了，老伴死得早，儿子当红军长征去了。我拾起被子，悲痛地向沟下老李默默看了一会儿，自言自语地说：老李同志，你为革命英勇牺牲了，我们一定要为你报仇！

告别了老李同志，来到另一个路口，经过观察没有发现敌人。好几天来我除喝一点凉水外，没有吃一点东西，四肢无力，手拉着茅草、小树爬上了另一座山。趁天还未亮，就在草窠里睡了一会儿，但是想到被杀、被抓、失散的战友就怎么也睡不着。那该死的山老鼠就从我身上跑来跑去，林中的鸟儿已鸣叫，这时天快亮了。我又转移到树林比较密的大山沟里隐蔽。山上的乌鸦很多，一群有几百只，它们在山上靠吃死去的野兽或死人过日子。这一天我躲进树林不到一小时，就被一群乌鸦发现了，几百只乌鸦低飞狂叫，它们以为我是死人。当它们低飞离我几尺高时，我怕乌鸦抓破我的脸，就起来动一动，但它们怎么也不离开我。我怕敌人从这些该死的乌鸦叫声中发现目标，赶紧转移到另一片山林里隐蔽。但它们的嗅觉特别灵敏，我转移到哪里，它们就跟到哪里。就这样，和乌鸦周旋了一天。太阳快落山时，我从深沟密林中甩掉了乌鸦，向山上走去。在上山途中，发现一棵洋桃树，上面坠满了小小的洋桃。由于十几天没有吃东西，又渴又饿，水淋淋的洋桃真是一顿美餐。我把吃剩下的洋桃摘下来，用破被单包起来，准备带给妇女排的其他同志们吃。在山头上观察了一会儿，未发现敌人，这时天已快黑了，我背着洋桃布包向沟下寻找妇女排的其他同志。到了沟下，发现昨夜有人从这里走过。满天的星光照到地面上也有微弱的光亮，我觉得全身发冷，头痛得很厉害，可能又是发疟疾了，再加上十几天没有好好吃过东西，过度疲劳，支持不住，于是我就在深沟里的石板上休息。忽然听到沟下有人在说话，而且声音很熟悉，好像是老肖、老曾的声音。一阵喜悦涌上心头，我不由得脱口而出，喊了一声："老肖！老曾！"他俩听到我的喊声，放下破瓷盆向我跑来。当他们看见我时，有种说不出的高兴。他俩扶我走出隐蔽的草丛，我问同志们还有多少人在，他们说大多数人都还在。我很高兴。我们又胜利了，敌人要把我们一举消灭的计划又破灭了。

如果不是宣侠父和谢庆云的暗中阻挠，事先把消息放出去，妇女排的同志将会遇到更大的生命危险。革命的胜利不应该忘记这些无名的英雄。

长征，是我党我军做出的伟大的决定。但是在纪念长征队伍的同时，也不应该忘记那些留在根据地同国民党军进行殊死搏斗的留守红军队伍。比如，1932年留守在大别山的共产党员，是他们坚守在鄂豫皖革命根据地，进行了艰苦卓绝的三年游击战争，为中国革命保存了骨干力量，为后来的抗日战争和解放战争打下了坚实的基础。他们英勇顽强、灵活多变的游击战争，使得党在鄂豫皖地区点燃的革命之火始终熊熊燃烧，红军用鲜血染红的战旗在大别山上始终高高飘扬，同时，他们还锻炼和培养了一批智勇双全、独当一面的年轻、优秀的红军指战员，带出了一支英勇善战、能打仗、能打胜仗的红军队伍，这些成为后来我党领导敌后抗战的重要武装支撑。

根据地的留存是地下工作者和留守根据地的共产党员们为革命共同做出的巨大贡献。

在革命战争中保住根据地作用是巨大的，它不仅能为前方提供物资、人员的补给，还能为前方将士提供休养生息的大后方，所谓"进可攻，退可守"。根据地的创立、巩固和发展，对坚持敌后战争和全国持久抗战起到"坚强堡垒"的作用，对全国战略反攻和进军起到"前进阵地"的作用。根据地军民在对敌斗争和根据地的各项建设中，创造了极为丰富和宝贵的经验，为中国抗日战争和世界反法西斯战争的胜利做出了卓越的贡献，为全国解放战争的胜利打下了坚实的基础。

这些革命的火种能够得以保存下来，与那些默默奋斗在秘密战线上的同志是分不开的。根据地在敌人眼里本来就目标明显，易于敌人扫荡，不是地下工作者们的及时通风报信，根据地军民的火速转移，也许根据地早就被敌人荡为平地了。团结一切可以团结的力量，孤立和打击最顽固的敌人，是中国革命取得胜利的重要策略之一。

这里就包括宣侠父对谢庆云的团结。也包括谢庆云主动向党组织的慢慢靠拢。虽然当时谢庆云还不是我党我军的地下工作者，可他是中国人，一名有良知的中国人。作为一名军人，服从是他的职责，他身在国民党军营中，可作为一名有血性的中国人，时时记住对中国苦难人民的拯救，方式可以多种多样，留在敌人内部，为党和人民提供更多的情报也是报效人民和祖国的方式之一。

这是谢庆云在看到军阀砍杀无辜群众后，急于寻找新出路的思想苦闷阶段，也是他在长期的苦闷中能想到的唯一能为中国和中国人民略尽绵薄之力的方式方法之一。他对宣侠父的亲近就是一种无形的选择，而宣侠父对他的正面评价足可以证明，他亦是我党我军潜伏在敌人队伍里的自己人。

大别山区是中国革命一个重要的战略根据地。大别山战略区雄踞湖北、河南、安徽三省交界地带，紧靠国民党反动统治的中心区域。大革命时期农民运动在此地兴起，农民群众的革命热情相当高，党组织和革命武装一直在这里坚持活动，使大别山革命红旗不倒、火种不灭。

大别山区的党、军队和地方领导人总结出许多游击战经验。1929年11月至12月，徐向前与戴克敏、曹学楷一起总结出游击战术七条原则，另戴克敏独自提出游击战要做到"八会"（会跑、会打、会集、会散、会进、会退、会知、会疑）。被周恩来称之为大别山游击专家的高敬亭，更是这样总结了游击战争经验：在策略原则上，坚持"四打四不打"原则，即敌情不明不打、地形不利不打、伤亡过大不打、缴获不多不打，敌情明、地形好、缴获多、伤亡少则打；在战略战术上，以游击战为主，辅以必要的伏击战；以游击区作战为主，内线、外线结合。这些经验的提出，标志着中国工农红军的游击战略战术走向成熟。

其中提到的"敌情不明不打"就是需要来自敌人内部的同志提供情报，从而准确地掌握敌人的情况。当时谢庆云为什么和宣侠父走得那么近，作为一个中国人，这就是他有良知的证据，他在内心深处想把消息主动透露给宣侠父。

宣侠父在梁冠英部时，谢庆云与宣侠父之间暗地里没少往来。

宣侠父在梁冠英部时，与梁部的上层军官广泛接触，积极做好团结争取工作，他专心学习苏联红军政治宣传工作的经验，开办图书室、俱乐部、训练班，对广大官兵进行启蒙教育，宣传新三民主义，宣传马克思主义。谢庆云时刻关注，积极参与，起到带头示范作用，所以宣侠父在梁部上层军官中的工作才能打开局面。

"谢兄，我想办一个机关刊物，只是苦于……"

"只是苦于没有钱，对吧？"

谢庆云笑着说，宣侠父的文章他是看过的，他知道宣侠父的才气。

"走，我们一起去找首长。"

就这样谢庆云陪着宣侠父一起说服了梁冠英，请他出资在上海帮助几个文人朋友办书店。梁冠英出了三万元大洋。宣侠父携款到上海，在上海七浦路上建起了湖风书局，请其兄宣归父题写了书店匾额。为了书店的开业少受干扰，宣侠父还曾请出梁冠英专门派出自己的人去拜访过杜月笙。书店开张后，出版了文化总同盟党团秘密机关刊物《文学导报》，还出版了丁玲主编的文学刊物《北斗》，终于使左翼文学有了自己的喉舌、自己的出版阵地，为反击国民党的文化"围剿"做出了历史性贡献。宣侠父自己住在镇江蒋超雄处所写的《入伍前后》也在湖风书局出版了,首印三千册,存在仓库还没来得及发行就被抄了,那个叫石雁的作者正是宣侠父自己。这些情况谢庆云都是知道的,但是他对外从不着一词。

敌人无情的屠杀是一轮又一轮,革命一天不成功,政权一天不交到人民手中,这种杀戮就不会停。这时宣侠父在梁冠英部的政治活动过于频繁,引起了国民党的注意,蒋介石在上一轮"围剿"根据地的行动中失败,开始找原因。宣侠父曾是公开的共产党员,又跟蒋介石有过节,那么蒋介石第一个就盯着宣侠父了。在梁冠英按蒋介石的命令开始新一轮的反攻鄂豫皖革命根据地之前,蒋介石将宣侠父撵出了国民党队伍。就在这么危险的时候,宣侠父还极力劝阻梁冠英不要"围剿"根据地,但未被接受,他不得不离开二十五路军,转赴上海。

就这样谢庆云与宣侠父的第二次交往也结束了。

后来谢庆云曾多次寻找宣侠父都没有找到。宣侠父一向来无影去无踪。当年他与蒋超雄一起去找蒋介石,蒋介石虽然当时表面上大方举荐他到梁冠英部任参议,但私下对他的行动一直都特别留意,他在梁冠英部的所有活动都在蒋介石的掌控之下。

战争年代天天打仗,打着打着,队伍就打没了,只能不停重新整编,合成新部队,然后再招募新兵,再打没了,再组合,再招募,再重新整编……后来梁冠英部也被打散了,进行了重新整编。谢庆云在茫茫人海中,多次寻找宣侠父未果。这有什么办法呢?今天跟你走,拉一支队伍,明天跟他走,又拉一支队伍,这是军阀天天都在上演的闹剧。只是苦了手下那些弟兄们,他们像浮萍一样到处漂泊,没有方向,没有归宿,更没有未来。

1933年,吉鸿昌同冯玉祥、方振武等抗日将领依靠苏联的武器支援和集合东北义勇军在张家口宣布成立察哈尔民众抗日同盟军,吉鸿昌任前敌总指挥兼第二军军长。谢庆云所在部队再一次进行了整编,谢庆云被整编到了吉鸿昌部,他开始跟着吉鸿昌走,在其手下任参议。谢庆云的工作能力一向很快就能得到他所追随的首长们的肯定，这一次又是打日本，抵御外辱，不是关起门来自家弟兄的相互厮杀，这更让谢庆云勇气倍增，工作起来更加卖力。

"那里好像还有灯光，走，我们去看一看。"

"是。"

吉鸿昌正在巡查。放眼一看营房，一片漆黑，整个大地一片静悄悄的，连鸟儿和星星都睡觉了，营房里除了鼾声，只有那边的营房里有一点微弱的亮光传出来，走着走着，吉鸿昌就知道那是谢庆云的营房了，准是他又在看地图。那地图不知道都看了多少遍了，可每次再多看一遍，准又有好建议。吉鸿昌打打杀杀出生，半生下来带兵无数，是不是好兵一眼就能瞧出来。谢庆云是一个好苗子，办事沉稳，不急功不近利，是一个君子；工作上肯吃苦肯奉献，团结同志人缘好，只要遇事，一个以他为中心的小团队立马能组建起来，不仅仅能打仗，而且能打胜仗。

吉鸿昌悄悄地靠近谢庆云的营房，摆手让手下都轻些，防止打扰了谢庆云。可当他们俩走近营房时，地图前并没有找到谢庆云凝视的身影，真是奇了！人呢？墙角的行军床上歪着一个人，手里拿着一本书，头一点一点地，像在数数一样。吉鸿昌知道这位勤勉好学的下属必是累极了，不然不会手里拿着书没躺下就睡着了。他小声同随从副官说了一句话，那个随从副官轻轻地退出谢庆云的营房，径直走了出去，留下吉鸿昌还暂时留在谢庆云的营房。只见吉鸿昌走到谢庆云的地图前，上面用铅笔标了擦，擦了标，地图上已经千疮百孔！回头看了看谢庆云，他仍然没有醒，头还在那里一点一点地。出去的随从很快回来了，手里拿着一床地毯（战争年代物资匮乏，这虽是一床地毯，却是吉鸿昌行军打仗时当作毛毯御寒用的）。吉鸿昌这个铁骨铮铮的汉子，一代爱国将领，充满柔情地为他的爱将谢庆云披上自己的那床专门用来行军用的地毯。鲁迅说："无情未必真豪杰，怜子何如不丈夫！"他和随从副官一起轻轻地退出谢庆云的营房，接着去巡查其他的营房了。

谢庆云一觉睡到天大亮。他是真的太累了,而且最近战事不是太紧,又在后方,人暂时放松了一下,斜睡下去就不知道醒了。太可怕了,如果敌人来袭都不知道醒,睡醒后的谢庆云发现自己的身上多了一床地毯,他认识这床地毯,这是他们军长行军用的地毯,或披或垫两用型,他知道军长来过了! 他把地毯认认真真地叠好,快步跑到军长的营房。军长早已起来了,在后山脚下散步,他又跑到后山脚下。

"报告首长,还您地毯。"

"睡醒了?"

"是。首长,还您地毯。并向您检讨警惕性不高,有人来营房我都没有醒,如果敌人来袭,那就糟了……"

吉鸿昌一摆手,带着欣赏的目光看着谢庆云,然后大声说道:

"睡得太熟,这事要批评你,说明警惕性不高。地毯送给你了,给你晚上看书用。"

"这怎么可以,这是首长唯一的行军地毯……"

"别磨叽,服从命令。"

"是,谢谢首长。"

谢庆云抱着地毯又跑回了自己的营房。

这就是谢庆云收到吉鸿昌将军一床地毯的全部经过,足以说明谢庆云的优秀是受到大家一致肯定的。从军以来,他跟谁走,谁都很快肯定他、重用他,这不能不说明一个人的素质之高。不仅仅是一般的士兵肯定他,肯定他的都是军中一等一的首领,像吉鸿昌这样的爱国将领也愿意将他带在身边。虽然他一直流落在军阀的队伍里,可跟着军阀不是他的初衷,他跟那些军阀同又不同,同与不同他们都喜欢他,相同的地方让他们信赖他、重用他;不同的地方闪耀着人性的光辉,照亮并温暖身边的人。他一直寻找救国救民的途径,也一直寻找心中的光明,一个寻找光明的人一定也自带光明。

这条由吉鸿昌将军送给谢庆云的地毯至今还保存在南京雨花台烈

士纪念馆内。

吉鸿昌将军是一位抗日爱国名将，原名恒立，字世五。河南省扶沟人。1913年入冯玉祥部，从士兵递升至军长。骁勇善战，人称"吉大胆"。1932年4月，吉鸿昌在北平加入了中国共产党，由一个爱国的旧军人转变为坚定的共产主义战士，从此踏上了新的革命征程。1933年5月26日，吉鸿昌同冯玉祥、方振武等抗日将领依靠苏联的武器支援，集合东北义勇军在张家口宣布成立察哈尔民众抗日同盟军，吉鸿昌任前敌总指挥兼第二军军长。指挥部队进攻日伪军，收复察哈尔失地。1934年参与组织中国人民反法西斯大同盟，被推为主任委员，秘密印刷《民族战旗》报，宣传抗日，积极联络各方，准备重新组织抗日武装。11月9日，在天津法租界被军统特务暗杀受伤，后遭工部局逮捕，引渡到北平军分会。经蒋介石下令，24日被杀害于北平陆军监狱，时年三十九岁。吉鸿昌行刑前题诗一首："恨不抗日死，留作今日羞。国破尚如此，我何惜此头？"

这样吉鸿昌余部再一次被整编，谢庆云作为一名军人再一次被命运裹挟着在历史的大潮中起伏，不能自已。

第五章
被迫投"汪伪"愁苦
楚光遇旧友纳闷

谢庆云通过1929年和1932年与宣侠父的交往，思想正发生着一场静悄悄地革命，他的思想正悄悄地以看不见的形式发生着转变。通过与宣侠父的接触，谢庆云对共产党的政治信仰和思想主张有了更深的了解，他觉得共产党跟他一路跟随的军阀不一样。虽然每个长官都对他很好，但是他发觉他们的身上都缺了一样东西——让中华大地上的穷苦人看到希望。而共产党却不一样，它团结了更多的人，它为穷人代言，它为多数人代言。就凭这一点他就值得人民大众追随它，就凭这一点它就能得到大多数人的支持，就凭这一点它就能让人隐约看到胜利的希望。谢庆云也是穷苦出身，在这个军阀混战、民不聊生的年代，一个小农之家供养一位学生的艰难可想而知，但谢家砸锅卖铁，赌了这口气也要让儿子读书，就是为了寻求一条报国救民之路。可他这么一路走来，走得实在艰辛，他十分努力，每跟随一位首长他都能始终如一努力，不耍奸不取猾，可他还是觉得他生命中缺了一点什么，他发觉身不由己地跟着军阀走，越走离人民越远，离他的初衷越远，离穷苦人的信仰越远。他在黑暗中慢慢摸索，慢慢思考，他要寻找一条离人民越来越近的道路，这条道路到底该怎样走呢？

一路摸爬滚打，他的参军之路实在艰辛，可走着走着，他发现他的方向似乎出了一点问题，离正确的道路越来越远，可方向问题真的不是他自己能说了算的。身为军人，服从是他的天性。可作为一个中国人，内心的彷徨和苦闷还是会有的。

从1921年初跟随谷良友参军开始，到河南信阳冯玉祥部第十六混成旅第一团孙良诚营当兵，后历任团部上士文书、旅部上尉军需、师部少校军械员、军部上校军务处长。1927年起，先后任巩县孝义兵工厂厂长、河南省烟酒税务局局长、山东省烟酒局局长、山东省公路局局长、讨逆军第二路汽车管理局局长、梁冠英和吉鸿昌部参议。抗日战争时期，先后任天津造币厂（宋哲元办）厂长、热察绥冀四省统税局石家庄分局局长、宋哲元军部参议、孙良诚总部参议……半生下来，跟着部队东奔西走，这种走马灯似的换来换去，有什么意思呢？他手里没有兵权，一直都没有直接带兵，这给他直接弃暗投明带来不利，如果他走，只能是一个人走，给党组织又能提供多少补给呢？但是如果他留下来，他可以利用他的军需职位给党的后方提供一些物质帮助，或者再利用自己在军中良好的人脉关系，拉一支队伍走。怎么办呢？不管党在不在乎他带不带部队去，可他谢庆云在乎，他一定要带一份礼物献给党，他想用这种方式来表达对共产党的忠诚和向往。

他一边思考一边继续留在原先部队，与此同时他开始寻找宣侠父，他想得到宣侠父的指点。可是茫茫人海，到什么地方才可以找到宣侠父？更何况像宣侠父这种秘密战线上的同志，他们可是不停地换住所、工作地点、工作任务，甚至不停地换姓名！如果一直都联系不上宣侠父该怎么办？他下一步该何去何从？

他在内心里有了跟共产党走的想法，但是苦于一直没有一个合适的机会、一个合适的人来引荐他，可以说宣侠父的出现照亮了他的内心。一直在黑暗中摸索的谢庆云，不管走到哪里，都是一个出类拔萃的军人，不但学业优秀、军事技能出色，而且行为端正、操守有持。他烟酒不沾，牌赌不近，毫无恶习，一路走来不管是上司还是下属对他都是推崇备至，赞赏有加。

一个如此优秀的人，出路到底在哪里？

如果说在1929年年末以前，谢庆云还处于观察、思索、比较、选择的阶段，甚至还难于割舍旧的生活，尤其是难以割舍那些与他一起参军的军中弟兄们，那么到了1932年春以后，在经过反复研究和深入思考之后，他已经自觉、明显地开始向共产主义靠近。

谢庆云入伍以来大多数时间都跟着孙良诚，多年做他的手下，必然对他的了解越来越全面深入。他发现此人虽对他有提携之恩，但其身上军阀气过重，民族性欠缺。作为一个军人，如果把眼光永远只盯在物质利益上，从而丢弃民族大义，做什么事只是为了一己私利，圈地、圈钱、圈名、圈利，那么他肯定走不远。孙良诚此人的性格也过于摇摆，一会儿这样，一会儿又那样，没有稳定的世界观、人生观、处世观。他的政治方向也是有问题的，他总是追随他人行事，追随他人之前光看利益，不看前途。孙良诚这个人还很多疑，刚愎自用，即使是跟他许多年的手下，他也要怀疑。他不大能听得进去别人哪怕是合理的建议。谢庆云在他手下做事，一向都是小心翼翼，不敢多言，一切以服从他的意志为主。有一个阶段孙良诚在他面前流露出要投"汪伪"的意图，这令谢庆云心急如焚，怎么能投"汪伪"呢？这是公然与人民为敌，公然走到人民的对立面去了啊！但是孙良诚只看见利益，绝对唯利是图。一个太爱钱的领头人注定是走不远的，对外受利益支配，容易被人牵着鼻子走，受制于人；对内你把钱袋子捂得紧紧的，不仅没有施恩于民，反而不停搜刮民脂民膏，请问哪有弟兄愿意跟你走？哪有人民愿意拥护你？没有群众基础，你怎么可能取得革命的胜利？谢庆云从这一点上看透了孙良诚，但是自己在他手下做事，人家又有兵权，看透了又能怎样呢？

岳武穆云："文臣不爱钱，武臣不惜死，天下太平矣！"谢庆云从军数年，向来不顾个人性命，家中更无私蓄，遇敌时便可奋不顾身，为的是救国救民。看现在的世道，内忧外患，国将不国；官压兵扰，民将不民。冲锋陷阵十多年，为的是拯民于水火，不是为了博取虚名和显世荣耀。如果为了捞钱，他一直做的都是有油水的军需，大可以捞个盆满钵满。可他从来没有这样做过，当年在冯玉祥部收税，多的钱冯玉祥说是奖励给他，他都不要，就别说去捞黑钱了，这不是他谢庆云一贯的做人风格。

谢庆云在军中生活近十年，对汪精卫和蒋介石也是了解的，这些新军阀总是汲汲于一己之私利。顺利时不肯委人以重任，一旦时势危急又想以爵禄相诱，都是有眼无珠！可孙良诚就是受不住诱惑，以他对孙良诚和汪精卫的了解，这一次孙良诚手下有兵三万，汪精卫肯定会满足孙良诚提出的任何条件，而孙良诚恰好又在乎那些身外之物。怎么办呢？作为下属，去劝谏上司，这行得通吗？不要没有劝成功反而把自己给劝进去了。孙良诚摇摆之际，如果宣侠父在，也许能有办法说服他。

谢庆云从未放弃寻找宣侠父，因为宣侠父是他知道的真正的共产党人，他如果能联系到宣侠父，那么他们的未来就看见光明了。

然而，谢庆云并不知道宣侠父已于1938年被敌人杀害了。

1937年3月，党组织派遣宣侠父到西安协助周恩来同志开展抗日民族统一战线工作。9月，宣侠父被任命为八路军第十八集团军高级参议。由于宣侠父长期做统战工作，和国民党交往颇多，而他的身份又是公开的共产党员，隐蔽性较差，所以他刚到西安任职，就被人盯上了。宣侠父刚到西安八路军办事处工作一个月，西安行营主任蒋鼎文特意吩咐张毅夫说："宣侠父这人是共产党，狡猾得很，共产党专门派他来和咱们打交道，他很不简单。他满口为了抗日，百般要挟，和我争吵，毫不客气。他说我们不接济八路军，妄想借敌人之手消灭八路军。他到处煽动，散播流言，攻击我们歧视八路军，破坏抗战，简直是捣乱，不把他除掉，西安非出乱子不可！你们要特别监视他的活动，把他的言行动态随时报告给我。"

1938年7月31日这天下午5点多钟，佟荣功突然发现宣侠父骑着一辆自行车从住处出来，他马上用手势示意丁善庆。丁善庆立即和一个特务骑车尾随宣侠父。宣侠父在八路军办事处门口下了自行车，一个年轻同志欢快地跑过来说："宣将军，给我去练练车！"然后从宣侠父手里接过自行车，推到附近的革命公园练习骑车去了。尾随的丁善庆断定，宣侠父办完事后，会回到革命公园取车，然后再回住处。于是他示意佟荣功把乘坐的汽车停在革命公园附近。

果然，十多分钟后，宣侠父和两名青年学生模样的人从办事处出来，一路说笑着向革命公园走去。那个练车的年轻同志把车还给宣侠父，热情告别后，宣侠父骑上自行车匆忙原路返回。丁善庆做了一个准备动手的手势。佟荣功乘坐的汽车加速，超过宣侠父后，停在了宣侠父必经的新城路西京医院门前埋伏。丁善庆和另外一个特务则继续骑车紧随宣侠父。当宣侠父骑车来到西京医院门前时，佟荣功从汽车上跳了下来，举枪拦住宣侠父的去路，就这样宣侠父被秘密逮捕了。

接下来的事就是，优秀的共产党员宣侠父被秘密处决。

发现宣侠父失踪后，林伯渠立即派人多方查找无果。根据调查线索断定是国民党所为，于是，林伯渠向国民党军委会西安行营主任蒋鼎文要人。蒋鼎文装作无辜地说，正是国共合作一致团结对外的时候，我们怎么能动共产党的人。

周恩来也曾三次要求蒋介石追查宣侠父的下落。

对宣侠父的死，李济深深感悲痛，多年后老人回忆说："我身边有个秘书，代我写文章的，也是共产党员，后来派去西北联络，被胡宗南枪毙了。看来这个蒋校长，先是没有知人之明，接着没有用人之能，最后没有容人之量，安能不败？"

这就是为什么谢庆云怎么找宣侠父都没有找到的原因。已经为革命事业献出自己宝贵生命的宣侠父如果知道谢庆云正在找他，一定会露出欣慰的笑容，杀了一个宣侠父，还有千千万万个宣侠父。

没有找到宣侠父的谢庆云并没有停下寻找通向共产党的路。他请人递话，他想加入共产党。怎么加？谢庆云手里一直没有兵权，但又一直握着军需大权，情况是比较特殊的。虽然他一直想脱离现在的部队，走到共产党的队伍中去，但是党综合考虑了一下谢庆云的特殊身份，认为如果让他继续留在敌人内部，为我党为军提供军需，对党的帮助更大。不久，党内其他同志传话给谢庆云："脱离群体，势单力微，不如暂时留下，团结进步力量，伺机发挥作用……"谢庆云后来反复思考，确实他一个人的力量太单薄，如果留在敌人内部利用自己手中的特权，可以更好地为党为人民做事。

继续留在敌人内部的谢庆云，表面上看没有任何变化，内心里却起了波澜。当他知道孙良诚欲投靠"汪伪"时，内心焦急如焚。他知道孙良诚此人多疑狡诈，说多了反而让他怀疑自己。他私下里找王清翰、赵云祥几个商量。他和王清翰、赵云祥三个都有想走的心思，就是缺少一个可靠的人引荐。蒋介石的败局已定，跟人民站在一起，这是迟早要做的事，可这要讲究方法策略，要以最少的牺牲达到目的。他们几个人研究了一下，都觉得时机还没有成熟，不如大家都还在一起，活，活在一起；死，死在一起。不能轻率行事，他们手里除了自己的命，还有跟他们一起出生入死的几万弟兄的命，不是儿戏。他们三人都知道跟着孙良诚绝对是没有出路的，特别是目前孙良诚竟然打算投靠"汪伪"，这更是一种彻头彻尾的背叛革命、背叛人民的行为，绝对是死路一条。凭着多年从军经验，他们三个知道现在起义还不是时候,要学会等待。

就在谢庆云打算弃暗投明、反复思量的时候,孙良诚主动找来了谢庆云。

"你和楚材去一趟商丘。"

"军座,这事您真的想好了? 那可是一条不归路啊。"

"放心吧。 我也是经过反复思量的。"

谢庆云看着眼前的上司,感情非常复杂,从一个新兵蛋子就跟着他南征北战,他对谢庆云有知遇之恩,说一点感情都没有是不可能的,但是他的性格实在过于多疑,听不进手下的话也是一个弱点,且是致命的弱点。 偏听则暗,兼听则明。 但是现在军座已做了决定,在这种时候多说是无益的,他只有服从,无条件地服从。 谢庆云神情黯淡地点了一下头,转身,步履沉重地走出了孙良诚的办公室。

就这样谢庆云与时任鲁西行署总参议的郭楚材秘密从国统区的定陶来到位于沦陷区的商丘,他们通过汉奸张岚峰和他的电台与南京"汪伪"政权秘密接触,商讨投敌条件。 在接触与谈判的过程中,谢庆云更加看透了孙良诚。 孙良诚太在乎利益,把钱看得太重,根本没有人民立场,没有民族大义。

谢庆云的夫人陈英带着小女儿从北京专程赶赴商丘陪丈夫过年,他们一起住在商丘一家旅馆里,夫人陈英白天经常到张岚峰家里去打牌。 那个时候官太太们打牌给大家造成一种歌舞升平的社会假象,其实内里每天每时每刻都是风起云涌。 大家看到陈英每天好像无所事事,就是打牌、逛街、喝茶,其实不是的,陈英常常以打牌为掩护,打完牌就悄悄回大翻译官处。 在夫妻短暂相聚的这两三个月内,陈英感觉到丈夫内心的苦闷。 他的话越来越少,一坐就是半天,也很少露出笑容。

有几次陈英竟然听到谢庆云让十岁的小女儿背诵《古文观止》中李华的《吊古战场文》和《李陵答苏武书》。 每当听到这两段时,他的脸就沉了下来,怔怔地发愣,再也无话。"苍苍蒸民,谁无父母?

提携捧负，畏其不寿。谁无兄弟？如足如手。谁无夫妇？如宾如友。生也何恩，杀之何咎？其存其没，家莫闻知。人或有言，将信将疑。悁悁心目，寤寐见之。布奠倾觞，哭望天涯。天地为愁，草木凄悲。吊祭不至，精魂无依。必有凶年，人其流离。呜呼噫嘻！时耶命耶？从古如斯！为之奈何？守在四夷。"与子别后，益复无聊，上念老母，临年被戮；妻子无辜，并为鲸鲵；身负国恩，为世所悲。子归受荣，我留受辱，命也如何？身出礼义之乡，而入无知之俗；违弃君亲之恩，长为蛮夷之域，伤已！令先君之嗣，更成戎狄之族，又自悲矣。功大罪小，不蒙明察，孤负陵心区区之意。每一念至，忽然忘生。陵不难刺心以自明，刎颈以见志，顾国家于我已矣，杀身无益，适足增羞，故每攘臂忍辱，辄复苟活。左右之人，见陵如此，以为不入耳之欢，来相劝勉。异方之乐，只令人悲，增忉怛耳。"

小女儿已经背完了，看着爸爸不作声，也不敢出去玩，愣愣地看着爸爸，爸爸也愣愣地看着女儿，思想早跑到十万八千里之外了。"爸爸——"小女儿实在忍不住了，怯怯地叫，才把他的思想拉回到现实中来。"哦，背完了？出去玩吧。"女儿一溜烟跑出去玩，留下谢庆云一个人在屋子里来回踱着步。

是的，谁没有父母？从小拉扯带领，抱着背着，唯恐他们夭折。谁没有亲如手足的兄弟？谁没有相敬如宾的妻子？谁没有儿女成群呢？他们活着受过自己多少恩惠？却要为他的选择承担后果，甚至被无情地杀害。即使不被杀害，也为他们的生死存亡，整日忧愁郁闷，夜间忧容入梦。有的家庭听天传讯，说人在战场上已死，不得已只好陈列祭品，酹酒祭奠，望远痛哭。天地为之动容，草木也含悲伤。最重要的是战争之后，一定会出现灾荒，人民难免流离失所。唉！这是时势造成，还是命运招致呢？自古以来就是如此！怎样才能避免战争呢？

如果孙良诚投靠"汪伪"成功，那么自己是不是意味着辜负了国家和人民之恩，为世人所不齿？上念父母，下念妻儿都要跟着自己遭殃，她们都是无辜的啊。每当想到这里，恍惚之中仿佛失去了对生存的留恋。有时真想用刺心来表白自己，用自刎来显示志向，但自杀毫无益处，只会增加羞辱。因此常常愤慨懊恼，忍受侮辱，谁叫他是军人呢？军人的天职就是服从，作为军人的他，只能选择跟着孙良诚，而作为中国人的他，早已在心里拿起枪准备杀敌，抵御外辱。

找不到宣侠父，又阻止不了孙良诚投敌，自己如果想脱离现在的部队又带不走部队，只能一个人走，思来想去的谢庆云只能暂时继续留在孙良诚的部队。

1942年4月22日，孙良诚在豫鲁交界的商丘和曹县、定陶一带正式通电投敌。汪精卫命令孙良诚部编为和平救国第二方面军，孙良诚任第二方面军总司令，管辖三万余人。27日孙良诚由刘郁芬（"汪伪"开封行署主任）陪同抵达南京。接着孙良诚在南京建立了第二方面军驻京办事处，负责第二方面军在南京的一切事务，并委任谢庆云为少将处长，谢庆云同时还任孙良诚部第四军副军长。办事处地址就设在南京市上海路108号一栋二层的小楼，抗战胜利后改设在云南路西桥七号。

南京办事处初建时，因社会接触面广泛，谢庆云的工作比较繁忙，一时忙起就暂时忘记了忧愁。到秋天的时候，办事处的工作开始慢慢走上正轨，这时可以腾出一点时间陪陪家人，陪陪孩子。人一闲下来就会多想，对于谢庆云来说一想就又不开心了，对自己的前途和家人的未来充满了担忧。在一个周末的傍晚，他陪夫人陈英去新街口的中央百货商场闲逛购物，借此排解心中的忧愁，刚刚走出商场准备回家，迎面走来一位三十出头，身着西服的英俊男子，二人目光相遇时，双方精神为之一振，还是对方来得快，脱口而出说了声："这不是谢参议吗？幸会！幸会！"

"啊？徐大队长。"这时两个人都已认出了对方。他乡遇故知到底是令人愉快的，两人相谈甚欢，徐楚光以一个地下工作者特有的敏锐，询问谢庆云现在在什么地方高就。谢庆云此时神情突然黯淡了下来，低声答道："兵慌马乱的年代，能做什么呢？小弟做了点小生意，养家糊口而已。"徐楚光知道谢庆云这是不想说，也就不多问，但是当时也心生纳闷，为什么他要隐瞒自己的身份？如果对自己的身份满意，应该说出来夸耀一番，而他却不愿意说。

为什么呢？

徐楚光一时半会儿还猜不出原因，他并不知道这是谢庆云内心对自己随孙良诚投靠"汪伪"，成为伪军官感到尴尬和无奈。

对于徐楚光，谢庆云并不陌生。而对于谢庆云，徐楚光也是不陌生的。他们之间有过交集。

"谢参议，罗田自卫大队和英山自卫大队又打起来了。"只听谢庆云手下的副官进来报告。

"哦，所为何事？走，去看看。"

原来是英山县自卫大队配合国民党正规军向鄂豫皖边区红军发动"围剿"。英山县自卫大队路经罗田县的石桥铺时，在徐楚光的建议下，徐施恩以"英山自卫大队偷袭罗田自卫大队"为由，率大队抄袭英山自卫大队，致使该大队一败涂地。

"站在徐施恩旁边的那个人是谁？"

"徐楚光。"

"什么来头？"

"湖北浠水县华桂人，1926年考入黄埔军校第五期步科班。"

"来头不小啊，又是黄埔军校学生兵。他和徐施恩是亲戚关系？"

"不是。但是深得徐施恩的赏识。徐楚光是从浠水县自卫大队调过来的，通过国民党军驻蕲州司令徐文煌介绍，到罗田县自卫大队任副大队长。"

徐楚光在军事上很有一套，讲究军容，组织射击和队列训练十分在行，深得大队长徐施恩的信赖。你没看现在的罗田自卫大队明显气势就比英山强，军人的仪表、姿态、作风很能反映军队的精神面貌、军政素质和文化教养，也是战斗力强的一种表现。他带的罗田自卫队内务条令中有严格、明确的规定,全体自卫队员必须自觉做到着装整洁,举止端正,精神振作,讲文明,有礼貌,守纪律,遵守社会公德,热爱人民。良好的军容军纪,不仅有助于维护自卫队的荣誉,而且还得到了当地老百姓的拥护和爱戴。

他还特别讲究队列训练,一有时间他就召集自卫队成员,练习射击。罗田自卫大队在他的一番整顿下,像模像样。

徐施恩为人正直,有正义感,有话喜欢直说,领导肯定不会太喜欢,人民倒是很喜欢他。他对时局有看法,也比较有理想,愿意为人民做事。

谢庆云按下不表,其实内心里有了一些想法,许多年的军旅生涯,让他隐隐知道人与人之间的微妙关系。

上面这一段就发生在 1931 年 3 月,当时英山县自卫大队配合国民党正规军向鄂豫皖苏区发动"围剿"。英山县自卫大队路经罗田县的石桥铺时,在徐楚光的建议下,徐施恩便以"英山自卫大队偷袭罗田自卫大队"为由,率大队抄袭英山自卫大队,致使该大队一败涂地。

其实这是徐楚光想策动罗、英两县自卫大队相互为敌,削弱国民党军的力量,减轻国民党军对鄂豫皖苏区红军的压力,支援红军的反"围剿"斗争。

徐楚光的这一点小心思,聪明的谢庆云是看得出来的,他知道好戏才刚刚开始。但他不会说,他对徐施恩的正义和徐楚光的精明强干都暗暗赞赏。他对当时的中国人打中国人非常不满。

1931 年 8 月,英山自卫队共约 1000 人,分东西两路进攻罗田。罗田自卫队仅有 800 余人,他们迅速组织尖兵队向敌开炮、冲锋,抢占制高点。结果还是因寡不敌众,罗田自卫队被击溃。队长徐施恩眼看罗田自卫队的溃败,不服,亲自上阵杀敌,不料战斗中被英山自卫大队打死。

徐楚光立即向蕲州徐文煌告状,要求制裁英山自卫大队。可徐楚光频繁的革命活动,到底还是引起了国民党的注意。他们对徐楚光展开了调查。 原来在同一时期，徐楚光还有大的动作。 在罗田自卫大队时，徐楚光结识了国民党李济深部驻罗田的一位团长袁启生。 经过友好交往，袁启生对中国共产党领导的革命表示赞同，准备率全团起义，投奔红军。 这一计划被国民党鄂东"剿匪"司令朱怀冰察觉，袁启生机智脱险，徐楚光也被迫离开罗田。

当时谢庆云的家眷住在罗田，为保安全，自然要联络当地的士绅显要，而地方武装为了壮大势力，必定会主动靠拢巴结驻扎的正规军，起码要表示友好，做到互不招惹。 谢庆云与徐楚光在罗田的各种场合中曾多次见面，但是没有过多的交往。

徐楚光对谢庆云的印象不坏，感觉他跟其他国民党军官不一样，他身上有一股儒气、侠气，精明，有富正义感。 他身处国民党军，但是仿佛是国民党内部的一个异类分子，他与其他军官的作恶多端太多不同，他冷静自持。 更多的时候，谢庆云只是履行一个军人服从的天职，在条件允许的情况会给对方留足生存空间，不喜杀戮。 徐楚光对谢庆云的这种印象和宣侠父的评价可谓不谋而合，1934年当徐楚光和宣侠父一起去广西时，闲谈中宣侠父对谢庆云的评价是精明能干、正直稳重、乐于助人。 只是自1932年徐楚光被迫离开罗田后，谢庆云与徐楚光并没有见面的机会，各自在各自的人生跑道上继续前行。

1932年时，谢庆云在梁冠英部任参议。 梁冠英，河南郾城人，生于1895年1月2日，长谢庆云五岁，陆军大学特别班第三期毕业。 1913年投入冯玉祥部当兵，比谢庆云早八年入冯玉祥部当兵。 他在1925年就已任国民军第一军二师五旅旅长，参加过北伐战争。 1930年4月任反蒋联军第二方面军第二路第一军军长参加中原大战，失败后又投蒋。 战争年代就这样，没有永远的朋友，只有永远的利益。 今天你是司令官，明天他又是司令官，今天跟你后面闹革命，明天又跟他后面闹革命，是你方唱罢他登台，他方唱罢你又登台。 无论是旧军阀，还是新军阀，像谢庆云们这样级别的军官，只有服从，没有能力和机会决定自己的命运和前途。 等他们有机会改变自己的命运了，已经身陷泥潭太久，抽身而逃的机会已少之又少。你身处高位，你得对你手下的弟兄负责，对自己负责，对家庭对妻儿负责。兵荒马乱的时代，地下党、密探多的是，不是只有共产党才有地下工作者，国民党也有保密局，更有军统，还有日本特务。这些势力鱼龙混杂，稍不留神，你就被别人装进去了。作为一个人，特别是一个军人，起码的警惕性是要有的，不然被别人算计了，都不知道是怎么死的。所以谢庆云虽然早就想离开孙良诚部跟着共产党走，但是他迟迟没有决定的原因就是，他要看清对手和对方，要有确切的把握。那时很多人的立场都是模棱两可的，你说不好他到底是哪方的人，有些人有可能今天是你的人，明天就站到敌人的阵营里去了。有一个人他是特别信任的，那就是宣侠父，他知道这个人的信仰从来就没有改变过。可是他寻找宣侠父未果，就更不敢有所举动，只能按兵不动，等待时机。

新一轮的军阀混战让谢庆云十分痛苦，让他更痛苦的是现在竟然有军阀投向日本的怀抱。如果说军阀混战是自家弟兄间的打闹，那么日本人的加入使这场打闹的性质完全变了，投靠"汪伪"就是卖国！跟着孙良诚投靠汪精卫以后，他感觉无比羞耻，这是在做卖国贼，在做汉奸，见人他都不敢告诉别人自己的职务。

第六章
街头相逢一瞬间
心头盘桓久不散

新街口与徐楚光相遇让谢庆云内心久久不能平静，他也说不好自己是怎么了，就是隐隐感觉有一些异样，但是一时半会儿也说不上来哪里不对。徐楚光1932年在罗田是因为共产党员的身份被迫离开，那么今天他又是谁的人呢？他又是什么身份呢？他认真分析了一下徐楚光，黄埔军校第五期步科班出身、国民党蕲水县自卫队中队长、罗田县自卫队副大队长、国民党第四集团军十八军营长等，现在又在中央军官学校任上校战术教官，同时又是自卫军总司令金龙章的座上客，南京"洪门大亚山"首领朱亚雄的小弟。在这个动荡不安的年月里，真是敌友难分啊。他到底是什么来头呢？谢庆云在街头虽是这么短暂地与徐楚光相逢，但在心里嘀咕了好久。

真是有缘人自会朝心里去。徐楚光在街头碰见了谢庆云以后，在心里也纳闷好久。南京虽大，对徐楚光来说，打听一个人应该不算什么难事。谢庆云明明是办事处副军长，而他自己却说是经营小生意的，这两个角色之间的反差太大。这个小小称谓放在一般人那里会很快被遗忘，可徐楚光身上背负着沉重的担子，职业的敏感度和责任感使他长期面对一根稻草的抖动都要思考半天、研究很久，而长期的地下工作经历，使他能对对方的一个动作、一个眼神一一加以搜集，并分析和揣摩良久，因为一个词、一个眼神、一个动作都有可能成为他判断问题的依据，成为通往对方内心的秘密路径。更何况这是在隐瞒身份，本该是一件值得夸耀的事，为什么到谢庆云这儿就羞于启齿、愧于示人了呢？再加上他对谢庆云的过往印象，他隐隐地觉得这里面一定有问题。

1943年，中共中央军委指示徐楚光打入南京"汪伪"政权，他通过金龙章的介绍，参加"洪门大亚山"组织，结识南京"洪门大亚山"组织首领朱亚雄，拜朱亚雄为大哥，成功为自己找到了靠山。在朱亚雄和"洪门大亚山"的掩护下，他多方争取、团结抗日力量，获取军事情报。同年10月，八路军总部根据徐楚光的要求，派出原在八路军豫北办事处搞敌占区情报工作的共产党员马蕴平（化名张相群）到南京协助工作。同年，中共中央军委又下指示："打入南京'汪伪'工作的徐楚光等已在南京打下秘密工作的根基，为使中党中央及时了解情况（因距八路军总部较远，联系不便），请八路军参谋长腾代远给华中局和新四军军委会发电报，将徐楚光和马蕴平的关系转为中共华中局和新四军总部直接领导。"据此，中共中央华中局情报部部长潘汉年派徐雪寒按预定的接头方法、地址，到南京与徐楚光接上关系。从此，徐楚光就直接在华中局和新四军总部的领导下开展地下工作。

1943年3月的一天,"汪伪"中央军委会委员、常务参谋次长、中将祝晴川回青岛探亲,已在南京"汪伪"政府站稳脚跟的徐楚光跟祝晴川各方面都有来往,他得知这一消息后,派自己的政治交通员栗群帮着祝晴川收拾行装。这时祝家突然来了一位客人,只见这位客人中等身材,浓眉大眼,一身英气,温文儒雅。栗群想知道此人是谁,但不能问得过于仔细,容易暴露自己的真实身份。于是,他以收拾行李为由在祝家家里走来走去,即使不认识也主动跟陌生来客打招呼,这样祝晴川也不好不介绍了。其实这位客人不是别人,正是谢庆云。平时祝晴川这个人也自诩比较绅士,易相处,他也不拿栗群当外人,他给栗群介绍说:"这是第二方面军驻南京办事处的谢庆云军长。"当时栗群就留意了,做地下工作者的特质可以说就是怀疑一切、考究一切,但是他放在心里,表面上稳稳的,没有声张。当时祝晴川把谢庆云让进客厅谈了约个把钟头,栗群一进去他们就谈一些哑语式的话题,栗群想听又不能太明显,只能暗暗走开。但是这件事在栗群心里生了根。

祝晴川虽是"汪伪"的人,但其性格是很丰富很复杂的,你很难说一个坏人没有表现好的时候,就像好人难免也有坏脾气的时候。

1937年12月1日,日军攻占江阴要塞。是日,日军沿溧阳、溧水公路向南京南部方向攻击前进;沿广德、洪兰埠公路向南京南部方向攻击前进;沿广德、郎溪公路进占太平(当涂),尔后渡江迂回至浦口附近,切断南京守军北退之路;经宣城向芜湖进攻,切断南京守军西退之路。12月3日至6日,经过4天激战,日军占领了句容,进至句容以西的黄梅、土桥及湖熟镇一带,并有一部分兵力由右翼深入到孟塘、大胡山附近;同时又占领了溧水,进至溧水以北之秣陵关、陆朗镇及江宁镇一带。12月6日下午,南京卫戍司令长官部发现日军迫近第一线阵地,其第16师团一部已渗入至汤山镇左侧后的胡塘、大胡山附近,于是急令36师速派1个步兵团进占麒麟门附近阵地,以掩护66军侧背,并阻止该敌继续渗入;令在镇江的71军、在镇江及东昌街一带的 83 军迅速向南京转移，以增强南京的防守力量；规定 71 军转移后，镇江要塞由 103 师代师长戴之奇指挥；同时令第 2 军团（10 军）刚刚抵达南京栖霞山附近的 41 师推进至龙潭、乌鸦山地区，以掩护 71 军、83 军转进，并保持与镇江的联系。由于南京已成围城，即将变为战场，蒋介石于当晚召集少将以上军官开会，于 7 日晨 5 时 45 分乘飞机离开南京，飞赴江西，转武汉统帅部。

南京外围第一线阵地被日军突破后，守军仓促撤退，由于缺乏有效的掩护措施，日军乘势尾随，跟踪追击，以致有些复廓阵地尚未占领稳固，即被日军突破。中国军队 60 军退至大水关、燕子矶一带整顿；74 军退至水西门内外，改任城垣守备。日军一方面进行攻城准备，如部署炮兵进入阵地，坦克集中于待机地域以及选定入城路线等；一方面用飞机向城中投撒日华中方面军司令官松井石根致中国守军的最后通牒，进行劝降。唐生智对松井的最后通牒置之不理，并于当日下达了"卫参作字第 36 号"命令作为回答，企图以"破釜沉舟"的精神背水一战。

12 月 10 日，日军见中国军队拒绝投降，遂向雨花台、通济门、光华门、紫金山第 3 峰等阵地发起全面进攻，战况较 9 日更为激烈。特别是城东南方面，因复廓阵地已基本丧失，日军直接进攻城垣，所以形势尤为严峻。卫戍司令部急令 83 军 156 师增援光华门、通济门城垣的守备，并于城内各要点赶筑准备巷战的预备工事，同时将 66 军由大水关、燕子矶调入城内，部署于中山门及玄武门内构筑工事，准备巷战；另刚刚由镇江撤入南京城内的 103 师、112 师由教导总队总队长桂永清指挥，负责中山门附近城垣及紫金山阵地的守备。当夜，156 师选派小分队坠城而下，将潜伏在城门洞中的少数日军全部歼灭。雨花台方面，日军两个师团主力和步、炮、坦克及航空兵协同攻击，将 88 师右翼第一线阵地全部摧毁。残部退守第二线阵地。当晚，日军第 18 师团占领了芜湖。

11 日中午蒋介石考虑令南京守军撤退，避免南京守军被敌围歼，遂令时在江北的顾祝同以电话转告唐生智。当时局势已万分危急,南京外围主阵地仅防守两三天即告失守,而复廓阵地立足未稳即在主要方向上又被敌突破,日军迫逼城垣,且当涂附近已有日军渡江。顾祝同要唐生智当晚渡江北上,令守军相机突围。唐生智由于自己曾力主固守,若突然先行撤走,怕日后责任难负,因而要求必须先向守军将领传达清楚最高统帅的意图后方能撤离。当晚,蒋介石致电唐生智:"如情势不能久持时,可相机撤退,以图整理而期反攻。"唐生智于当夜与罗卓英、刘兴两副司令长官及周参谋长研究后,决定于14日夜开始撤退。遂于12日凌晨2时许召集参谋人员制订撤退计划及命令。

12月12日拂晓起,日军集中炮兵及航空兵火力对复廓阵地及城垣发动猛攻。中午前后,在日军猛烈炮火的轰击下,中华门及其以西城垣数处倒塌,一部分日军在炮火掩护下由缺口突入城内。88师撤走。当时中华门内大批居民为逃避炮击和日军,纷纷向城北难民区逃跑,与溃退的散兵拥挤在街道上,城中秩序陷于混乱。

蒋介石虽然致电唐生智,令其在不能持久时相机撤退,但又从政治方面考虑,希望能多守一段时间,因而在12日又致电唐生智、罗卓英及刘兴,提出他自己的企望。战不能战,退亦不能果断退,摇摆给了敌人时间,同时也使守军失去最好的撤退时机。

12月12日17时,卫戍司令部召集师以上将领开会,布置撤退行动。但在书面命令分发后,唐生智又下达了口头指示,这就大大降低了命令的严肃性,也为不执行命令制造了借口,以致计划中规定的由正面突围的部队,除广东部队66军、83军之大部按命令实施突围外,其余各军、师均未按命令执行。大批城中部队沿中山路向下关方向撤退,途经挹江门,左右两门洞已经堵塞,仅中间一门可以通行,各部争先抢过,互不相让,不少人因挤倒而被踩死。如教导总队第1旅第2团团长谢承瑞,在光华门阵地上曾英勇抗击日军多次冲击,却在挹江门门洞内被拥挤的人群踩死。

下关情况更为混乱,各部队均已失去掌控,各自争先抢渡。由于船少人多，有的船因超载而沉没。大部分官兵无船可乘，纷纷拆取门板等物制造木筏渡江，其中有些人因水势汹涌、不善驾驭而丧生。日海军舰艇通过封锁线到达下关江面，大量正在渡江的中国军队官兵被日军军舰冲撞杀害。

12日晚，唐生智等人乘汽车至滁州转火车，于当晚到达临淮关。12月14日，唐生智在临淮关宣布南京卫戍司令长官部撤销，南京保卫战基本结束。

下关大撤退，仅有部分部队渡江成功，如74军组织较好，又掌握一艘小火轮，约有5000人渡到江北。78军、36师亦于煤炭港分批乘船渡江，至乌衣集结，尔后乘车去蚌埠，又转信阳去江西萍乡整顿。叶肇和邓龙光带领的66军及83军部分官兵渡过长江，辗转归队。其余部队大多留在江南。未及时撤至江北的大量中国官兵后来大多成为日军的俘虏，在南京大屠杀中多被日军杀害。

在这些没有逃出去的中国官兵中，就有一位普通的少校参谋祝晴川。他侥幸躲过了日本人的炮火，又躲过了自己人的相互挤压，回到了南京城里，假扮成盛锡福帽店的刘姓老板。

12月13日晨。祝晴川把自己的部队驻扎在南京办事处的房子——上海路陶谷新村7号，挂上了难民收容所的牌子。

12月15日深夜，突然传来一阵疯狂的敲门声，祝晴川和其他队友相互交换了一个眼色，害怕是没有用的，他用眼光命令其他人按兵不动，稳稳地下楼开门，用日语对日军头目说：对不起，开门迟了。

日军见他会讲日语，便也客气地开口说道："我们是来抓'逃散兵'的，这里有吗？"

"没有。"祝晴川肯定地回答。

日军用电筒在楼内照了几下后便也和平退去了。

此事过后，祝晴川瞬间积累了一点与日本人相处的经验。

12月16日中午，一个中年妇女带着两个少女来到陶谷新村收容所请求收容。被收容后，三人又跑回家取行李。再回来时，两个持枪的日军尾随而至，将中年妇女推出门外，一人持枪守门，另一人进屋要对两位少女施暴。在光天化日之下！在避难所两百多名中国人的眼皮底下！祝晴川考虑了一下，用日语对守门的日军说："您在日本受过教育吧？您家里有姊妹吧？您能容忍这种行为吗？"

日军问："她们是您妹妹吗？"

祝晴川直视着日军的眼睛，坚定地说："是的！"

对视之下，收容所里十几个人围过来了，大家什么话都不说，却都急红了眼。日军胆怯了，对门内大喊："停止！快出来！"两个未遂的施暴者走了！

12月19日，因为祝晴川会讲日语，日本人知道后，把他请到了日军某旅团的司令部，想请他担任宣抚官。祝晴川犹豫了。他知道这样做就是汉奸。虽说自己现在是逃兵，但毕竟还是中国军人，他迅速找了托辞逃开了。

12月20日，世界红十字协会南京分会会长一行三人慕名而来拜访祝晴川，请祝晴川去该会主持。12月21日，在红十字协会门口来了两个手敲大鼓、高举"南无妙法莲花经"巨幡的日本和尚——本和其徒小野。祝晴川和他们谈到了遣唐使、谈到了鉴真东渡、谈到了1923年秋日本大地震时中国人民对日本人民的无私援助，甚至谈到了数月前在南京上空的中日空战，被击落的日军机师是如何被红十字协会妥善掩埋，最后谈到了城里的奸淫掠夺。于是，在当晚的几个收容所门口，出现了日本僧人当门卫的场面。祝晴川拉上日本和尚冢本作幌子来到被国民党遗弃的粮仓，却正赶上日军在搬运粮食。几句话不合，冢本竟和日军一曹长扭打成一团。当祝晴川用日语把二人拉扯开时，那刚才还骂冢本是"吃里扒外的秃驴"的日军曹长，却对会说日本话的祝晴川礼貌有加。

1938年2月，祝晴川逃离南京。汪精卫"和平运动"开始后，他又回到南京，摇身变为伪军参谋次长。

那次在祝晴川的客厅里，谢庆云与祝晴川谈了大概一个小时后离去。栗群后来随着祝晴川去了青岛半个月，回到南京后，栗群第一时间向徐楚光汇报了去青岛之前在祝晴川家见到谢庆云的事。

当时徐楚光就一愣，双眉拧成疙瘩。他想起了半年前与谢庆云在新街口相遇的情景，明明是办事处的副军长却说成是经营小生意的，这两个身份反差太大，说这样的话代表着谢庆云怎样的心理活动呢？徐楚光放在心里反复琢磨，加之大家对谢庆云为人处世的印象都很好，而且他跟自己相处时也像一位很不错的同志，虽然身居国民党军事要职，但他跟其他军官不一样，为什么十年不见，见面了却要隐瞒身份？一个大问号在徐楚光的脑海中晃动，职业的敏感和肩负策反任务的责任促使徐楚光决定登门拜访谢庆云以探虚实，他预感到又有一个新的工作对象出现了。

徐楚光在办公室里整整一个下午都没有出去。中国共产党对国民党的策反工作从不同阶段斗争和革命形势发展的实际出发，根据社会矛盾和国民党统治集团内部矛盾的变化，坚持正确区分和对待国民党内各派别，在国民党军内进行分化和瓦解，争取多数，反对少数，利用矛盾，各个击破。首先要找到那个多数中的少数开明分子，或者说是国民党中的清流。说得更清楚一点，就是找到国民党中那些良心和志气尚存的少数人。国民党集团内部派系共处的同一性是有条件的，当条件发生改变，同一性就不复存在；而派系间的对立却是无条件的，他们的倾轧与冲突在抗日战争爆发后达到了空前的尖锐化、白热化，这种矛盾斗争超越了共存体的极限，使得这个统一体发生裂变，一部分国民党军突破了统一体的束缚，由黑暗走向光明。只有在对国民党内部矛盾变化的准确把握的基础之上，坚持既联合又斗争的策略，促使国民党发生分化，朝着有利于革命的方向发展。当敌人的营垒开始变化时，我们首先要掌握，国民党军将领在复杂的心理矛盾和巨大的压力之下，心情虽极端愤懑，但仍尽量自我压制，勉强支撑。地下工作人员不顾个人安危深入敌营长期埋伏，为的就是等待敌营分化的时机以及敌营中开明分子的出现。一定要细细分析、细细揣摩，还要找准对象，如果找错了对象，不仅没有策反成功，还会暴露自己，给革命带来不可估量的损失。

可是不入虎穴，焉得虎子？ 如果过于考虑不暴露自己的身份，又会使策反工作裹足不前。 思来想去，徐楚光决定亲自去拜访谢庆云，他隐隐感到谢庆云也有加入共产党的意愿。 总是侧面接触到底是不行，光听别人说，不如自己亲自与其正面接触一下。

此时的谢庆云也是怅惘无比，独自一个人在秦淮河边散步。

1943年暮春的一天，谢庆云沿着秦淮河一路朝前走，十里秦淮，不是艳极一时，而是时时艳极，艳极过去、现在和将来。 作为南京城最有名气的一条河流，它横贯全城。 秦淮河分内河、外河，内河在城中，是十里秦淮最繁华的地方，自古以来就是文人荟萃、商贾云集的宝地。 秦淮河代有兴废，即便是颓废时也艳冠群芳，而兴盛时更是繁华至极。 他的全盛时期当在明末，其时江南繁荣，财力充裕，"秦淮八艳"更是浓缩了一个时代所有的风花雪月。

谢庆云倚着文德桥栏杆，看泮池上那些游船，内心矛盾至极，去一定是要去的，但是去了以后说什么、怎么说才能既刺探到对方的真实想法，又不至于暴露自己，谢庆云的内心仿佛被雨淋了似的，湿湿的。 夫子庙外的河边生着几棵竹子，一如既往的碧绿，在这个暮春里弄出悉悉的响声。 或许只有它知道，所有的生死悲欢、红灯绿酒都不过是一阵风，或一阵风中的蝴蝶，轻轻飞过沧海。 可是在这沧海中轻身掠过，谢庆云还是想给社会、给国家、给人民留下一点什么，哪怕牺牲自己的生命。

就在谢庆云思考着想去拜访徐楚光时，徐楚光却先他一步行动了！

徐楚光站在上海路108号一栋二层小楼前，停了下来，他知道走进去，如果不成功就是失败，因为你在试探别人的同时，别人也在试探你，是互相的；有时还更糟，你没有把对方的底摸到，却无形中暴露了自己的底细。 一切的预演有时都是多余的，你根本没有办法设计整个过程，一切只能见机行事。

"您好，请留步。"

徐楚光走到门前刚欲跨步进去，一个侍卫伸出了手，将他拦下。

"哦，您好，我想拜见你们的谢军长，请代为通传一下。"

"您有名片吗？"

"没有。"

"那可有一点麻烦，您姓什么？"

"你就跟你们军长说是一个旧相识来访。"徐楚光拿出一点气势，他知道不这样说，副官不会替他传话。

刘副官面露难色，"那请您稍等一会儿。"顺手把徐楚光引进会客室，我帮您进去传传看。

进去通传的是办事处副官刘福亮，他走了进去，对谢庆云报告说：

"军座，门口有一位先生想见您。"

谢庆云略微停顿了一下，这个兵荒马乱的时代又会是谁来访呢？

"是谁啊？"

"不知道。问他，他说是您的旧相识。"

谢庆云略一沉吟，走进会客厅，迎面端坐的不是别人，正是徐楚光。一种天然的亲切感瞬间产生，人与人之间的缘分真是说不清，有些人你对他天生就有好感，有些人你对他天生就有厌恶感。谢庆云快步向前，忙说：

"稀客、稀客，什么风把老兄吹来寒舍？"

这是问话，其实也不用徐楚光回答，因为从谢庆云热情的态度上已经看出了几分，谢庆云起码对自己的这一次无约之访不反感，当然有没有好感暂时还没有看出来。

落座后稍微寒暄了几句。徐楚光早就想好了，不谈自己，谈自己太容易暴露，也不谈谢庆云，以谢庆云的谨慎与精明，如果问得太多反而会引起对方的反感和警觉。所以徐楚光准备谈他们俩共同认识的人宣侠父。在谈宣侠父的过程中自然就可以觉察出谢庆云的政治态度和价值取向，因为宣侠父是大家都知道的公开的共产党员，谈他最合适不过了。

"我们大概有十年没见了吧？请徐队长先用茶。"

谢庆云示意刘副官给客人上茶。

"是啊，我们最后一次见面那是在罗田哦，整整十年了。那时你的家眷也都在罗田呢，我们两兄弟在罗田可没少在一起喝酒啊。"

徐楚光说的是实话，在罗田，徐楚光真没少和谢庆云在一起喝酒。那时谢庆云是正规驻军，徐楚光是地方自卫队，正规军要借用地方自卫队的人熟地熟，而地方自卫队又想靠着正规军人多势大，所以双方在场面上都有互动和来往。

"可徐队长后来不知怎么突然就不见了？又被派到哪里高就了？"

谢庆云当然知道徐楚光为什么离开罗田，但他装作不知道，还多此一问。徐楚光当然知道谢庆云的用意，他也在试探对方呢。他也不正面回答，来个将计就计，把自己离开的原因暂时按住不表，先谈宣侠父。

"哈哈，高就谈不上，就是缺钱花啊。谁给的钱多就跟谁走哦。"

徐楚光开始放低自己的身段，把自己说成是一个唯利是图的人，因为这样才能靠近对方，你上来就把自己说成高尚纯洁的人，谁还敢靠近你啊。过度拔高自己只会给对方留下一个不实在的印象。都是高手，诚实更能打动对方。

"这话我也就只能跟兄弟你讲了，我后来跟着宣侠父去了广西。1934年夏，宣侠父奉调至上海，化名杨永清，参加中央特科工作。后来又化名宣古渔，到香港进行统战工作，推动李济琛、陈铭枢、蒋光鼐、蔡廷锴等组织反蒋抗日的'中华民族革命同盟'。后来他去广西策动桂系李济深、李宗仁等发动"两广事变"时，我跟他去了广西。"

"宣侠父？你？你跟宣侠父一起去了广西？"

"是啊。"

"这个宣侠父在我们西北军的口碑也很好啊,冯将军十分佩服他的理论修养和雄辩才能,曾对我们说过:'浙江出了个宣侠父,他的一张嘴,能顶 200 门大炮!'"

"看来这个宣侠父与谢兄也私交甚好?"

"甚好谈不上,但是我们合作过,我对他的为人甚是佩服。"

徐楚光眼前一亮,这一句话传递的消息非同小可。接着谢庆云又说道:

"桂系军纪严明,作战勇猛,这一点几乎是公认的。桂系的每一次战役都表现得相当出色,甚至赢得了对手的称赞。桂系军阀会打仗,敢打仗,善打恶仗,战斗力在全国各路军阀中首屈一指,仅次于蒋介石的中央军。桂军的团结,让惯于利用离间计分化地方势力的蒋公都无从下手。不得不佩服啊。那你们此去收获一定颇丰吧?"

"也不是太好,军阀唯利是图,眼光局限,终究走不远,唉,时局动荡啊,苦了我们这些没有决定权的人了。"

聊着聊着,谢庆云也多少感觉到了徐楚光的诚意,从一开始的惴惴不安之中解脱出来,从转投"汪伪"的愧疚感中解脱了出来,他认真地但语调平和地说:

"去年跟孙先生未来南京时曾渴望求救于宣参议,怎奈多方联系都落空,真是遗憾。现在才知道,他早就改了姓名,换了部队,我们当然找不到他了。"

"啊!原来他们也一直在找我们。"此时的徐楚光心中燃起了熊熊大火!但徐楚光表面仍很沉静,他带着无限的感伤静静地说道:"宣侠父可能已经牺牲了。具体我也不是人清楚,我也联系不上他,估计凶多吉少。张毅夫把他的言行举止整理成材料,报告给军统局。军统局在这些材料的基础上,整理了宣侠父五条罪状向蒋介石汇报:宣侠父在西安与杨虎城旧部杜斌丞、赵寿山以及赵寿山派驻西安办事处老共产党人杨晓初等,来往勾结,教唆杜斌丞、赵寿山等反中央、反蒋;宣侠父与西安各方面'左倾'人物广泛接触,打着抗日救亡的招牌,煽动西安学生、流亡青年到延安去,西安八路军办事处宣侠父所在地成了'左倾'人物、青年学生聚集的中心,因此引起西安各学校学生的思想混乱,学生不安心求学,学风败坏;宣侠父在西安以黄埔同学关系为名,与机关、部队军官拉关系,散播共产主义思想,影响所及势将引起军官思想动摇,部队叛变;宣侠父在西安'公开指责中央,诽谤委员长'限制言论、出版自由,镇压抗日救亡运动,歧视共产党,不补充八路军武器军用品,散布不利于中央和破坏抗战的言论;宣侠父在西安指挥共产党地下组织进行阴谋破坏活动等。"

"欲加之罪,何患无辞啊。"谢庆云伤感地说道。

1938年4月中旬的一天,国民党军事委员会西安行营主任蒋鼎文接到蒋介石的旨意:把八路军西安办事处高级参谋宣侠父秘密制裁。按照职责分工,蒋鼎文把秘密制裁宣侠父的任务交给军统西北区区长张毅夫。接到命令的张毅夫心里明白,这是自己汇报给军统的有关宣侠父在西安"逆行"的材料起作用了。

由于张毅夫刚刚接到戴笠的调令,正准备到武昌军统局担任代理主任秘书职务,所以,他把密令又转给了接替三科科长职务的徐一觉。接下来宣侠父失踪了,至今下落不明。

"宣兄的动作过于明显,而他的为人又过于直接,不知道隐蔽,肯定得罪了不少人,太可惜了!难得的人才,为人处世也侠义!"谢庆云非常痛惜地说道。

两人一时都陷入了沉默当中,陷入对宣侠父深深的追思当中。是的,只要革命,必定会有牺牲。可是杀了宣侠父还有后来人,先烈的精神深深地鼓舞着他们,人必有一死,或轻于鸿毛,或重于泰山。两个人仅凭眼色和握手就已知晓了彼此的心意,虽然两个人说话都小心翼翼。

从谢庆云客厅里走出来的徐楚光一身轻松,他证实了自己的预见,以谢庆云的精明沉稳,以徐楚光在国民党多年从军生涯经验判断,谢庆云绝对是一个难得的策反对象。随着革命工作的深入,中共对国民党策反的起义将领也不断升级,由最初为数不多的少将、中将提高到战略决战时大量少将、中将出现,并且有上将一级的将领加入到起义阵营。识时务者为俊杰,在中共的大力策动下,国民党将领"意识到国民党即将垮台","国民党统治体系陷于土崩瓦解",从而增加了他们的忧患意识和紧迫感,最终丢掉幻想,下定决心起义。许多战役以兵不血刃的方式结束。可见,策反工作是以革命时期的军事形势为依托,并与之相配合开展的。这种方式体现了军事斗争与政治斗争间辩证统一的关系。但是,由于起义存在发生的不稳定性,所以只要起义还没有真正实现,徐楚光这种地下工作者就丝毫不敢松懈。只有策反起义成功才能推动战争的胜利进程,以更加节约和高效的方式为国家和人民争取更大的胜利。

徐楚光走后,谢庆云也在房间里踱来踱去,很久很久都不曾停下来……

虽然他追随孙良诚投靠"汪伪",可这不是他的选择,他只是一个服从命令的军人。他内心知道自己在没有办法的情况下跟孙良诚一起投靠"汪伪"绝对是死路一条。这种伪政府性质决定了它在国际上无立足之地,"汪伪"政府使得中国外交处于被动,得不到更多国家的援助和同情。战争上,"汪伪"政府使得日本人只用少数力量就可以控制中国,从而腾出手来攻打其他国家,也使得中国抗战进入艰难时期。社会方面,帮助日本人维持治安和经济,使矛盾转为中国人自己内部的矛盾,导致大量国人被奴役被剥削。同时,敌占区的物资早被日本人抢光烧光,后来出现的物资是因为日本兵力不足不能统治导致大量真空地带,本来这些应该属于国统区,结果因为"汪伪"政府的存在而成为敌占区。虽然大城市没有限吃限穿,那是因为日本人根本不在乎中国人吃穿死活,中国人饿死穷死跟日本人没有关系,日本人自然不用计划限购了。

对于"汪伪"政府的发家史,谢庆云怎会不知道?"汪伪"政府名不正,言不顺,在夹缝中生存怎会长久?中国的老百姓厌恶战争,他们这种扛着人民的旗帜祸害人民的行为早被中国的老百姓看穿了，不过都是军阀之间的私利之争，在战争的铁蹄之下，中国的老百姓过着何其艰苦的日子。

1937年12月及1938年3月，日本在沦陷区北平和南京两地分别组织了伪中华民国临时政府和伪中华民国维新政府。1938年12月18日汪精卫偕曾仲鸣、周佛海（曾是中共一大代表）等人逃离重庆，到越南河内，发表投降日本的"艳电"。1939年4月汪精卫等人由日本特务秘密护送进入上海，着手组织伪中央政府。经日本策划，北平、南京两地伪政权取消，于1940年3月30日在南京正式成立伪中华民国政府。沿用青天白日满地红的旗帜为国旗，另加三角布片，上书"和平反共建国"字样。其组织机构仍用国民政府组织形式。汪精卫任行政院院长兼代主席（一度遥奉重庆国民政府林森为主席）。主要官员有立法院长陈公博（曾是中共一大代表）、司法院长温宗尧、监察院长梁鸿志、考试院长王揖唐、华北政务委员会委员长王克敏、苏浙皖三省绥靖军总司令任援道、华北绥靖军总司令齐燮元、财政部长兼中央政治委员会秘书长周佛海等。

汪精卫早年追随孙中山革命推翻清政府，但他后来蜕变为一个卖国投机分子。他的本名叫汪兆铭，抗战爆发后，任国民党副总裁、中央执委会常委、国防最高会议副主席、国民参政会议长等职，他是国民党内部亲日投降集团头目，这个投降集团的主要成员有国民党常委、宣传部部长周佛海，国民党常委、政府实业部部长陈公博等人。汪精卫1944年11月病死于日本名古屋帝国大医院，结束了他可耻的一生。

"汪伪"政府的管辖区包括苏、浙、皖等省大部，沪、宁两市和鄂、湘、赣、鲁、豫等省少部分地区。政治上，他们收编国民党的降日部队，并收买流氓地痞建立特务组织"和平建国军"，在其管辖区内实行法西斯统治，捕杀抗日爱国人士。配合日本对重庆国民政府进行诱降，妄图瓦解抗日民族统一战线。1941年3月，成立"清乡委员会",集结大批伪军伙同日军实行反共清乡,妄图消灭八路军、新四军和游击队。在经济上,滥发纸币,圈占土地,霸占工矿企业,强征粮棉,实行物资统制,收取名目繁多的苛捐杂税,还公然开征鸦片捐税。在文化教育上,推行"新国民运动",实行投降日本的奴化教育。在外交上,1941年11月追随日本参加《国际防共协定》,1943年1月对美、英宣战,号召效忠日本盟邦。1943年11月,它伙同伪满州国、泰国、缅甸、菲律宾等投降日本的国家的伪政府签订《大东亚共同宣言》,为日本建立"大东亚共荣圈"摇旗呐喊。1944年11月大汉奸汪精卫在日本病死,其位由陈公博继任。

这样的一个伪政权追随他有什么前途呢?完全成了汉奸和卖国贼,彻底走到人民的对立面。谢庆云在心里细细思量,一点一点想通透想明白,也许他做不了孙良诚的主,他手里也没有兵权,但是他一定不能再维持目前的现状了,他要说服孙良诚,说服王清瀚、赵云祥以及和他一起出生入死的弟兄们,他们一起战场起义,一定要选择一条人民群众支持的路。他又想到前些日子孙良诚托他留意重庆国民政府的事,惊出一身冷汗。难道他们刚出狗窝又将入狼穴?孙良诚,你真的不能再这么摇摆不定了,重庆国民政府比"汪伪"的南京政府好不到哪里去。

这时的重庆国民政府内部也是腐化不堪。无论是政治、经济、军事乃至外交上都很腐败。滥用职权、贪污腐化、营私舞弊的现象十分严重。在人事调整上普遍地唯关系是举,战时逃跑,战后回来接管,兵败犹荣,这种是非不分、黑白颠倒的风气在国民党内上行下效、习以为常。每次战争结束后,国民党官员以"接收"为名,行"劫收"之实,"三洋开泰""五子登科",更有官商勾结,将完好的机器砸碎卖废铁以牟利。杜聿明曾直接向蒋介石明述他怀疑郭汝瑰是共产党,理由竟是郭汝瑰清廉得让人难以理解:他一不好女色,二不贪财,甚至连自己家里的沙发都是打上补丁的!连国民党自己都要以是否到处捞银子来判断党派之分,腐败程度由此可见一斑。每到一处,只要国民党军即将败走麦城,便会蓄意损毁当地的车站、码头、水电厂等重要设施及档案卷宗,珠江大桥未能幸免,小丰满电站险遭破坏……

此外,蒋介石为了得到美国支持,不惜拿主权当礼包,以致美国的势力渗入国家政治、经济、军事等各个领域。凡此种种置国家、民族利益于不顾的做法,造成了人民群众与国民党的离心离德,也使有爱国心和正义感的国民党将领对自己的事业和信仰"产生了怀疑",甚至"失去了信心"。这是构成他们萌生改弦更张念头的一个原因。国民党内部矛盾重重,且日益尖锐的状况极度令人愤懑。国民党内派系林立,宗派主义作风由来已久,从中央到地方都有大大小小的反蒋派系,他们在长期的政治、军事斗争中与蒋介石貌合神离。蒋介石在1949年初下野时曾说:"我现在不是被共产党打倒的,是被国民党打倒的。"国民党内的派系斗争可见一斑。新华社在1946年8月19日评蒋介石五大军事弱点时,就将"中央军和杂牌军的矛盾""首领意图和下级情绪的矛盾"列入其中。在蒋介石"打死敌军除外患,打死我军除内乱"的利用消耗方针下,这些反蒋派系在追随蒋介石进行反共内战的同时,又不可避免地为保存实力而各自心怀异志。蒋介石用人三大原则:一黄埔门生,二浙江籍同乡,三亲信嫡系。解放战争中,蒋介石袒护嫡系、任人唯亲的做法变本加厉。嫡系将领骄横跋扈,即便位低也是权重。嫡系部队装备精良,常常无功受赏。相反,非嫡系将领则处处受制于人,有职无权,他们的部队多被分割、缩编,有时连最基本的军需物资都得不到解决,却打仗在前、有功无赏,部队不仅受到特务监视,还要受其侮辱。傅作义、肖秉钧等很多起义将领在回忆起这种"排异己、灭杂牌"的政策时,无不义愤填膺,倍感绝望:"追溯过去为反动派作帮凶,搞得国事日非、民不聊生,到头来仍被他们猜忌歧视","内心痛苦,不问可知"。此外,将领之间,无论是嫡系还是非嫡系,经常为了权与利而明争暗斗,部队之间协作性很差。战斗中只顾自己,见死不救的现象时有发生。由分配不公或其他矛盾引发的冲突迭起,以自己的战略位置定夺别人兵力部署的个人本位主义屡见不鲜。蒋介石更是经常凭空下命令,以致部下在实际行动中无法完成任务。但凡失利,蒋介石从不反观自身,部属轻则通令训斥,重则撤职查办。在巨大的矛盾和压力下,将领们的"心情虽极端愤懑,但仍尽量压抑,勉强支撑"。而中共的策反工作就善于"把敌人营垒中的一切争斗、缺口、矛盾,统统收集起来",利用之、强化之,并形成与之相反的无形引力,从而影响国民党将领们的抉择。对生命财产的担忧大于拼死"剿共"的信念。"决定战争失败的精神因素"是"过分发展的自我保存的'本能'"。蒋介石寄希望于第三次世界大战就要爆发,想着"反攻复国",他不断地提醒一线将领们:牺牲小我以完成大我,安慰先总理在天之灵。不过事与愿违的是,在蒋介石的"美好"愿景与"光荣"感召下,将领们处心积虑的却是如何保全自己的生命、财产以及为留条后路而保存实力。前者以嫡系为主,后者以非嫡系居多。非嫡系将领或是为了在国民党内继续生存,或是为日后有可与共产党对话的资本而不甘愿拼死打硬仗,他们也没有执行"能搬就搬,不能搬就毁"的命令,这在客观上减少了国家财产的损失。上级"这样的自食其言,竟不告而别地跑了",下级更是"不愿帮他做替死鬼",只图各自性命了。显然,在大兵压境的情况下,当"不再走错路"成为"不能同归于尽"的唯一方式时,起义就显得尤为合情合理。因此,"走向新生"从最基本的意义上来说是肉体的生命得以保全,然后才是政治生命的重新转化。中国共产党"立功赎过,既往不咎"政策,给那些想弃暗投明却又怕共产党清算其罪恶历史的国民党将领以极大鼓舞。

当然话说回来,能够战场起义的将领都具有爱国心和正义感的思想基础,否则不想死的路子肯定不止一条。很多起义将领都经历过辛亥革命和抗日战争,他们具有强烈的爱国心和正义感,如滇系军阀龙云、卢汉。20世纪初孙中山的革命思想在龙云、卢汉的脑海里有着深厚的根基,他们参加过同志军的反清斗争。抗日战争爆发后,全国各族人民同仇敌忾,龙云将滇军主力编成第六十军,卢汉任军长,率四万子弟北上对日作战，在鲁南会战中血战台儿庄，粉碎日军直下徐州的计划，堪称抗日典范。 这种爱国心和革命精神成为1946年潘朔端海城起义、1948年六十军长春起义以及后期卢汉领导云南起义的重要思想基础。 又如原国民党第十一战区副司令兼新八军军长高树勋，他参加过护国战争、讨伐张勋复辟、五四运动、反封建军阀的革命战争。1931年，九一八事变爆发，高树勋出于民族大义愤然拒绝内战而毅然离开部队。 后与原西北军将领吉鸿昌取得联系，帮助冯玉祥筹建抗日武装。 他们发表联名通电，声援冯玉祥的察哈尔民众抗日同盟军，并严厉谴责国民党当局的倒行逆施。 同盟军成立后，高树勋重新开始了领兵作战，在抗日问题上始终坚持民族大义，将变节投敌的上司石友三就地正法。 这些经历成为高树勋日后主动与共产党建立联系、战场起义的重要阶梯。 再如率部在南京江面起义的原国民党海防第二舰队司令林遵，他出生于海军世家，自幼深受家族祖辈林则徐严禁鸦片、抵御外敌的爱国事迹和为官清正的品德教育熏陶。 林遵参加过北伐革命，抱着海军救国之志赴英学习，并且在抗战爆发后坚决要求回国，积极投身于抗击日寇的战斗中。 有此类似经历的还有黄樵松、邓宝珊、张轸、程潜、董其武、陶峙岳等一批国民党起义将领，他们的进步思想与革命精神是促使他们产生进步与革命行动的重要基础。

但是，由于惯性思维，也有一些国民党将领把对蒋介石的忠诚等同于对国家人民的信仰，把高举义旗等同于犯上作乱、离经叛道，他们很难跳出这种君臣、师生的特殊而微妙关系的桎梏，胡宗南"非不为也，实不能也"的无奈，可谓是国民党将领对待起义一事态度的典型诠释。 因此，将领们要下定"背叛领袖"的决心大都需要一个激烈、艰难的思想斗争过程。 因此，上述情况成为导致国民党将领可能率部起义的内部因素，但由于事件本身的复杂性和艰巨性，除少数完全主动自觉起义的将领（如邯郸起义的高树勋、贾汪起义的何基沣）外，其余绝大多数将领则需要大量的外部刺激和诱导才能起义，而中国共产党根据将领们的思想动态不失时机地开展策反工作就成为起义发生的关键性推动力量。这种心理攻略有着巨大的瓦解作用，连蒋介石自己都认为这种推动瓦解作用是使国民党固有的"精神""斫丧""德性""毁灭"，是"反共战争之所以惨遭挫折的一个基本原因"。

就在此时，中国共产党潜入国民党内部的秘密战线上的同志也在日夜思索怎样找准策反对象，如何策反才能成功。首先他们尽量不把找准的策反对象公布于众，暂时保留他们在国民党中的地位，给他们留退路，相信党的魅力终会吸引他们义无反顾地站到人民的阵营中来。这种做法一是打消了策反对象的顾虑，二是为我党我军争取了更多的自己人。缺点就是这些留在国民党内部的军人摇摆不定，反反复复，给策反工作带来很大的难度。当然也有些同志，一旦认清了形势，认准了共产党，便打算从国民党的狼窝里逃出，不再犹豫。谢庆云就是其中一个。他经过反复思考，认为只有共产党才能救中国，救自己、救妻儿，所以他自己首先开始悄悄寻找共产党的联络员。孙良诚也看到国民党内部的实际状况，思想开始摇摆。一些爱国志士投向共产党和人民的怀抱的举动他们也看在眼里，对于投诚的同志，中国共产党并没有跟他们清算，特定的历史时期，一些特定的人一些特定的行为不原谅也不追究，但是鼓励他们戴罪立功！

谢庆云、孙良诚他们当时的情况更不容乐观。把事情想透、想通以后的谢庆云开始慢慢把自己的想法对他身边的领导、同志、战友一点一点渗透。

"兄弟，你想好了？"

"想好了。"

"怎样？"

"跟党合作，坚决跟党走。"

两双手紧紧地握在了一起，眼神坚定，态度坚决。

"好。为了保证你的安全，暂时你不要暴露，你仍然留在你现在的工作岗位上继续你现在的工作，只是从现在起你可以利用你的职务之便，一是为我们运输药品和枪支；二就是发展你身边的人跟你一起走到共产党的阵营中来，发展的人越多越好。我不方便跟你联系，我会派专人，至于什么人我暂时不说，到时你自然会明白的。"

"好。"

就这样一个君子协定在两个君子之间悄悄诞生了。由于工作性质决定了他们的身份都不能对外公布，这造成了谢庆云烈士在死后很长一段时间里没有及时得到党和国家的认可。好在漫漫长夜终于过去，谢庆云及家人终于迎来肯定。

1944年，谢庆云正式秘密加入中国共产党。

徐楚光成了谢庆云与共产党联系的直接领导人。一般情况下徐楚光不直接与谢庆云联系，而由徐楚光的政治交通员栗群与谢庆云接头。栗群在后来的回忆中说："1945年8月，有一次徐楚光安排我找谢庆云完成任务时说，谢庆云是我们发展的特别党员。"为了安全起见，别的话徐楚光不对栗群过细交待，多数时候都是徐楚光写一纸字条，让栗群传给谢庆云。1948年夏天，因叛徒出卖，六工委临时撤到解放区苏北六分区沭阳谢河村时，六工委主任郭润身（谢庆云的六工委直接领导）在谈话中说："谢庆云是徐楚光发展的特别党员。"

坚定地跟着共产党走的谢庆云仍然留在敌营，危机四伏，不过危险往往和机遇同在，危险越大机遇越多，他利用自己的特殊身份为党为人民默默地做了很多实事，只是他鲜为人知，条件不允许他被更多的人知道。不过这些谢庆云并不在乎，为国为民做事不是为了让人知道，而是为了自己的心，一颗爱国的心。

第七章
入组织为党分忧
运枪药继续潜伏

1944年,谢庆云走过一段艰难的心路历程,决定加入中国共产党,并永不叛党;而徐楚光也经过多方面对谢庆云的考察和做工作,决定发展谢庆云为正式的中共秘密党员。党要求谢庆云继续潜伏在现在的工作岗位上,只做幕后支持配合工作,不直接出面,以免暴露身份,从而给党的工作带来不必要的损失,也给谢庆云本身带来不必要的生命危险。

1944年初的一天,徐楚光让栗群向谢庆云传字条:"庆云吾兄:家属欲做一点小生意,以维持生计,亦可解弟缺钱之急。然短缺本钱，还请兄略借一二，到时一定奉还！弟楚光敬上！"

谢庆云拿到了字条，心里就明白了，但他什么话也没有说，不解释、不询问，沉着冷静地从抽屉里拿了二百大洋给栗群。好像徐楚光真是来跟谢庆云借钱的，也好像栗群也真是来拿钱的！

天黑以后，只见谢家早就把灯熄了，早早地睡了，一片安静祥和的气氛。绝没有人想到这是谢庆云放的烟雾弹，给别人的感觉就是他家不过有早睡早起的习惯，没有什么活动而已。可是等到夜深人静的时候，就不一样了。孩子们都睡着了，谢庆云一个人悄悄地起床，他轻手轻脚地尽量不吵醒妻子，把存放在楼梯间和小库房里的包扎好的一小包一小包的东西向外拿，这多是药品。有时是一整箱包得长长的东西，这是枪支和弹药。

"庆云，你在做什么呢？"妻子起身而至，可把谢庆云吓了一大跳。

"去睡吧，没事。我一会儿就来。"谢庆云安抚着妻子，却把耳朵竖了起来，紧张地听着门外的动静。

虽说是后半夜，可这是南京城啊，即使是后半夜，也会偶尔走过来一两个人，会把人吓死了。谢庆云为了减小目标，怕人多口杂，不敢多找帮手，只找了两个人，自己算一个。就这样一趟一趟，东瞧瞧西看看，拿着东西一溜小跑过去，一溜小跑过来。

突然黑暗里蹿出一只老猫，向外搬东西的那个人身手敏捷地向大树后面一躲，吓出了一身冷汗。

"谢军长，我老觉得心里慌慌的。"

谢庆云朝周围看了一下，有时人的直觉是很管用的，他认真地看了帮手一眼，说：

"暂时不搬了，休息一下，进来喝杯水。"

"好。"

两个人坐下来，只喝水、吸烟，都默默的、静静的，不说话。他们的思想都处在高度紧张的状态，专注于一事，无心交流。

果然没多时，有几个人影在黑暗中来来回回在办事处门口走来走去，也不知道在找什么。有行动不明的人最好还是躲开点，那几个黑影在门口逗留了一会儿，东张张西望望，什么也没有发现，无奈地离开了。

谢庆云和他手下的人从没开灯的屋子里走出来，长舒了一口气，幸好他们躲避及时，他们两个人相互望了一眼，又开始行动。

他们俩又继续开始搬东西，直到天蒙蒙亮才全部搬完，那位同志连一口饭都来不及吃，跳上车子开了就走。走迟了眼睛太多，怕是出不了城，就是走小路也不行。所以只能趁这时候，守夜城的岗哨才离开，守日城的岗哨还没有到岗。谢庆云跑进去，拿了一些钱，外加一盒饼干递给那位同志，只轻轻说了一声：

"路上小心。"

那位同志看着谢庆云，认真地点点头。

谢庆云作为第二方面军驻南京办事处处长，负责该军在南京的一切事务，包括军费的申领、军需弹药的输送。在供应孙良诚军需物资的同时，他每天就扣下一些，今天扣一些，明天扣一些，聚在一起，放在自己家的楼梯间和小车库。向苏北抗日根据地输送一些枪支、弹药、药品，对谢庆云来说，虽然随时都有被发现的可能，但是还是可以做到的，就是要做得十分小心。在苏北抗日根据地和新四军最为困难的时候，谢庆云曾用这种方式表达对党的忠诚、对人民的热爱、对抗日战争的支持。

一般几个月总有一次，都是在深夜里，办事处的门口来了一辆卡车，然后就是上面的一幕，两个身影在黑暗里来回移动。但是也有特殊情况，有一次解放区刚结束一次大的战役，伤员一下子增加了很多，根据地紧缺一种叫盘尼西林的药。

徐楚光请栗群传字条："庆云吾兄：老父有恙，缺钱治疗，请兄支持一二，急！急！急！弟楚光拜上！"

谢庆云一看就明白,这一次不能等,是药品短缺,而且是急用。回家看看楼梯间和小房间加起来的东西还没有一卡车呢,最近风声又紧。 他在办公室里踱来踱去,真是一筹莫展。 突然他眼前一亮。

"刘副官,你进来一下。 今天上头要的药品准备好了吗?"

"报告处座,全部准备好了。 已经全部装车,正准备出发。"

"好的。"

"处座……"

"什么事?"

"处座,今天的行动路线避开闹市区,走内线绕,正好从我老家门前过,我托司机给家里老母亲带一点东西,行吗? 我都几年没回家了,老母盼得很。"

"刘副官,这次运的都是紧缺的药品,万一……"

"不会的,处座,没几个人知道我们行动的路线和准确到达的时间。"

"那好吧,你小心一点。"

"遵命! 谢谢处座。"

可是就在刘副官回家给母亲捎东西的时候,停在路边的那辆卡车被人神不知鬼不觉地悄悄开走了。

"啊,这可如何是好?"谢庆云急得跟什么似的。

"你再说一遍?"

"那辆卡车停在路边时,被人开走了……"

刘副官耷拉着脑袋站在谢庆云面前等着他处分,以谢庆云的为人当然不会处分跟他多年的下属刘副官,但批评是必须的。 但他也没必要什么事都跟他说清楚,这也是没有办法中的办法。 他心里知道委屈刘副官了,但是表面上批评和处分还是要给的,要做得像真的一样,不然会引起其他人的怀疑。 他知道以刘副官的聪明,这事让他自己去解决吧,他能解决得了。 这样做不显眼,如果自己出面,很容易暴露。 既解决了敌后抗日根据地的用药问题,又隐蔽了自己。 那样的年代保存实力、保存自己的生命以及他在敌营中的位置也是为党为人民为国家做贡献。

这一卡车药品内有一种叫盘尼西林的药,这是战争年代最稀缺的药,其实它就是青霉素,是人类发现并应用的第一种抗生素,也是临床应用最广泛的重要抗生素,用于杀死细菌,控制伤口感染,大大增强了人类抵抗细菌感染的能力。这种药品在抗日根据地尤其紧缺,数以万计的伤员,只要用上一点点这种药对于他们的康复都起到关键的作用,这是救命药。可想而知谢庆云这一卡车的药品对敌后抗日根据地的帮助该有多大,它救活了多少新四军战士的生命。

谢庆云在安排人开走卡车时的细节都是事先设计好的,一个人打扮成要饭的样子,早几天就找到具体的地点,为了确保安全就躲在那个村子里,然后等着那辆军车的出现,以神不知鬼不觉的速度将其开走。而那个开车的驾驶员在村子前后转了几圈,发现车子开丢了不敢回到部队复命,就此开溜了。

谢庆云找的那个人把那辆装有盘尼西林的卡车就这样光明正大地开进了抗日根据地。

谢庆云一向沉稳,这些事他做得低调,甚至连自己的妻子陈英他都不多透露。妻子只大概知道是一些药品和枪支,是给那边的,别的就什么都不知道了。

又过了一些日子,徐楚光又给谢庆云递字条:"庆云吾兄:家属一时兴起,非要去扬州游玩几天,为弟最近公务繁忙,请兄代为安排,规格勿需过高,吃饱就行。弟楚光敬上!"

谢庆云明白了,上级又有任务:掩护地下工作者。

中共中央和中共中央华中局及新四军总部对策反孙良诚十分重视。1945年4月6日,新四军致电苏中苏北军区:"要把对敌工作的重心放在分化争取孙良诚身上。"7月,第十八集团军(八路军)秘书长申伯纯(新中国成立后任中央文史馆馆长)及中原军区情报处主任余义,带着毛泽东的亲笔信到扬州策反孙良诚,此项工作由谢庆云负责接待和保障安全。

　　这时谢庆云的公开身份是苏北绥靖公署副主任、苏北政务厅副厅长，主任孙良诚、厅长孙良诚，秘密身份是中共华中局第三工作委员会领导的中共秘密党员（三工委主任徐楚光）。为了保证申伯纯的安全，谢庆云早早地就在扬州的扬社（当时扬州第一流的旅社）二层开了几个房间，从接头到谈判的来回接送，谢庆云带着自己的随从全程陪护。可能大家无法理解谢庆云为什么要订如此豪华的旅社。郭汝瑰，四川铜梁人，1907年生，黄埔五期毕业，蒋介石的军事智囊。他也是中共的地下工作者，提供了大量有关国军的战略战术情报，国军始终未察觉。可是后来有一些细节竟引起了杜聿明对郭汝瑰的怀疑，可是越是共产党越不能被怀疑成共产党，太危险了。杜聿明之妻曹秀清早年曾入中共，杜妻与郭汝瑰接触有似曾相识之感，但是不敢确定，夫妻俩在背后嘀咕了好一阵，没有证据也只能放在心里。后来某次杜聿明去郭汝瑰家，见郭汝瑰家的客厅沙发竟然有补丁，暗忖自己在国军中已是廉将，竟还有比自己清苦的，这加深了原有的夫妻二人的看法。所以在当时的国民党将领中太清廉都有是共产党的嫌疑。可见清正清廉这是共产党人的共有气质，更是共产党人的光荣传统，可以说是共产党人与生俱来的，凭着这一高贵的品质凝聚了一群具有相同气质的人。杜聿明闻到郭汝瑰身上与国民党的气味不尽相同，心生疑窦，这让郭汝瑰深陷危险当中。其实谢庆云也是很节俭的人，但是他为了在国民党的军官中不至于太异类，也为了团结大多数的同志，他会跟着弟兄们同吃同住同娱乐，他更会让自己的太太陈英跟国民党其他将领的太太在一起打麻将、逛街、参加聚会，为的就是打掩护，不把自己放在明处。

　　一个对物质要求很低的人，其精神高度多数时候都是需要人仰望的。同样的精力和时间，关注物质的时间多了，自然就没有时间去关注精神了。共产党人就是一群理想主义者，更是一群意志坚定者，小米加步枪，也能赶跑美蒋，也能打下新中国。对于那些安于清贫却能舍身革命的共产党人，一直以来都是国民党警惕的对象。他们不是一路的人。他们身上的气味不同。谢庆云只有在国民党内部表现得不过于异化，才能瞒过国民党，瞒过那些他们的爪牙，也才能更好地团结一批同志在自己身边。

在革命战争年代我党为了保存实力，不作无谓的牺牲，地下党交通站都有一套严密的联络方法，以防敌特破坏，确保安全。一是什么人走，什么时候走，事前都要做好安排。如发现与原计划不符，就要引起警惕。二是去根据地的同志一般带有地下党密写的介绍信，并按约定的暗号、时间、地点接头。三是来往人员严守秘密工作纪律。交通员不准打听"客人"的真实姓名及家庭住址等情况。城市的同志到交通站后，即换上根据地的服装。在从交通站到城工部的路途中，对外番号是"教导大队"，并不暴露自己的真实身份。

1945年的扬州四月天，真是春和景明，古诗有云："烟花三月下扬州。"在古代，月份是按农历来算的，所以从严格意义上来讲，扬州的四月天才是最美的季节。可是谢庆云无暇也无心欣赏这一路的美景。他和手下站在扬州车站前接待前来议事的申伯纯。他和申伯纯也是第一次见面，人群中哪一个才是申伯纯呢？

因为事前并不知道是谁来，所以这只能靠彼此的政治敏感来判断谁是谁不是，随时都有暴露的危险。当时的扬州有几股政治力量，一股是日伪的特务，一股是蒋介石的特务，还有一股就是日本的特务，这些都是谢庆云要防备的势力。

"同志，您从哪里来？"

"我从重庆来的。"

第一句接头暗号算是对了。谢庆云和申伯纯之间都能感觉到彼此身上亲密战友的气味，但是光有一句是不行的，这个世界巧合太多。

"烟花三月下扬州，仁兄这是来游瘦西湖的？"

"烟花四月下扬州，不是来游玩的，是来投奔亲戚的。"

第二句接头暗号又对了，但是仍然不能掉以轻心。

"这兵荒马乱的年头有亲戚可投奔已是一件幸运的事了,不知道方便不方便打听一下您的亲戚有没有钱?"

"当然可以,我的亲戚是扬州城里的大户,很有钱。"

三句接头暗号全部正确。谢庆云跟申伯纯两个人四只手紧紧地握在了一起。谢庆云对着手下使了一个眼色,一辆黑色的小轿车驶了过来,谢庆云和申伯纯坐在车上径直驶向扬州旅社。

后来谢庆云才知道,申伯纯是河北宛平人,长谢庆云二岁。1934年参加革命,曾任国民政府新编十七路军政治处处长。1936年任第十七路军绥靖公署交际处处长,参加过"西安事变"前后的斗争。"西安事变"时是张学良、杨虎城的新闻发言人。1937年加入中国共产党。谢庆云再一次对共产党佩服不已,难怪共产党节节胜利,跟他走的都是一流的人才,共产党的凝聚力真是强大,都是有影响力的人。

当然今天的我们还知道,申伯纯的家庭是一个名副其实的红色特工之家。他家有十位老八路和一位革命烈士,其中除二女婿成荫是导演和二子申仲义是工程师外,其余九位均是红色特工,他们是申伯纯、爱人郭西、长子申仲仁、二女儿申伸、二儿媳妇齐翔延、三女儿申小丛、三女婿李成、四女儿申晓白、四女婿王炎堂。

申伯纯的爱人郭西是山西原平人,太原女子师范毕业后便找到一二九师师部要求当作战参谋。一个女学生要当作战参谋,从来没有过。刘伯承亲自跟她谈话,见到她颇有英武之气,便破格让她当了作战参谋,成了一二九师小有名气的女八路。郭西的前夫安子西(安道敦)是中共山西省委委员,在策反国民党张荫梧起义时,被反动派杀害,死得很惨烈。

申伯纯的长子申仲仁,是中共北方局天津地下电台的报务员。1936年被捕后受到严刑拷打,由于被灌了大量的辣椒水,身体受到严重损坏。后在一次急行军中生病去世,年仅二十四岁,生前没有留下一张照片。

申伯纯的二女儿申伸十五岁就跟着父亲在国民党鹿钟麟部帮助翻

译秘密电报，收听广播，帮助记录战区情况。后来，几经周折去了一二〇师的战斗剧社，与同事成荫（山东曹县人）结婚。成荫曾导演《西安事变》，生前任北京电影学院院长。

申伯纯的二子申仲义先后在军委二局工作，是延安电台重建工作的技术总监，我国雷达事业的创始人之一。申仲义的妻子齐翔延作为一名通讯侦察兵，经历过辽沈、淮海、平津三大战役。

申伯纯的三女儿申小丛开始在总部情报处材料科工作，后来与李成假扮夫妻潜伏北平，在潜伏中产生爱情的火花，最终假夫妻成为真夫妻。

申伯纯的四女儿申晓白在中共中央社会部书报简讯社负责人事档案工作，在这里她通过姐夫李成介绍认识了同事王炎堂（陕西人），后来两人结为伉俪。

这样的一个全身戴着光环的申伯纯想征服谢庆云并不是难事。谢庆云通过跟申伯纯接触，他敬佩共产党也敬佩申伯纯，他敬佩申伯纯从而更加敬佩共产党。

申伯纯策反孙良诚的工作十分艰难。谢庆云全程陪申伯纯吃住在旅社内，研究方案，在孙良诚面前又不能过于暴露自己，所以只能在背后给申伯纯有意无意地透露一点消息。特工之间是不能相互打听的，但是申伯纯对谢庆云的印象很好。可孙良诚的策反工作似乎进展不大。于是谢庆云就和申伯纯两个人在扬社里将孙良诚这个人认真地分析了一下。

首先是孙良诚这个人的性格，愚蠢且奸诈。说他愚蠢，他看不清形势，看不透"汪伪"，看不透国民党；说他奸诈，他变化无常，今天跟这个走，明天又跟那个走，而且竟然谁给的钱多，谁许的官大就跟谁走。他并不知道，没有任何凝聚力的国民政府，只能通过给钱给官来拉拢人，靠许钱给官的国民党能走多远？小利聚小人，人人都要钱、要官，要到最后一片混乱。这时的谢庆云不能说过多，只能一句半句地点化孙良诚，说过多，反而适得其反。孙良诚草木皆兵，生性多疑。"荫蔽精干、长期埋伏、积蓄力量、以待时机",对于时机选择要特别注意,既要使我方避免不必要的损失,又要使起义超越简单的人数上的作用,起到小则影响局部战役,大则震撼国民党当局的重大意义。平时要隐蔽埋伏,不失时机地向我方提供秘密情报。切不能什么都不成功就将意图暴露给敌人,这样下次再想策反孙良诚难度就更大了。

再分析一下孙良诚这个人的军旅生涯,孙良诚原系西北军的一个悍将,所部在西北军中素有"铁军"之称。中原大战后,西北军土崩瓦解,孙亦失势。七七事变发生后,华北地区大部沦陷,人民群众在共产党的领导下,坚持敌后的抗敌斗争。蒋介石为了抵制八路军,利用一些失意军人,以各色名义,指使他们在华北招兵买马,抢占地盘。1939年蒋介石委鹿钟麟为冀察战区司令长官兼河北省主席,委石友三为副长官兼察哈尔省主席。鹿钟麟设司令长官部于南宫、冀县一带,委孙良诚为冀察游击总指挥。因为孙良诚是只身前来没有军队,鹿钟麟又把驻在冀州的民军第二路赵云祥部编为游击第一纵队,拨归孙良诚指挥。想想孙良诚一生也是出生入死,久经战场,面对关键时候的选择,哪能轻易做出决定?

最关键的是这个时候,也就是1943年秋左右,蒋介石和戴笠秘密派周镐为军统局南京潜伏站少将站长,令他打入"汪伪"集团,肩负着蒋介石交给他的特殊任务:策反"汪伪"的上层人物,特别是伪军头目,使他们抗战胜利后继续反共。这样一来,孙良诚就成了香饽饽了,一时孙良诚找不到北了,认不清形势了,当然不会冷静下来想想跟谁走才看得见胜利的曙光。蒋介石以他惯用的手段,用高官厚禄为诱饵,没有政治远见的孙良诚毫无抵抗能力。

1943年初,周镐身负戴笠重托,化装成商人,同译电员李连青携带电台从四川经湖南,再由军统局京沪区区长程克祥陪同,辗转到了安徽南陵。然后,周佛海内弟杨惺华委派"汪伪"财政部警卫队队长杨叔丹,专程将程克祥、周镐等人秘密接来南京。程克祥转道上海,而周镐及译电员李连青则被安顿在南京评事街一位与重庆有生意往来的商人家里，等候周佛海的接见。

时间一晃半年，周佛海却稳坐钓鱼台，纹丝不动。周镐乍到南京，人生地不熟，半年闲居使他有空到大街小巷四处转悠，也借此机会认识结交了一些朋友，包括后来介绍他加入共产党的中共地下情报人员、时任"汪伪"军事委员会政治部情报局上校军官的徐楚光，后来成为他随从副官的南京市车辆管理委员会职员姚紫云等。在熟悉了周围情况以后，周镐就在长江路174号另租了一处房子，从评事街搬过来独住。

1943年7月的一个下午，周佛海终于接见了周镐。据周镐后来说：周佛海之所以此时接见我，完全是因为他家中原来的地下电台暴露，无法与重庆进行电讯联络才予以安排的；同样，周佛海半年多时间按兵不动，也正是他观察周围动静的时间。

当初与重庆方面发生关系，是得到日本侵华当局默许和私下支持的。但他背着日本人和汪精卫，在自己控制下的特务系统里另搞一套，这是日、汪所意料不到的。特别是1942年以后，周佛海除电台往来外，还秘密和戴笠互派使节。重庆、南京之间往来过于密切，这当然引起了日本特务机关的怀疑，特别是国民党和"汪伪"特工接触的时候，曾互有摩擦，露出一些蛛丝马迹。首当其冲的是周佛海西流湾8号家中的地下电台被日本情报机关侦察出来，并受到监视。当这一情况由周佛海的日语翻译彭盛木（军统特务）透露给周佛海时，他大吃一惊。周佛海没想到自以为万无一失的电台也受到了日本特高科的监视。他不露声色地来往应酬，像无事一样，暗地里却紧张地一面布置军统电台工作人员从扬州路住处撤离，一面考虑家中电台的处置办法。在一时无可靠转移之处时，又果断地决定毁掉电台。以无意失火为幌子，将自己的官邸与电台一起付之一炬。这样，既保全了自己的身份地位，又烧掉了日本人对自己怀疑的祸根。周佛海在其1943年1月11日的日记中，曾对此次官邸失火有记载。事后，周佛海又不厌其烦地写了一篇 3000 字的文章,题为《走火记》,叙述此次官邸失火的经过和感想,刊登在"汪伪"中宣部次长章克主办的《大公》半月刊 1943 年 1 月号上,静观社会舆论和日本人的反应。

过了几个月时间,人们淡忘了失火之事,日本人也没什么动静,周佛海才决定召见周镐,并将这一内幕请周镐转告戴笠,既是感激军统在关键时刻通风报信的救命之恩,也是向蒋介石表白,他已经完全倒向了重庆国民政府这一边。

所以这个周佛海说起来他是"汪伪"政府财政部长,其实在暗地里他又跟蒋介石和戴笠不清不楚的。

周镐当时是蒋介石和戴笠军统局的人,他想打入"汪伪"内部,想让周佛海推荐。周佛海哪是那么痛快的人。其实周镐当时加入军统局也是被迫无奈。

周镐生于 1910 年 1 月 21 日,出生于湖北省罗田县三里桥乡七里冲周家垸一个农民家庭,此地现为凤山镇老塔山村,其家世代务农。十四岁时,全家节衣缩食,送他考入武汉私立成呈中学读书,1927 年毕业。次年,桂系第四集团军在武汉创办随营军校,周镐考入该校步兵科(该校后改为中央军校武汉分校)。

武汉分校被蒋介石分子掌握以后,加强了对学员的蒋化教育和控制,周镐十分不满。不久在一次政治测验中流露出反蒋情绪,他怀念邓演达、恽代英以前主持武汉分校时的政治活跃气氛,而且拒不认错,故被认为思想不纯遭学校除名。他遂经同乡介绍,到上海加入十九路军,任下级军官。淞沪战争以后,十九路军被蒋介石调往福建与红军作战。

1933 年 11 月 20 日,李济深等以蔡廷锴的十九路军为骨干,领导发动了"福建事变",受到了以蒋介石为首的南京国民政府的严厉镇压,坚持两个月后旋告失败,十九路军番号亦被撤销。周镐乃脱离部队,取道上海欲返回家乡,但途中被国民党特务追踪,到汉口下船时,即以"共产嫌疑"为名遭到宪兵警察的拘捕。意外的是负责审讯的一位宪兵长官与周镐有旧交,竭力劝周镐何不以黄埔出身加入军统,并告知过去一切可以不咎,还可保证无罪开释。周镐念及旧交及目前处境,同意试试。1935年周镐正式加入国民政府军事委员会调查统计局供职,任武汉站站员。不久因在同事中有激进言论被军统逮捕审查,送至南京洪公祠1号,后幸经军统局核心成员"十人团"之一的周伟龙保出。

这次被关押的经历,对周镐在军统内步步高升产生了重要影响。在军统内部,谁都知道周伟龙与戴笠系生死之交。周伟龙能保周镐,自然令周镐感激不尽,与此同时周镐也因此受到重用。

1936年戴笠派周镐为军统贵阳邮电检查所所长,翌年又调任广东税警总团查缉股组长,暂编第八师(由广东税警总团改编)谍报队少校队长,1940年任军统广东省督察,1941年又调回重庆军统局任督察室第一科上校科长。这些职务多是一些肥缺或重要关键岗位。这时,周镐已是军统内比较受戴笠重用的人了。

应该说当时的周镐和周佛海是不同的。周镐是纯粹的军统的人,而周佛海是脚踏两只船的人,但是政治有时特别诡异,这两个人最后表面上又绑在了一起。

周镐与周佛海的第一次见面是在汪精卫的迎宾馆(即孙科1928年任铁道部长时的官邸),这一次见面给周佛海留下了极好的印象。他认为周镐"人极稳练,且有见识",十分可靠。周镐也转告了周佛海的老母亲及其他亲戚的近况,并告知他来南京时戴笠所交给的工作任务,还要求周佛海安排他一个有公开身份的职位。周佛海满口答应。为了表示他对军统的亲切热情之意,周佛海一个电话请来了李顺昌呢绒服装商店的裁剪师,当场给周镐定制了六套全毛高级中山装和大衣。他对周镐说:"先换换装,工作安排以后再通知你。"

几天后,周佛海派人从周镐处取出电台,运往上海放在其内弟杨惺华家的一处秘密地点,由重庆方面另行派来译电员并携带新的密电码和呼号进行工作,随周镐同来南京的军统译电员李连青,被安置在南京商会里做了个小职员。这部电台之所以不放在南京而要安在上海,周佛海当时是有考虑的。他认为,南京的日伪情报机关多,稍有疏忽就会危及自己;而上海十里洋场,五花八门的电台很多,利于隐蔽;沪宁之间,交通方便,火车当天即可往返,情报递送是十分及时的。

不久,周佛海将周镐安插在"汪伪"中央军事委员会军事处第六科任少将科长。周镐立刻走马上任,同时开始着手组建军统南京站。1937年军统在撤离南京前,曾建立过南京区,并置有电台,但南京一沦陷这个组织就叛变投敌了。以后军统在南京的组织,规模都较小,也不怎么敢活动。周镐重新建立的南京站,下设八个组,是按当时南京的区域划分设立的,活动各有侧重。每个组设联络员(组长),组与组之间没有横的关系,只与周镐本人或其副官发生关系。约至1943年底,南京站组建完成并开始活动,周镐任站长。沈三北、刘振汉、张作安、杨叔丹、王捷三、洪侠等人为各组的负责人。

军统南京站系沦陷区的大站,周镐身负重任,被戴笠提升为军统少将,成为军统内的高级特务之一。周镐的主要任务有二:一是担负周佛海与重庆的情报联络工作,搜集"汪伪"首都军事、政治、经济情报。其程序是周佛海将情报交周镐派交通员送往上海程克祥家里,然后由程转到杨惺华家里,再由电台发往重庆军统局,由戴笠亲自转给蒋介石。这是周佛海与重庆方面的重要热线之一,接近抗战胜利时,周佛海和周镐更是频繁地亲自往返于沪宁之间,和重庆方面保持密切联系。二是利用自己在"汪伪"中央军事委员会里的少将身份(后来为了方便起见,周佛海又给其搞了个军委会少将高级参议虚职),与伪军中的实力派高级将领孙良诚、张岚峰、吴化文、郝鹏举,以及刘夷、张海帆、洪侠、崔象山等建立了密切的私人关系,替军统争取他们,收集他们提供的情报。

周镐在南京"汪伪"军界上层人物中十分活跃,他广交朋友,就是共产党方面的朋友也照常结交。新四军二师派杨叔丹的弟弟杨天到南京活动，周镐知道了，专门到杨叔丹家去看望他，表示对新四军的钦佩向往之意，交谈十分投机。

日常生活中，周镐虽然掌握着军统大量的活动经费，却从来没有私自挪用过，哪怕是只做一套衣服。他的工作作风比较严谨，烟酒不沾，他对部下常常叮嘱："我们是在沦陷区，万事要小心。个人生命事小，工作事大。"所以他的工作从未出现过什么差错，深得戴笠的欣赏。

1945年四五月间周镐在"汪伪"政府财政部部长周佛海的推荐下，又兼任了"汪伪"第二方面军孙良诚部的总参议，周镐做人做事还是很认真的，作为军统局的人他当然要执行上峰的命令，拉拢收买孙良诚，而孙良诚本来就犹疑不定，当他抓住了蒋介石"失地无汉奸""曲线救国"这根救命稻草后，能轻易决定起义，倒向共产党吗？说他奸诈那是一点不假的，他既不把共产党拒之门外，也不明确表示起义的意向。

周镐的出现给谢庆云和申伯纯策反孙良诚带来很大的难度。

这样申伯纯对孙良诚的策反工作成效不大。这时在扬州旅社里，谢庆云和申伯纯进行长谈，谢庆云向申伯纯介绍了孙良诚"愚而诈"的为人，他认为目前孙良诚不但看不清蒋介石对西北军利用、排斥的两面手腕，还想利用与共产党的接触来加强他与蒋介石讨价还价的砝码！申伯纯十分同意谢庆云的看法，申伯纯还深入分析了策反孙良诚对抗战胜利后形势发展的重要性，从而嘱咐谢庆云一定要抓紧时间想办法争取孙良诚。谢庆云表示可以暂时绕过孙良诚，利用自己是第四军副军长的身份以及与军长赵云祥之间交情这样一个有利条件，先单独做第四军的策反工作。当时孙良诚部大致有三股力量，第二方面军，军长赵云祥，副军长谢庆云；第五军，军长王清翰，他是谢庆云的连襟；直属师，师长孙玉田，是孙良诚的堂弟。如果走不通直接策反孙良诚的路线，那么不妨绕开孙良诚在其他两股力量上着手准备。谢庆云也深深了解孙良诚的性格，与他共事多年，还是深知其为人的，而他自己虽没有直接的兵权，但他有全军的军需财权，还有就是他在孙良诚部有着广泛的人事基础，他可以用自己手中的财权，以及与弟兄们多年相处的交情影响赵云祥和王清翰，这样就相当于影响了孙良诚部的三分之二的力量。先把其他的力量争取过来，这样孙良诚就成了孤军无援，到时再说服他也许难度就不大了。当然不可能放弃孙良诚，那样的年代多争取一个好一个，更何况孙良诚在西北军中还是有一定威望的。

谢庆云把自己的思路跟申伯纯细细说来，申伯纯也觉得在理。他们二人在扬社里达成共识，绕开孙良诚，先策反赵云祥和王清翰。当然绕开孙良诚不是放弃孙良诚，要想摧毁孙良诚的心理防线，谢庆云知道决不是一蹴而就的事。

走前谢庆云紧紧地握住申伯纯的手，表示一定完成任务。

第八章
火线策反显奇功
盐城起义获成功

申伯纯安全离开了扬州，但他给谢庆云留下的任务却十分艰巨。先策反赵云祥和王清翰，但不放弃孙良诚。

1945年8月15日，日本宣布无条件投降。左右摇摆的孙良诚到底还是倒向了蒋介石一边，他奉蒋介石电将部队重新整编，孙良诚部新编为第二路军，孙良诚担任新编第二路军总指挥，第四军改为新编第二路军第一军，军长赵云祥、副军长谢庆云。任务是"确保原防地，等待接收"。但形势发展十分迅速，新四军立即控制了重要交通线，由于新四军控制了周围的重要交通线，孙良诚各军所在地除泰县外、盐城、高邮、宝应的水陆交通均告中断，只能用无线电向各军、各师联络。孙良诚部陷于四面楚歌之中。

特别是位于盐城的赵云祥部更是告急。1945年10月31日，中共华中分局和华中军区集中了两万人的兵力包围了盐城，从而迫使赵云祥起义或投降。但当时赵云祥对孙良诚仍心存幻想，他给孙良诚去电求救，请求孙良诚派兵增援，可孙良诚的答复令赵云祥大失所望，孙良诚复电令其坚守，与城共存亡！共存亡！换句话说，就是不问他们了，把他们当炮灰，为其他部队转移争取时间。这关系的可不仅仅是赵云祥一个人的生命，他手底下还有上万弟兄，他不能不管。如果是赵云祥一个人的生命他可以不管不要，可那些弟兄多是跟随他多年，把身家性命都交给了他，他赵云祥可不能对不起他们。此时的赵云祥矛盾极了，一面是增援无望，全军弟兄们的生命将失；一面是军人的天职，服从，战场殉职。

在这关键时刻，顾草萍和路耀林相互配合乘机劝说赵云祥认清形势，率部起义。赵云祥在接到孙良诚的复电后，万分失望，但对率部起义又心存余虑，多年与共产党打仗，共产党能不计前仇吗？这时的赵云祥思想上十分矛盾。

为瓦解赵云祥部，中共苏北区党委成立"大股伪军工作委员会"。为了统一领导，中共淮北党委又把打入赵云祥部的党员路耀林、顾草萍的组织关系转给苏区党委。

顾草萍原名郭新和，1919年2月生，河北磁县人，1936年加入中国共产党，1938年3月受党组织指派，打入"汪伪"军事集团，为隐蔽身份改名顾草萍，在汪精卫成立的"新中央军"出任参谋，是一名优秀的地下工作者；路耀林，地下联络部干部，早年在冯玉祥的西北军工作过，所以他在孙良诚部也有很多熟人。顾草萍从1940年到1944年夏天在赵云祥部的四十师发展了三名共产党员，并成立了党小组，他们二人约见西北军的几位旧相识，觥筹交错，分外亲热，有说不完的话。路耀林借机行事，做下层军官的思想工作。

赵云祥尽管属于"汪伪"管辖，可是为了和新四军搞好关系，1944年调往苏北之前，东明县的伪县长以前在东明伪县府中拘押有政治犯数百名，其中大多数系倾向抗日的进步人士，也有很多新四军的人员。赵云祥乘此机会把这些人全部释放，借以树立声威，做一回"遗爱在民"的举动，放一次大好"起程炮"。在释放前赵云祥还邀集这些人聚餐，表示欢送。这些举动就可以说明赵云祥还是比较进步的，是可以争取过来的。战争年代人的心理和行为真的不能单维度考虑，毕竟生死是大事。

顾草萍、路耀林一看当时的形势，解放军压城，孙良诚增援无望，两个人一起悄悄地使了一个眼色，顾草萍第一个站出来对赵云祥说：

"赵军长，你做决定吧，弟兄们一定跟着你走，你到哪儿，我们到哪儿！誓死跟随！"

第一个站出来说话的人以及他说出来的话都是很重要的，人都有从众心理，更有先入为主的思维，所以这话一出，就说出了一些先进分子的心声，而一些非先进分子，一看人家都愿意起义，也就随着应和，"起义！起义！"

"誓死跟随！"路耀林也站出来表示要跟随赵云祥起义。

这下可好，底下士兵看见不止一个人跟随赵云祥要求起义，于是应和声一片，大家几乎全都表示愿意跟随赵云祥起义。

顾草萍和路耀林两个人围着赵云祥表忠心，其实是想理顺跟赵云祥的谈话环境，理顺了下面的谈话才能愉快而顺利地进行。

"你们俩就这事怎么想？"

顾草萍正色说道："赵军长想听真话？"

"但说无妨。"

顾草萍趁机与赵云祥推心置腹地分析形势："只有接受共产党的要求，率部起义才能避免这么多生死与共的弟兄们丢失性命，你想想，我们现在全部被包围了，孙良诚又不可能派援兵来了，那么我们这么多弟兄们岂不是等死？最好的结果也就是玉石俱焚。这样做，我们一死成全了千古美名，可我们手下这么多的弟兄们他们可是无辜的啊，他们不是跟着我们白死了吗？谁家没有妻儿老小啊。最重要的一点，现在共产党对我们不错，只要我们带兵起义就能功过相抵，多好的机会啊。要是被活捉了，那就是阶下囚，是俘虏，到那时情况又不一样了。"

"路耀林，你呢？你怎么看？"

"我同意顾草萍的看法，军座，别犹豫，起义吧！弟兄们誓死跟随你！"

赵云祥站在原地，久久不说话……

"报告军座！谢副军长求见！"

"谢副军长？！快请！"

赵云祥听到谢庆云来了，高兴极了，以为孙良诚给自己增援来了！一阵狂喜。

其实不然。赵云祥给孙良诚去电要求增援，孙良诚复电令其坚守，与城共存亡。孙良诚回复赵云祥电报后放心不下，急忙找来谢庆云，要他设法突破解放军的包围去给赵云祥打气。孙良诚着急地说，"赵云祥的兵力占我军的三分之一，若有万一，损失太大。你是该军的副军长，赶快设法前去。"这时谢庆云也正挂念赵云祥，认为这是策动赵云祥军起义的最好时机，谢庆云认为时机已到，便欣然接受了任务。

于是一场火线策反拉开了帷幕……

这是火线策反，情况万分紧急，怎么过得去，过去了又怎样跟赵云祥谈，这都是要事先想好的。经过多方考虑，谢庆云找到解放区苏中军区司令员管文蔚，说明此去的真正意图。这事一定要跟上级党委联系，他们也好给一点方便和建议，通过管文蔚的安排，谢庆云只带贴身卫兵，顺利地通过了包围圈，见到了赵云祥。

见面后赵云祥的第一句话就是：

"援兵可派了?"

谢庆云一听赵云祥这样问,就知道赵云祥对孙良诚并没有死心,仍然心存幻想。如果想策反成功,必须要断了赵云祥对孙良诚的幻想!

"赵军长,不要心存幻想了,不可能有援兵了,四面包围。"上去谢庆云就把赵云祥的幻想给浇灭了!

接着谢庆云又面色沉重地摇摇头,他一定要等赵云祥泄去希望之后方能从容驾驭。上来就谈让他战场起义的事,肯定会令赵云祥反感。赵云祥也是一个血气方刚的军人,要他起义,也是难上加难。只有让他自己想起义!起义才能成功!

"不派援兵,我们岂不是等死吗?"

谢庆云看着自己的上司兼老友,面露难色,他委婉地转达了孙良诚的意思,孙良诚令他们阵地在人在,死守阵地!

"死守阵地可以,但是有没有可能有援兵?"

"绝对不可能有了,我们被切断了,而且全部被共军分割包围了。"谢庆云态度坚决地说。接下来又帮着老朋友分析战况,"不要说现在援兵过不来,就算过得来,孙良诚也自身难保。军长想想看,他会放弃自己的生命,来救弟兄的命?"谢庆云当时虽说的是实话,但是口气明显是在瓦解赵云祥的最后心理防线。

赵云祥在室内转来转去,像一只困兽一样。谢庆云看着自己的老友兼上司陷入两难的境地,死守阵地就是带着上万的弟兄去送死;率部起义好像又显得缺乏军人的忠诚,担心被人诟病,而且跟共产党打仗这么多年,共产党真的能不计前嫌吗?会不会弟兄们缴枪了以后,还会有生命危险?难道战也死,不战也是死吗?

谢庆云静静地坐在那儿,看着赵云祥走来走去,他知道身为军长的赵云祥现在思想上是上下左右不停摆动,他想让赵云祥自己先想一想,毕竟是多年的老友,然后再帮他分析一下利害关系,如果是他自己他会怎么办?毕竟他也是副军长,他的弟兄也是他谢庆云的弟兄,他们是连在一起的，一荣俱荣，一损俱损。这个时候是跟赵云祥说真话的时候了，也是劝他战场起义的最佳时机。谢庆云要抓住这个时机，让赵云祥的思想真正转过弯来，能不能完成申伯纯走时交待的任务就看今天了。

看着赵云祥渐渐平复了下来，谢庆云推心置腹地帮赵云祥分析形势：

"军座，我就不跟您绕圈子、兜弯子了，我和你还有手下的弟兄们，我们都是捆绑在一起的人，您看您也来来回回想了很多遍了，我们现在的路只有一条了。"

"哪一条？"

"起义。"

谢庆云知道这样的话，赵云祥是非要谢庆云先说出来的，而谢庆云也正好想说。他想给赵云祥打气。于是谢庆云又坚决地重说了一遍：

"我们现在只有起义才是唯一的出路。"

赵云祥一听，谢庆云首先说出了"起义"二字，心情突然放松了下来，这正是他想做又不敢做的事。谢庆云明明是孙良诚派来监视自己的人，可他在关键时候能把他赵云祥及弟兄们的性命放在第一位，他跟孙良诚不一样，孙良诚就知道一味地要求他们送死、做炮灰，为他孙良诚自己争取时间。

"我也知道现在唯有起义才有可能活路，但是我就怕我们起义以后还是死路一条，共产党会原谅和重用我们吗？共产党会不计前嫌吗？假如我们起义以后还是死路一条怎么办？如果那样还不如现在跟他们拼了，还能落一个好名声！"

"不会的，共产党人如果没有这种胸襟，他能走到今天？高树勋就是一例啊，他起义后不是没被杀吗？邯郸战役中高树勋秘密率部起义，人家当时的情况可比我们现在要好，可高树勋看透了蒋介石在国民党军队内部排斥异己、挑起内战的行为，光表示不满和反感有什么用？路都走到头了，只有决定率部起义。我们现在的情况比他危急百倍，我们如果不起义可能连性命都有危险。人家高树勋那可是率新八军及河北民军万余人在马头镇正式宣布起义，以通电形式向全国发出了《停止内战团结建国的起义宣言》，声明脱离国民党阵营。那动静才叫大，不是没有人瞧不起他？我相信后来共产党对待高树勋也不会差。一路走下来，我发现那么多优秀的人都是共产党，如果共产党不好，还能吸引那么多人跟着他走吗？"

赵云祥不出声了。谢庆云举高树勋率部起义的例子，使赵云祥受到很大鼓舞和安慰，丧失了最后固守的信心。

这时候顾草萍和路耀林两个人早就在下层军官中做好起义的思想工作，这样一来从上而下都支持赵云祥起义。赵云祥终于下定了最后的决心。

"好。就这么定了，起义！"

谢庆云长长地舒了一口气，他看说妥了一切，随即返回扬州向孙良诚报告："赵云祥的部队上下官兵情绪很坏，赵云祥的情绪也很坏，对坚守没有信心，要求增援。"孙良诚听后长长地叹了一口气说："各部都被共军包围，哪来的增援！"

谢庆云不接孙良诚的话茬。他知道说多了没有用，对于孙良诚这类人不到最后不下定局。

谢庆云走后，赵云祥马上派顾草萍（我党地下党员）出城。顾草萍由盐阜军区司令员谢祥带到苏中军区司令部，向司令员管文蔚、政委吉洛（姬鹏飞）汇报了谢庆云和赵云祥商谈的情况。经过多次接触协商，最后赵云祥派戴心宽帅长为全权代表，谈判达成协议。

1945年11月11日上午，赵云祥、戴心宽在盐城第四十师师部召集营以上军官开会，宣读了反蒋反内战正义通电，编入解放军序列。在此关键时刻，谢庆云切断了赵云祥对孙良诚的幻想，终于完成了策反赵云祥起义的任务。

赵云祥的起义对孙良诚的触动很大。

赵云祥是河南郾城县阴阳赵村人,字瑞卿,又名渭清。1905年出生于一个日趋破败的自耕农家庭。其祖父是光绪年间的武举人,中举后成为清廷禁卫军,负责守护紫禁城后大门。因为有固定收入,且赏银不少,到退役时已有了不少的积蓄。回原籍后娶妻生子专心务农。但是从1915年起家乡一带连遭三年大旱,庄家无收,农民生活在死亡线的边缘。他的家庭也无法幸免。1917年,年仅十三岁的赵云祥为谋生路,决心离开哀鸿遍野的阴阳赵村,到外面闯天下。在外出同乡的介绍与担保下,在开封一家小旅馆当小茶房(做学徒),只管吃住,没有工钱,生死不管。受尽凌辱和打骂。

1920年11月,冯玉祥的第十六混成旅由湖南的常德桃源移住河南信阳,并在河南招兵。一日,住店的客人谈起了招兵的事情,说到这个部队有不少是郾城人,问十镇(今问十乡)的梁冠英还当上了营长。说者无心,听者有意,此时的赵云祥动了从军的念头,与其天天伺候人不如当兵去闯出一番天地。这时年仅十五岁(虚报十七岁)的赵云祥应征参加冯玉祥(时任第十六混成旅旅长)部队一团一营新兵连,从一名新兵做起。从戎后,在冯玉祥军中的武术大赛中,屡次荣获冠军,得到了部队长官的重视。孙良诚(一营营长)见赵云祥腿脚勤快、办事利落,还会识文断字(当时大多数新兵都是文盲),身材虽然不魁伟,但为人机警,眉宇间有一股英武之气。孙良诚便把赵云祥从新兵连要到自己身边当勤务兵,不久又改为传令兵。

1921年8月,第十六混成旅扩编为第十一师,孙良诚升任为四十团团长,后又升迁为二十一旅旅长、暂编陆军第二师混成旅旅长、国民联军第三军军长。随着孙良诚职务的晋升,赵云祥也很快由士兵、班长、排长、手枪连长升到营长。当然这与孙良诚对赵云祥的器重和赏识不无关系。但究其根本,与赵云祥办事干练、作战勇敢有关。再加上冯玉祥治军十分强调官兵体魄,而赵云祥因有家传武功,在器械操、武术方面很快操练娴熟,在部队运动会比赛中经常得到冠军,获得上级表扬。由于赵云祥能敬重长官、善待士兵,人缘颇好,连年长赵十一岁的孙良诚也一直把他当作契友和小老弟看待。

赵云祥随孙良诚先后参加了直奉战争、北京政变（把清废帝溥仪赶出皇宫）等，入甘肃后，又在陇南追击、收复平凉等战斗中得到锻炼。1926年1月，直、奉军联合压迫国民军，吴佩孚部刘镇华率7万之众，包围西安达八个月之久。冯玉祥在五原誓师，冯就任国民联军总司令后，为"固甘援陕、联晋图豫"，任孙良诚为援总指挥兼第三路军司令。赵云祥在攻打镇嵩军刘镇华以解西安之围的战斗中，崭露头角（赵云祥任突击队长，率一个营突破刘镇华主力，率先从西安外边冲入包围圈，为解西安之围立下首功）。在西安解围之战后，孙良诚对赵倍加赏识，旋提赵云祥为团长。孙良诚率西北边防军第二师援陕战役中收服镇宗军刘镇华20余万部队，为杨虎城将军的部队解围。当时冯玉祥将军正好从苏联回到了西安，杨虎城将军为诚感解围之恩，在城门跪迎冯玉祥将军归属冯玉祥部队。从此冯玉祥的西北军因而得名。赵云祥因战功卓著被提升为特务团营长。因此与各方面的接触增多，与接受马列主义影响的宣霞文、葛定远等人关系密切起来。

在1926—1927年间，冯玉祥在西安发起了潼关誓师北伐，赵云祥在北伐战争中作为主力对孙传芳的主力相遇都是攻无不破，成为孙良诚倚重的爱将。赵云祥部随冯部之中路军沿陇海路东进，攻洛阳、孟津、假师、开封、郓城、济宁等地，后撤军河南后，驻军洛阳。

1928年，北伐胜利后，由于孙良诚部在北伐中的功绩卓著自然也成了冯玉祥部队中战斗力最强的部队，因此，孙良诚被国民政府任命为山东省主席。为了省政府的安全孙良诚未把赵云祥升为师长，仍然让赵云祥担任警卫团团长。此举在后来起到了很大的作用。

1929年5月，孙良诚到济南开会正好遇到了著名的济南五卅惨案。日军突然包围了济南，孙良诚派出了蔡公使与日军谈判。结果被日军扣押，日军对蔡施行了最残酷的剐刑，惨遭杀害。此时孙良诚的幕僚们愤怒之极，赵云祥临危请命凭借自身武功高强，只身突围，组织在济南的部队为孙良诚解围,营救了孙良诚和他的幕僚,因此,赵云祥成了孙部上上下下眼中的英雄。 可就是这样一位英雄却成功地被共产党策反了,你说这会给孙良诚部带来多大的震动呢? 你说这会给整个西北军带来多大的震动呢?

在赵云祥起义前后,中共中央于11月4日指示中共中央华中局:"要充分利用孙连仲失败、高树勋起义之影响,大力争取西北军。"12月2日,周恩来自重庆电示华中局:"自高树勋起义、马法五被俘,西北军受了很大的波动。 在此种形势下,进行西北军工作实为最有利时机。"同日,周恩来在致新四军军长陈毅的电文中指出:"我军如加紧争取,到有可能使孙良诚反正,在某种意义上较高树勋影响大。"由此可见,当时中共中央对策反孙良诚在内的原西北军旧部的重视。

可见谢庆云火线策反赵云祥起义成功,意义重大。 赵云祥是孙良诚身边的爱将,他的起义使下面孙良诚的"放下武器"成为可能,说明当时谢庆云要求绕开孙良诚,先做其他将领的工作策略是完全正确的。

赵云祥将军是华中战区第一位起义将领。 赵云祥率部起义后,被改编为新四军苏中军区解放第四军,赵云祥任军长、吉洛(姬鹏飞)任军政委,下辖两个师(第十一师、第十二师)。 赵云祥的率部起义仅在高树勋率部起义(1945年10月30日)后的11天,当时在国民党军内,尤其是原西北军系部队内部引起很大的震动,大长了我新四军的军威和指战员的士气。 由于赵云祥的率部起义,导致了在华东地区的原军大部队(一万八千余人)起义打响了第一炮;使饱受战火之苦的盐城,获得和平解放,保护了盐城老百姓的生命、财产安全,并使城市公共财产、公共设施得以保全;由于盐城的和平解放,致使新四军顺利清除了苏中苏北的障碍,使苏中解放区和苏北解放区联成一片;该起义部队经改编为新四军,在参加苏中"七战七捷"战斗中,建立了功勋;在起义官兵中,有些人后来成了我党、我军的高级干部,总之赵云祥将军的率部起义首开了华中地区部队战地起义的先河。

日寇投降后中共提出和平民主团结之正确主张，得到全国大多数人民的拥护。不料以蒋介石为首的反动派阴谋掀起内战，向解放区进攻，屠杀人民，国家民众重新陷入水深火热之中。赵云祥等受到新四军感召和帮助，于盐城防次全体宣誓通电国人，响应高树勋将军反对内战拥护和平主张，接受民主政府领导，决心与八路军新四军合作到底，望全国其他部队共举义旗，为建立新中国的光荣伟大事业而奋斗。

赵云祥起义成功后主动请缨去扬州策反孙良诚，有了自己人的劝说和分析，相信孙良诚的抵抗情绪一定会减弱。

陈毅叮嘱说："赵云祥主动要求到扬州去劝说孙良诚起义，很好嘛！家属和警卫员要求带走，可以。他既然起义了，把1万多人这么大一支部队都交给了我们，我们就应当相信他。他早期当过孙良诚的传令兵，靠着孙良诚的提携一步一步升到军长，两个人关系很深。放他去策反孙良诚，也许能起作用。即使暂时不起作用，也没有关系，放长线钓大鱼嘛！"陈毅继续说："戴心宽只是代军长，军长的位置还留着给赵云祥。他什么时候回来就什么时候让他当。有职有权，这一点务必向赵云祥和戴心宽都讲清楚，不要让人家骂我们新四军过河拆桥。"

这就是共产党人的自信，从骨子里散发出来、由内而外的。共产党的君子之风，不怕吸引不来更多的有识之士。

就这样赵云祥经新四军高层领导派遣去秘密策反他的老首长孙良诚。作为孙的部下赵云祥认为孙良诚对投向是早有思想酝酿和准备的，并有承诺和行动。所以赵云祥自认为还是有一定把握的。1945年6月八路军总部秘书长申伯纯（化装）来扬州时，向孙良诚宣传抗战形势和政策，希望孙良诚能相机反正。孙良诚答应：可以考虑行事。说此话时，赵云祥也在场。在赵云祥率部起义前一段时间，孙良诚曾派其政治部副主任李泽清与刘贯一、杨帆有过接触；在这样的历史背景下，赵云祥欣然接受党的派遣，并在淮阴新四军首长面前，表示了去说服孙良诚率部起义的信心和决心。首长们为了打消赵云祥的顾虑，特别强调保留其军长职务。兵贵神速，为了保证这次策反的机密和时机需要，应该快速开始行动。

1945年11月15日（在赵率部起义后的第四天）赵云祥在王发祥（赵部原一五三团团长）和新四军苏中军区派出的许科长、叶参谋的陪同下去往扬州。在途经高邮时，被孙良诚部四十二师师长王和民扣押。孙良诚得知后，令王和民对赵云祥等妥为保护，并派人急送扬州。到扬州后，孙良诚将赵云祥控制起来，以避免赵云祥落入扬州军统特务之手。但赵云祥秘密来扬之事，还是很快被在扬州十分活跃的军统特务侦悉，并密报南京军政部何应钦。何应钦立即令孙良诚将赵云祥解送南京，由于孙良诚对蒋介石还抱有幻想，根本不肯马上起义，对何应钦的命令虽不情愿，私下对赵云祥承诺营救的情况下，还是把赵云祥押送南京。

赵云祥被押送到南京后，蒋介石本欲杀他。但考虑到怕孙良诚兔死狐悲，引起部队哗变，进而影响和动摇军中原西北军系部队的军心和士气。只好对赵云祥进行申斥并软禁了两个月后，在孙良诚担保的情况下，交给孙良诚管束。这样，赵云祥也就得以继续留在孙良诚身边，以便相机完成尚未完成的策反使命。

从赵云祥的起义到赵云祥的策反孙良诚，以及后来的关押、释放，谢庆云一直与赵云祥保持着密切的联系，并私下里交换着对孙良诚的看法。就在这时他们还同时与地下中共党员周镐保持着密切的联系，现在在雨花台烈士纪念馆还保留了周镐当年和赵云祥联系的日记。

周镐跟蒋介石、戴笠有联系，是军统局的人，又在"汪伪"政府中任职，可实际上他又是中共的地下工作者。

谢庆云、周镐现在又加上一个赵云祥，接下来最重要的任务就是继续策反孙良诚，争取西北军旧部。

早在1945年春夏之间，谢庆云接到孙良诚的电示：要谢庆云陪现新任总参议周镐去扬州视察。对于周镐的背景和情况，孙良诚他们早已做了多方的了解，周镐既是军统派驻南京的潜伏站站长，又是"汪伪"政府财政部长周佛海的大红人。但孙良诚没有料到周镐还是中共的地下工作者，这是孙良诚无法想到的！孙良诚对周镐的态度是敬而远之，巴结与警惕兼有。今周镐任孙良诚部的总参议，使第二方面军的军饷在财政部有了更多的支持。但由于周镐又是重庆方面的人，从长远看更是用得着，可是多年来，蒋介石往西北军派驻特务，离间是非，以控制部队，给人留下十分坏的印象。因此孙良诚上上下下对周镐都十分警惕。周镐到扬州后，孙良诚在何家花园楠木大厅开欢迎会（即今扬州何园，当年是苏北绥署驻所），其中有四军军长赵云祥、五军军长王清瀚等。

周镐在南京"汪伪"军界上层人物中十分活跃，他广交朋友，就是共产党方面的朋友也照常结交。这让孙良诚本就多疑的一个人更加十分小心地对待他。新四军二师派杨叔丹的弟弟杨天到南京活动，周镐知道了，专门到杨叔丹家去看望他，表示对新四军钦佩向往之意，交谈十分投机。孙良诚估不透周镐，更加小心害怕，对周镐敬而远之。

戴笠对周镐十分欣赏。因为他的工作从未出现过差错，给人的感觉是十分严谨的，这在孙良诚的心目中就认准了他周镐一定是戴笠的人，不然他的工作何以如此认真而仔细。日常生活中，周镐虽然掌握着军统大量的活动经费和金条，却从来没有私自挪用过。他的工作作风比较严谨，烟酒不沾，他对部下常常叮嘱："我们是在沦陷区，万事要小心。个人生命事小，工作事大。"

1945年2月，周佛海为了加强对沪宁线的控制，与陈公博争夺势力范围，又委派周镐为无锡专员。日本投降前夕，周佛海又赶紧电召周镐返回南京，商量对南京、上海的接收，矛头主要是针对陈公博，不让其势力插手，进而架空这个伪政权的代理主席，好向蒋介石、戴笠邀功，将功补过以得到蒋介石的青睐。1945年8月15日，日本宣布无条件投降，8月16日，周镐不经请示上峰就私自成立京沪行动总队指挥部，公开对日伪政权进行接管，指挥部设在新街口的"汪伪"中央储备银行。 指挥部首先接管的是"汪伪"的《中央日报》和周佛海控制的《中报》。 封存了"汪伪"中央储备银行金库和几所大仓库之后，周镐又命令中山东路上的"汪伪"财政部、宪兵队、"汪伪"中央电台等重要机关，听从南京指挥部的统一指挥，不得擅自行动。 17日，伪《中央日报》和《中报》分别更名为《建国日报》与《复兴日报》，套红标题为胜利专号，出现在南京的街头。 这两份报纸报道了军委会京沪行动总队南京指挥部成立的消息，以及周镐亲自起草的《南京指挥部第一号布告》。 没想到，周镐的行动太过火了。 蒋介石急于想制止周镐的过火行为，但又无兵可用，刚刚收编的伪军也不便进城。 于是，蒋介石又下达了命令：南京的治安暂由日本军队来维持。 18日下午，日本派遣军总司令官冈村宁次派参谋小笠原中佐到指挥部，请周镐到日本军司令部商谈解决办法。 周镐一到日本军司令部即被软禁起来。 周镐组建领导的这个指挥部，只存在了三天，就烟消云散了。"周镐事件"后，国民政府立即准备接管南京。 中国陆军总司令部在南京设立了临时派出的先遣机构"前进指挥所"，以陆军中将冷欣为主任。 蒋介石立即下令由新六军这支嫡系部队接管南京。 就在日本人软禁周镐之后，南京警备司令任援道奉戴笠之命，到日本军司令部交涉，将周镐转押到自己的警备司令部。 戴笠到达南京后，又派人将周镐押至上海审查，罪名竟是贪污。 在狱中，周镐试图托关系找人帮自己说话，洗刷掉这些莫须有的罪名，却到处碰壁。

1946年3月17日，戴笠从青岛乘飞机途经南京，因雨雾，飞机撞向岱山，机毁人亡。 戴笠死后因无人再细查周镐之事，经军统中好友的帮忙说情，军统局副局长唐纵同意将周镐释放。

出狱后的周镐已经不是原来的周镐了，变得沉默寡言，闲居在南京二条巷蕉园5号的家中，没有工作，生活相当艰难。 在军统多年，周镐早已厌烦了这种工作环境，他对国民党内部的互相倾轧、贪腐渎职已经恨之入骨，对国民党已经失去了信心。 正当他迷茫时，他的同乡、黄埔同学、中共党员徐楚光来到他的身边,徐楚光认为这是策反周镐的好机会。周镐本就出身贫寒,家境也不富裕,因此对周镐的策反工作进行得十分顺利。后经由华中分局书记邓子恢的批准,周镐加入了共产党。周镐遂以中共特别党员的身份潜伏在国民党保密局中,任中共中央华中分局京、沪、徐、杭特派员,负责国民党军队的策反及情报工作。周镐曾在日记中写道:"我当共产党,的确为不良政治所驱使,余妻当有同感,乃商议做解放工作,正好徐祖芳(即徐楚光)同志函约相晤,恰到好处而成功。"周镐从入狱到出狱,从国民党阵营走进共产党的阵营。

周镐的这些情况,如何从国民党阵营走进共产党阵营,孙良诚是不知道的,所以当周镐以共产党身份站在孙良诚面前时,孙良诚是绝不敢相信的,不是这世界变化太快了,而是民心全部指向共产党,只是孙良诚还要紧紧捂住自己的耳朵。

周镐从国民党阵营走向共产党阵营,只是从入狱到出狱,时间和路程都不长,可是这给谢庆云策反孙良诚的进程却带来巨大的阻碍,本就多疑的孙良诚看见谢庆云身旁突然站出来一个周镐一起来策反他,他怀疑周镐的身份,对着谢庆云直摇头,谢庆云在心里暗暗叫苦。

第九章
潜伏孙营任务重
暗中策反波澜起

战争年代表面上一切风波浪静，可暗地里波涛汹涌，潮起潮落，没有永远的朋友，只有永远的利益，特别是那些有才识有能力之人更是各大派系争取的对象，争取到一个就能拉过来一支队伍。

负责策反孙良诚工作的徐楚光于1946年3月调到华中局联络部，奉命筹组第三工作委员会（简称三工委），并任三工委主任。但三工委成立不久，即出现叛徒，此人就是三工委成立后被派回南京工作的刘蕴章。他于1946年4月底，向毛人凤告密，出卖三工委组织和徐楚光。保密局旋即对三工委立案侦查，可惜徐楚光对此毫无觉察，仍从解放区秘密来往于扬州、镇江、南京、上海之间。

1946年7月，谢庆云接到徐楚光的重要通知：将派中共特派员领导他的工作，并向谢庆云交代接头暗语，地点就在谢庆云的办事处。几天后，谢庆云正在办公室工作，副官来报："有客人求见。"谢庆云走到客厅一看，原来是日伪时的军统南京潜伏站站长周镐少将。坐下来后，周镐第一句就说：

"昨天刚从上海回来，路上听说兄长在南京，就顺便过来看看您。"

"哦，劳烦兄台记挂我，这兵荒马乱的年代。"

"上海那边很忙，南京这边好像不是太忙？"

"也忙。"

谢庆云看见是周镐真是始料未及，他万万没有想到接头之人会是周镐，一时有一点懵，但他迅速稳了稳心神，沉着应付。

谢庆云机警地竖起了耳朵，细心听着，并十分认真地回答周镐的问题，突然他说，

"看来兄台是江上渔者？"

"那兄台可是京城老翁？"

说到这儿两个人都放下了一颗悬着的心，长舒了一口气，两双手紧紧地握在了一起，双方都确认正确无误后，接头就顺利完成，周镐当即告辞。

对于这次接头，周镐是有备而来，而谢庆云却是始料不及，对于谢庆云的冷静应对，周镐十分佩服，谢庆云的干练和应变能力后来一直被周镐津津乐道。其实当周镐得知要与他协同工作的竟是孙良诚驻南京办事处处长谢庆云时，心中第一个反应也是大吃一惊，佩服共产党真不简单，也佩服谢庆云，原来一年前陪他去扬州视察孙良诚部的谢副军长竟是共产党的地下工作者。不过想想也觉得有意思，那时自己是国民党打入"汪伪"政府中的潜伏人员，而谢庆云竟是共产党潜

伏在"汪伪"军队中的抗日志士，双方各为其主去争夺孙良诚，而如今竟又成了同一个战壕里战友了！ 变化来得太快。

此次会面对于谢庆云更是非同寻常，震惊不小。 临场的直觉反差太大，以至于令人窒息，站在面前的人，原本是国民党的军统少将特务，怎么会是共产党派来的直接领导？ 真是令人不敢接受，却又不得不接受。 凭自己的政治经验，去年在扬州与周镐的接触，根本嗅不到半点共产党的味道，谢庆云当时认定周镐是一个彻头彻尾的军统特务。 但目前的事实摆在面前，从接头的细节来看完全可以肯定周镐现在的真正身份确实是上级派来的特派人员。

现在问题出现了，连谢庆云都感觉目眩神迷的周镐身份大转变，其他人会相信周镐吗？ 特别是孙良诚会相信周镐吗？ 谢庆云隐隐觉得周镐的身份反差太大，会给策反工作带来不便。 特别是孙良诚本就多疑，这下可能难度更大。

可是就从这次接头以后，谢庆云与周镐之间却建立了生死与共的革命友谊，他们相互信任，相互支持，就是在生活上，谢庆云也十分关心他。 因为周镐失去保密局的重用后，经济上一度十分拮据。 根据谢庆云夫人陈英的回忆，一般两三个月，谢庆云就会塞给周镐一个信封，并开玩笑地说，快给家里寄钱吧，要不嫂子不给你进门了。

孙良诚部被国民党收编后，开始归第十战区长官李品仙指挥。 不久，南京陆军总部命令孙良诚部归汤恩伯指挥。 1945年11月11日，孙良诚部的赵云祥军在盐城起义，使孙部兵力大损。 汤恩伯派黄百韬到扬州接防，当时孙良诚部驻防仪征、瓜洲一带，接着汤恩伯召孙良诚到镇江，向他提出三个苛刻的条件：（一）孙良诚调任参议院任上将参议；（二） 所部缩编为一个师；（三） 编余军官送军官队。 且限期复命。

真是冤家路窄。

孙良诚在投"汪伪"之前，正是这个汤恩伯摘了他的鲁西行署主任的官职，逼得他无路可走才改投降日伪的，现在他们又狭路相逢，孙良诚急得抓耳挠腮。

1940年，鲁西行署主任李树春因为不满高树勋的打压而辞职，石友三请孙良诚接任。孙良诚走马上任后，开始派款征粮，发行地方流通券，招募军队，成为行署保安旅。让堂弟孙玉田为旅长，并且收编了曹县的一些游击队。高树勋杀了石友三后，石友三部的王清翰带着两个团来投奔孙良诚。

1941年冬，汤恩伯以明升暗降的手段，将孙良诚调为第十五集团军副司令，实际是变相吞并孙良诚的部队。孙良诚拒绝，汤恩伯由此故意刁难，不按时给军费补给，不补充弹药，又悄悄派李仙洲、韩多峰等人的部队潜伏他管辖的地盘，令他们感到危机四伏，赵云祥出主意说，"前有日军，后有汤恩伯，走投无路，只有投靠'汪伪'做暂时之计。"

每一次选择都是在夹缝中求生存，被动地选择。

1942年3月日军开始攻击鲁西，包围了孙良诚部。部下们议论纷纷，各有各的主意，最后由他曾经的上司，现在的伪开封绥靖主任刘郁芬联络，赴南京洽谈投伪事宜。"汪伪"政权完全同意孙良诚开出的条件，草拟了通电稿，并准备拨款80万军费。孙良诚又提出，要"汪伪"给他三个军的委任状，才同意率部开拔沦陷区，"汪伪"遂表示同意……1942年6月，南京伪政权派其参谋总长鲍文樾携带大批委任状和慰劳品，到定陶、曹县一带点编孙良诚伪军。点编后，孙部的编制番号如下：孙良诚为第二方面军总司令，参谋长甄纪印，总参议郭念基（郭楚材）。辖第四、第五两军，第四军军长赵云祥，第五军军长王清瀚。第四军辖三十八、三十九两师，三十八师师长潘自明，三十九师师长戴心宽。第五军辖四十、四十一两师，四十师师长王和民，四十一师师长宋荣馨。另外总司令部还直辖着一个三十七师和一个特务团、一个教导团。直辖三十七师师长是孙玉田。不久，伪开封绥署主任刘郁芬调职，即以孙良诚继任。至此，孙良诚等人以汉奸代价所换来的"两件大事"（地盘、地位）完全实现。左右逢迎自认周全。

汤恩伯听说孙良诚准备投"汪伪",马上免去他鲁西行政公署主任的职位,从另一个方面来说,反而加快了孙良诚投"汪伪"的步伐。

"汪伪"政权认为,孙良诚部是伪军中比较有战斗力的,遂调驻扬州、泰州、南通一带,改任孙良诚为伪苏北绥靖主任。伪绥署下设政务厅,政务厅辖民、财、建、教四大处,管理苏北十三县的行政事宜。伪绥署驻扬州,直属部队分驻扬州、泰州一带。第四军赵云祥部驻防盐城。第五军王清瀚部驻防阜宁、高邮。

抗战胜利后,孙良诚被国民党收编,又遇到汤恩伯。孙良诚投"汪伪"前遇到汤恩伯,才加快了投"汪伪"的步伐,现在刚从"汪伪"的巢穴里跳出来,重新投入国民党的怀抱,又落到仇家汤恩伯的手里,日子能好过吗?心理能平衡吗?

孙良诚连夜召集王清瀚、谷大江、谢庆云等人商议,结论是走为上策。随即通过各种可能的渠道快速与李品仙取得联系,李品仙同意接收孙部为其属下的第五纵队。孙良诚立即下令:徒步急行军,快速向安徽明光车站(今明光市)一带出发。孙良诚及其智囊团利用了国民党内蒋、桂两系(李品仙是桂系)的矛盾,又一次逃过灭顶之灾。

被国民党收编后的孙良诚并没有捞到多少好处。孙良诚是一个略显复杂的人。他之所以投日伪,除对蒋介石国民党军的不满和日本的军事锋芒造成的压力之外,更多的原因还是因为他想求得自保和扩充兵马。他抱着"当汉奸是为了扩充实力,积累政治资本,只要目的达到了,即可相机反正"的不齿想法,并自以为投日是自己发展势力的权宜之计,他和日军讨价还价,要求军队番号不变,要求驻地不变……日军同意他不进攻国军,没有日籍顾问,不直接听命于日军等。与此同时,他为了留后路,也和重庆的蒋介石的国军方面有联系,透露一些重要的情报给蒋,以给自己暗中留后路。他和昔日宿敌汤恩伯因为财政问题而交往,又和"汪伪"政权眉目传情获得协助,游走于各方势力。孙良诚也和庞炳勋、张岚峰等投伪西北军同僚保持联络。他自认为这么多条路,最后说什么也不会走上绝路,总有一条他能走得通,其实路多了并不是好事,因路多而造成的选择犹豫会错失良机。

所以此人被称之为"无常太保",反复无常。这就给谢庆云他们的策反工作带来了很大的难度。

1946年3月底,中共中央华中局指示三工委抓紧对孙良诚部的策反工作,三工委主任徐楚光特地叫吕祥瑞去南京找祝康国(祝元福),再去淮南找栗群,然后一起到上海市山东路瀛州旅馆接受任务。徐楚光指出,南京的工作十分重要,一定要做好。要求他们密切配合完成任务。栗群由三工委副主任郭润身直接领导,祝康国任政治交通。4月上旬,栗群在南京云南路西桥7号(谢庆云办事处驻地)与谢庆云接上关系。(谢庆云与栗群自1943年起就开始接触,栗群曾多次为徐楚光、谢庆云传递密信。抗日战争胜利后谢庆云两次帮助栗群逃过国民党政府的通缉。)4天后,栗群返回上海,向徐楚光汇报了谢庆云提供的情况:抗日胜利后孙良诚受到国民党多方排挤,思想情绪非常低落。上文说到孙良诚与桂系李品仙取得联系,并投奔李品仙,但是李品仙并没有善待他,反而到最后孙良诚不得不同意接受李品仙的"整编",当然孙良诚又是一番苦痛挣扎,最后还是被"整编"为"寿州保安纵队",让其"实力"大损。

谢庆云知道这个时候劝说孙良诚起义是一个好时机。他在心里来来回回地分析、思考,孙良诚在国民党军内一直受到歧视和排挤,这就使孙良诚有着率部起义、投向人民阵营的可能性。王清瀚思想较为进步,从1926年起,谢庆云、郭楚材二人一直与王清瀚共事,关系较深,王清瀚和谢庆云又是连襟关系,只要做好工作,他的起义是有把握的。经多方分析,最后决定,由郭楚材以运销大通煤炭而经常出入孙部防区作掩护,加强与孙良诚及其亲信的交往。

这个郭楚材不是别人,正是当年和谢庆云一起当兵的郭楚材。郭楚材便以谈生意、做买卖为名,常去孙良诚家中,在孙良诚面前时而说些共产党守信用、讲交情、够朋友的话,因势利导,并利用国民党中统大特务梁醒黄等人向孙良诚敲诈 200 万元之机,促使孙良诚尽快与共产党联系。1946 年 10 月的一天,孙良诚约谢庆云在蚌埠南面的炉桥车站会面,孙良诚一见面就骂蒋介石"欺人太甚",看来是要"骑在脖子上拉屎"了,为留条后路,孙良诚要求谢庆云继续负责做好对共产党方面的接待和联系工作,谢庆云机警地顺势促进,表示一定为此尽心尽力。

4 月中旬,徐楚光又命栗群去南京找谢庆云要了国民党军的军官制服、护照等证件。徐楚光利用这些物品作掩护,多次通过国民党的关卡,来往于(南)京沪等地进行策反工作。

1946 年 5、6 月间,郭润身和栗群去淮阴解放区汇报谢庆云策反孙良诚的工作情况,在淮阴住了一个月。7 月中旬,国民党加强了对解放区的进攻,他们只好撤到沭阳,继而再随军撤到山东,直到 1947 年 2 月,郭润身和栗群才重返白区。

8 月初,徐楚光在上海市山西路南京饭店 705 房间召开地下工作会议,布置任务。13 日,周镐应约到上海会见徐楚光,同住南京饭店,密商策反孙良诚部的工作计划。因未知刘蕴章已叛变,18 日,徐楚光仍在上海约见他,并委任刘蕴章为"三工委"沪、镇江特派员。刘蕴章回南京后,立即向保密局告密。内容涉及周镐与徐楚光的会晤及工作计划等重要情报。故保密局立刻对周镐进行立案侦查。

孙良诚在国民党的日子是每况愈下,前一阶段,谢庆云与郭楚材劝他跟共产党接触,他仍然摇摆不定,没过几天实在是又被逼上绝路,他突然想起了八路军谈判代表申伯纯离开扬州前,他没有采纳谢庆云保留与申伯纯继续联系的意见,但是谢庆云和郭楚材一直在劝他起义,估计他们俩有办法能重新跟共产党联系上。

1946 年冬,孙良诚把谢庆云叫到淮南,向谢庆云打听申伯纯的情况,并授意谢庆云:通过申伯纯与共产党联系,探寻有利于自己的出路。

谢庆云内心一阵喜悦,但是表面上没有表现出来。他立即回到南京向周镐作了汇报，并上报华中局。 华中局决定周镐以中共特派员的身份与孙良诚协商有关事项。

11月，谢庆云专程去宿迁向孙良诚报告与共产党联系的结果：中共华中分局指派周镐与孙良诚联络、洽谈合作或起义事宜。 孙良诚听后真是丈二和尚摸不着头脑，内心被严重敲打，追问道：

"就是军统南京潜伏站的那个周镐？！"

谢庆云肯定地点头。

"是。"

孙良诚很不放心地再一次追问。

"周镐真的是共产党？！"

谢庆云还是很肯定地回答。

"是。"

这可难煞了孙良诚，他一向是一个多疑的人，这回他又想多了，一年前周镐还拼命拉拢他投靠蒋介石，今日怎么又成了共产党派来的洽谈人，是不是自己找共产党联系的事有所泄露，国民党将计就计派周镐来套他的？ 周镐到底是共产党还是保密局的特务？ 孙良诚又开始摇摆了，他真的是无法确定，周镐到底是哪边的人。

孙良诚的问话和表情、沉默，早已引起谢庆云的注意，他跟随孙良诚这么多年，对孙良诚太了解了，他在心中暗暗叫苦，这预示着今后的策反工作更加艰难了。 孙良诚如惊弓之鸟，被夹击一直是他的宿命，他真的害怕。

遇到这种情况谢庆云感到很为难，他深深知道以自己一己之力很难让孙良诚这个多疑的人信服，必须还要有外援，这个外援不能是周镐，只能是孙良诚信任的人，他又想到郭楚材，因此，谢庆云在返南京经徐州时，找到郭楚材，将孙良诚对周镐的反应如实相告，请他想办法解疑、助一臂之力。 郭楚材根据谢庆云提供的情况，知道现在孙良诚主要的心病是周镐，他怕周镐是国民党的人，是来套他的。

郭楚材找到了孙良诚，向他保证周镐绝对不是国民党派来套他的,并把他与谢庆云两个人长谈的话细致地跟孙良诚讲了一遍。

腐败使国民党丧失了执掌全国政权的能力。早年的国民党曾是革命的一面旗帜,具有较强的感召力,尤其是在1924—1927年国共合作的革命中,国民党曾表现出空前的活力和战斗力。然而,自从蒋介石背叛革命执掌全国政权后,国民党变为少数人争权夺利、升官发财的工具。随着国民党内部斗争的加剧,特别是现在,国民党的号召力、组织力、凝聚力已荡然无存,党组织徒剩空壳,成为一具僵尸。国民党甚至完全背叛了三民主义。在三民主义的招牌下,人们看到的是国民党政权与帝国主义勾结,出卖民族利益。所谓民权,实际上则为官权绅权与土劣之权。广大人民无任何民主自由可言,动辄入狱判刑,性命难保;至于民生主义,就平均地权而言,主要目的在于解决土地问题也即农民问题,使耕者有其田。到现在,不但土地问题没有解决,连最初的二五减租也不实行了。豪强兼并,变本加厉,农民所受田赋地租、苛捐杂税、抽丁拉夫之压迫与剥削,日甚一日,痛苦地挣扎在死亡线上;只为一党一派私利服务而不给人民看得见的实际利益,必然失去民心,终为人民所抛弃。

现在国民党已经成为一些名利之徒趋炎附势的名利场。蒋介石现在又要发动全面内战,"我们"为何而战?"我们"打赢了又能怎样?老蒋这个人比较独裁,一切都看他的手令办事。利用他的名义发布的命令,经常发生矛盾,使受令者无所适从,难以执行。而且这种个人专权、机构无权的状况,导致最高当权者日理万机,事必躬亲,而群官百僚唯唯诺诺、无所作为的两极现象。整个国民党政权机器运转充满了个人化、情绪化的非理性色彩。蒋介石一喜就赏人,一怒就关人、杀人。"我们"已经没有奔头了,"我们"何不趁现在另靠山头呢?20世纪30年代初因约法之争竟下令把国民党元老、立法院院长胡汉民武力扣押;全面抗战爆发前,听不进部下意见,一意"剿共",反致张杨兵谏,被扣西安;抗战胜利后,更加独裁专断,狂妄至极,撕毁政协决议,发动全面内战,使国民党内具有爱国民主思想者,像冯玉祥、李济深、张治中等人，最后脱离蒋介石国民党，转向人民阵营。就连忠心耿耿，追随蒋介石二十年的陈布雷和"反共最早、决心最大、办法最彻底"的戴季陶，也在绝望中相继了结性命。"我们"还为什么坚持呢？

派系斗争更加可怕，"我们"吃派系斗争的苦还少吗？有谁真心对待过"我们"吗？还不是需要"我们"就许以高官厚禄，不需要"我们"了，就兔死狗烹？

国民党派系斗争愈演愈烈。这种政治、军事派系的交错存在，势必发生冲突，冲突的出发点是为了自己派系的利益。由于蒋介石处在权力的中央地位，矛盾的焦点一般都集中在反蒋上。蒋则利用处在中央及掌握党政军财大权的有利地位，采用金钱收买、政治分化和军事打击的手段，各个击破反对派。这种恩威并用、边打边拉的手段，在较长的一段时间内频频奏效，蒋也颇为得意。其他派系为对付蒋的威胁，也搞合纵连横，但都从本派系利益出发，难以真诚合作，难免被蒋介石分化瓦解。蒋介石看到这种派系政治对他独裁专制有利，他可以利用各个不同派系之间的矛盾，从中仲裁，搞平衡，使谁也吃不掉谁，谁也离不开他。基于此，他有意在自己集团内制造一些相互制约的小派系，让其互斗，以防止某派力量过分发展，形成尾大不掉之势。如黄埔系、政学系、中统、军统、三青团等派别组织在党政军中各霸一方，又相互争权夺利，蒋介石是各派的总头子，坐收渔利。国民党除个人和派系利益之争外，根本没有共同的奋斗目标。这样的政权迟早垮台是符合历史发展规律的。国民党中央政权已积弱不堪。"我们"跟着他是找不到光明的，他完蛋是迟早的事。

郭楚材把他与谢庆云在背后详谈的话全部说与孙良诚听，孙良诚似乎有一点被说动了，经过谢庆云与郭楚材的艰苦努力，孙良诚终于同意直接与周镐接触，商讨与共产党合作和起义的事。

周镐提出了投靠人民军的三个方案：一是立即宣布起义，二是待机起义，三是先交朋友。由于孙良诚等只知个人升官发财，不顾民族利益，所以对党争取他们共同抗日、立功赎罪的政策仍存观望态度。

三个方案，他一个都没有选。 继续摇摆。

为了民族利益，周镐留在孙良诚的总部继续进行争取工作；后又派去一位朱振山，驻在王清瀚的军部。 1945年8月15日日本宣布无条件投降后，孙良诚在扬州接受蒋介石委任的先遣军司令，抗拒新四军。 第四军军长赵云祥被迫在盐城起义后以欲劝降孙良诚为由，去扬州，被国民党软禁，其实赵云祥多少还是有一点想跟孙良诚在一起持观望态度，一起摇摆的。

上文提到1946年元月间，国民党认为利用孙良诚的目的已达到，即着手吞并，孙良诚又落到汤恩伯手里，险遭灭顶之灾，孙良诚及其智囊团利用国民党派系之间的不团结，转投白崇禧，白派一〇八军到扬州接防，令孙率部移驻滁州听候点编。 这时孙部仅余总部直属部队和王清瀚的第五军余部，到滁州后，蒋派白崇禧点验，将其部缩编为第五纵队。 1947年孙部调驻寿州，又缩编为第一保安纵队。 1948年孙部调驻宿迁、睢宁，又改编为四个团的暂二十五师。 孙良诚部一路被吞并，所剩无几。 孙良诚由摇摆到惊慌。

1948年11月，孙良诚的转折点又来了，蒋介石抽调大批军队集中于徐州，妄图与解放军决战，又升任孙良诚为一〇七军军长，令其率所部到徐州集中。 这个升任重新带给摇摆主义者孙良诚以希望，他认为蒋介石又要重用他了，他政治的春天又来临了，他并不知道跟在蒋介石后面走，是不可能有政治春天的，因为蒋介石自己都没有春天了，怎么可能许孙良诚一个政治的春天呢？ 当然跟在孙良诚后面走的将士就更没有春天了。 但是当时的孙良诚是看不到这一点的。

这时，留在孙良诚、王清瀚两处的周镐和朱振山认为时间紧迫，不能再事事迁就了，立即向孙良诚、王清瀚提出两点建议：一、立即通电起义，将部队开赴解放区休息整顿；二、原地不动。

重新燃起希望的孙良诚不听周镐、朱振山的劝告，率部向徐州开拔，行抵阜宁城西20余里之邢家围子，被解放军四面包围。

1948年下半年，国内形势愈发对国民党不利。 8月初，国民党在南京召开军事检讨会议，提出了东北求稳定，华北求巩固，西北阻共扩张，华东、华中加强"剿共"的战略。国民党开始实施重点防御，重兵坚守战略要地，编练强大机动兵团，造成了解放军对战略要点"吃不掉"、增援兵团"嚼不烂"的局面。

一个月后，中共在西柏坡召开政治局会议，确立了"由游击战争过渡到正规战争，建军五百万，歼敌五百个旅，五年左右从根本上打倒国民党反动派"的任务。

9月间解放军发起济南战役，攻克济南，这是解放军首次攻克国民党重兵设防的坚固城池，同时宣示了国民党重点防御计划的失败。战役中，中共华东野战军阻援打援，直至济南城破，黄百韬、李弥两兵团尚未集结完毕。济南攻克后，菏泽、临沂、烟台等地国民党军纷纷弃城，山东境内只剩青岛等少数据点，使得解放军南下作战再无大的阻碍。粟裕于1948年9月24日7时发电报给中共中央军委，"建议即进行淮海战役"。中共中央军委经过慎重考虑，于1948年9月25日19时复电，同意粟裕的建议："我们认为举行淮海战役，甚为必要。"

第十章
王清瀚战场起义
孙良诚被迫投诚

　　1946年10月下旬，徐楚光自武汉到上海，仍住在南京饭店七楼（层），11月19日朱亚雄、刘蕴章、周士贵一起到上海接受徐楚光的工作指示。事后，判徒刘蕴章未回南京，找借口留在上海监视徐楚光的活动。可惜徐楚光毫无觉察，下旬，周镐又到上海汇报策反孙良诚的工作，商定实施方案。周镐返回南京后，立即向谢庆云转达徐楚光的指示和具体实施的计划方案。后他们又约定，10月28日去宿迁会见孙良诚。

　　27日夜里，南京下了一场大雪，

火车停运，故周镐、谢庆云未能成行。周镐只好留在家中，上午9时许，保密局的曹文寿带着五六个特务闯入周镐家门，很不客气地对周镐说：

"治平兄，毛（人凤）先生请你去，有要事相商。请即刻随兄弟走一遭。"

周镐被带到宁海路19号保密局看守所，关进囚室。周镐被捕了。

徐楚光很快得到消息。立即转移有关人员，切断一切可能被敌人利用的线索。

徐楚光分析，谢庆云隐蔽得很好又有公开身份作掩护，故通知他暂时不用转移。由于周镐的机智和巧妙的狱中斗争，使保密局一无所获，最后在周夫人吴雪雅多方托人营救下，终于在1947年1月21日（除夕）上午，周镐被无罪释放。

周镐被释放后，又与三工委接上关系，1947年2月，撤到解放区的郭润身和栗群又重新返回南京。

周镐说："抓栗群的通缉令还生效，他应该躲起来。"

这样掩护栗群的任务还是交给了谢庆云，栗群被谢庆云藏在云南路西桥七号有十天之久。

这些日子谢庆云向他了解了很多解放区的情况，特别问到解放区的干部是什么样的，老百姓的生产和生活情况等等。

栗群介绍了山东解放区大生产，人人都要劳动和反对军队中军阀作风等情况。谢庆云听后不无感触地说：

"解放区的官不贪污腐化，还发展大生产，看来只有共产党才能救中国。"

他为了让家人对以后到解放区生活有所准备，提前让家人开始在办事处驻地西桥七号的池塘边种菜；买了织布机让家眷学织布。（谢庆云1948年底被捕后，从狱中送出的血衣血裤就是用自家织的布缝制的。）

1947年暮春，周镐与谢庆云相约到宿迁去见孙良诚，动员他反对内战,伺机起义。孙良诚由于对周镐有疑虑而有意拖延,又想利用起义捞一把,过高地提出经费问题。要求为高级军官家眷安全转移筹款,要2000两黄金,周镐觉得十分为难,当天谈判没有结果。

谢庆云当夜单独去见孙良诚,表示:投共产党和五年前投汪精卫不能等同看待,首先共产党和汪精卫有着本质的不同,共产党是为人民服务的,不谈钱;而汪精卫是为钱服务的,不谈人民。你和一个只谈人民的政党,谈金钱,能谈得拢吗?而当年你如果和汪精卫不谈钱只谈人民,可想而知也是谈不拢的,汪精卫如果看到你跟他谈人民,一定以为你跟他不在一条船上,而今天你如果只谈钱,不谈人民和未来,那么你和共产党同样是离心离德,其次投共是为老百姓做事,从每个人的内心出发,也不能要求经济补偿,所以一定不能再像五年前那样,向跟汪精卫讨价还价那样来对待这次起义。为军官家眷的安全着想关心部属是对的,但要靠船下篙,实际有几百两黄金也就足够了等等。起先,孙良诚听谢庆云这样说有些不高兴,认为他胳膊肘朝外拐,但他不说出来,他一向不把下属的话放在心上,所以他冷冷地对谢庆云说:

"时候不早了,你先休息,节省固然好,但也不能亏待大家。"

谢庆云知道孙良诚的为人,他以大家为幌子,其实还是想牟取个人私利,他这是不死心,贪图小利,也不好强说,只好作罢。

第二天,周镐在谢庆云的陪同下,又和孙良诚会谈。当然周镐的公开身份仍然是重庆方面的人。这次孙良诚倒是痛快,当时表示同意举义,后又大谈带兵之道,若不能解除营级以上军官的后顾之忧,是很难说服他们举义的等等。周镐听后也觉得孙良诚说的确有些道理,表示同情,但又强调解放军的经费目前十分困难,数目太大,难以实现。如果孙良诚有诚意,觉得目前举义是他最后的选择,建议他可以少要一点安置费。孙良诚见周镐的态度转缓和,说少是可以少一点,但是又开始坚持至少也得1500两黄金才够用。

周镐又说,就是1500两黄金,数目也还是不小,可不可以再少一点。 只要双方能坐下来谈，事情总会有进展，到这里好像策反孙良诚的工作终于向前迈出了一步，其实不然，此人太过狡猾。 不过周镐为了策反成功，还是尽量多体恤孙良诚的难处。 为了争取到孙良诚，周镐尽量站在孙良诚的角度想问题，对他表示理解。 他说："现在解放军的经费也十分困难，数目太大怕难以实现。 就是你说的至少1500两黄金仍然是一笔不小的数字。"周镐还想做做孙良诚的思想工作，又是安慰又是鼓励，接着又安慰孙良诚说："你的处境我理解，安置高级军官家眷，的确需要一笔经费，但如此巨大的数目，我哪能作主？ 不过我一定如实将少公的要求向中共方面转达，得到答复后立即向公禀告。"

周镐暗地里是代替中共劝降孙良诚的，其实他的公开身份仍是重庆方面的人，是蒋介石派去监视孙良诚的。 蒋介石听说孙良诚意欲反水，就派周镐去打探一下。 周镐到了孙良诚部，也和孙良诚进行了约谈，蒋介石以为周镐是在执行上峰命令，打探孙良诚，其实周镐与孙良诚谈的是投中共的具体事宜，这一点是当时的蒋介石想不到的。 第二天，周镐带着谷彦生从宿迁回到南京，立即向蒋介石复命，说孙良诚并无勾结共军之事。 此事就这样混过去了。

对于孙良诚，周镐是一个双重身份的人，内外都能替他说上好话，其实孙良诚正在同中共方面的对话，国民党的特务机构也嗅到了味道。 孙良诚自以为左右摇摆，对自己的谈判无论是国民党还是中共，都是在无形地增加砝码，其实不是，他这样左右摇摆，只会失去所有人对他的信任，从而最终都想放弃他。

7月下旬的南京，酷热难耐，每条马路都被太阳炙烤得热气腾腾。 一天傍晚，周镐与谷彦生前后来到莫愁湖，周镐坐在湖边的一个石凳上等三工委副主任郭润身，谷彦生独自坐在湖对面的一棵树下"看报纸"。

周镐特意选择太阳落山时来到这里，等郭润身来到后，两人沿着莫愁湖边走边谈。 周镐向郭润身汇报了这次去宿迁策动孙良诚起义的经过以及孙提出的军官安家费等情况。 周镐说："安置高级军官家属转移费是需要的,但这1500两黄金要得也太多了。"

郭润身说:"暂且这样,我先与栗群去解放区向领导汇报再说。"

8月底,郭润身等人来到解放区,向华中工委领导陈丕显汇报了这一情况。陈丕显让他们先住下等待,后经请示华东局,同意拨给孙部500两黄金,其余用棉花等实物替代,黄金与实物届时送到离宿迁40里的大中集,并指示抓紧进行争取孙良诚部起义的工作,力促其成。

为了适应解放战争形势的发展需要,统一加强华中地区的领导,1947年9月,华东局决定组建中共华中工作委员会(简称华中工委),陈丕显任书记,委员先后有陈丕显、管文蔚、姬鹏飞、陈庆生、曹荻秋、韦国清、刘先胜、张凯等,欧阳惠林为秘书长,华中工委成立时,撤销了苏中、苏北区党委及同级军事组织。

自从孙良诚同意考虑起义后,谢庆云这边也在努力,他通过郭楚材在孙部各处多方考察和了解,均未发现走漏风声,遂多次催促孙良诚实施起义方案,但孙还在犹豫,每次都搪塞一番。谢庆云把此情况告诉周镐,周镐也是一筹莫展。

"山重水复疑无路,柳暗花明又一村。"

1947年的10月间,蒋介石又接到密报,说孙良诚和李济深有"勾结""密谋反蒋"等。蒋介石一听勃然大怒,狠狠地骂道:"这帮西北军就知道拉帮结派,国家迟早要败在他们手上,这次务必要查个水落石出,以免留下隐患。"蒋介石再次指定周镐前往孙良诚部严密调查,一旦查出证据将严惩不贷。

10月10日,周镐带着谷彦生再次来到宿迁,面见孙良诚。孙良诚见周镐再次突然到来很是吃惊,心想难不成上次的事没在老蒋面前摆平,又起波澜?他心中忐忑不安,以探询的口气问:"治平兄此来,又有见教?"周镐直言相告:"这次又是奉老蒋之命而来,任务是要查明你勾结李济深、密谋反蒋之事。老蒋这次手令的语气非常严厉,看来这次我也难以应付老蒋。"这是周镐在吓唬孙良诚。

孙良诚一听,心中叫苦不迭,心想,"老蒋啊老蒋,你难道非逼我上梁山？一波未平，一波又起，看来老蒋对我的猜疑太深，这样下去，在国民党是难以存身了。"孙良诚感到透心的寒冷。周镐看到孙良诚如此惊恐，便说道："少公啊，尽管老蒋那里我会尽力地去应付，但为长远之计，少公还是要早下决心，赶快脱离老蒋，另谋出路！"

孙良诚说："前番所议之事，我部正在逐步进行，但不知中共方面对经费之事，有何消息？"周镐把上级的意思告诉孙良诚，并进一步地说："中共方面诚心诚意欢迎少公举义，务望你不要再犹豫不决，蒋介石对你如此疑心，跟着他打内战，自己下场已定，还殃及无辜生命。抛弃一切幻想，迅速下定决心，起义是你唯一的出路。"孙良诚得知经费已经落实，心里踏实了一些，他说："我一定照总参议的话去做，积极准备。"告别时，孙良诚一再恳求周镐务必在蒋介石面前替他美言，感激不尽。周镐回南京后，再度向蒋介石报告孙良诚"忠于党国"，未发现丝毫勾结李济深的情况，周镐再一次帮孙良诚应付过关。

周镐返回南京后，此时华中局已撤消，另组成中共华中工作委员会，作为华东局的派出机构，"六工委"属其领导，华中工委的书记陈丕显。周镐和孙良诚的谈判此时似乎也达成共识，孙良诚提出的拨给黄金安置军官家眷的要求，已经解决，郭润身秘密回苏北，向陈丕显汇报了上述情况，华中工委又上报华中局，该局于9月复电华中工委，立即拨给孙良诚部500两黄金作为军官家属的安家费用，因经济困难其余以棉花等实物支付部分随后就到。令孙良诚部速速起义，以免夜长梦多。孙良诚的狡猾就在此处，他跟你认认真真地谈，却一直拖延并不执行起义，他就是这样的人，有危险吓得腿软，危险一过又开始借故拖延。

周镐要求孙良诚提出具体的起义方案。谢庆云也多次跟孙良诚说，现在经费问题已经落实，催促孙良诚提出起义实施方案，但孙良诚总是搪塞一番。谢庆云、周镐帮他在蒋介石面前搪塞过去，暂时他又没有危险了，其摇摆不定的天性又显露出来，谢庆云只能无奈地摇摇头。

周镐认为孙良诚可能仍未说服孙玉田,但谢庆云和郭楚材不这样认为,他们认为症结仍然在孙良诚身上,孙玉田是孙良诚的亲叔弟,一向对孙良诚忠心耿耿,不会不听孙良诚的指示。

孙良诚对蒋介石一直没死心,这才是症结之所在。

特别是近期蒋介石又将孙部的第一保安纵队扩充为暂编二十五师,这令孙良诚对蒋介石欲死的心又活了。周镐略为思索了一下,自知对孙良诚部的了解远远不如谢庆云、郭楚材二位清楚。经过再三考虑,不但同意了他二人的的看法,还向谢庆云提出增加孙良诚的心理压力,促使他叛离蒋介石的方案。即利用周镐在保密局的身份,假造蒋介石要保密局侦查孙良诚通共的手令,迫使孙良诚早日行动。谢庆云与郭楚材也认为这个办法可以一试,如果没有外力来挤压一下孙良诚,估计孙良诚一直会拖下去。

1947年10月8日,谢庆云先到徐州,叫副官田连熙打电话约周镐,到徐州崇文路远东饭店会面。9日,周镐到徐州,周镐与谢庆云两人在远东饭店长时间密谈,结束后周镐于10日赶到孙良诚的防地宿迁,田连熙副官随行。

见面后,周镐二话不说,把伪造的蒋介石令保密局调查孙良诚通共的手令给孙良诚看,开始把孙良诚吓了一大跳!但很快孙良诚就镇静了下来并控制住自己,毕竟是久经战场的老将,坏得很彻底,不是等闲之辈,接着孙良诚皮笑肉不笑地对周镐说:

"在治平兄面前,这是和尚头上的虱子明摆着的,还请周公在上峰面前多多美言几句。"

好一个孙良诚,反而把皮球给踢了回来。孙良诚的反应也出乎周镐的预料。毕竟孙良诚在现代中国政治舞台上也是几度沉浮,遇事总会反复盘算,并不马上做出决断。

孙良诚揣度着周镐、谢庆云他们的心事,接着又缓和地说道:"要举义困难较大,时机尚未成熟。大家先休息,这种事情不是说起义就起义的,还要从长计议,一切都要慢慢来。"

好一个孙良诚，谢庆云、郭楚材、周镐三人交换了一个眼色，大家心里都暗叫不好。

对一个笨人用计，可能收效很快，对一个并不笨的人用计你就要注意了，如果用计不成，被其识破，再想取得其信任可能就难了，本就老谋深算的孙良诚这下更难对付了。

送走了客人，孙良诚对蒋介石的手令再三思考，难道通共的事真的泄漏了？谢庆云和郭楚材两人办事严谨是经得起考验的，孙对此深信不疑，因为他对谢庆云和郭楚材有把握，故排除了泄漏的可能性；如果说他们俩没有问题，那么问题肯定出在周镐身上，有两种可能，第一周镐就不是真共产党员，他是蒋介石在这用兵的关键时刻，利用周镐来考验自己的？周镐是不是蒋介石派来考察自己是否可靠的？先前怀疑周镐是假共产党的念头又一次出现。如果周镐是共产党，那么他如此骗我，肯定另有原因，所以起义的事，还真要从长计议。孙良诚盘算来盘算去，夜深了，还是无法入睡，索性又把谢庆云叫来，多方面考察周镐的可靠程度，仍不能得出结论，最后谢庆云只好十分认真地说：

"庆云跟随先生多年，这是掉脑袋的事，岂敢儿戏？难道先生还信不过我？！无论先生做哪种选择，我们都一路追随，只是还望先生尽快做出选择，不能左右摇摆，不要到时两头都不欢迎我们，先生可就举步维艰了。"这时的谢庆云已经不叫孙良诚举义了，他知道叫也没用，白费口舌，谢庆云心下暗想可能还要像前一次赵云祥战场起义一样绕开孙良诚，在王清翰身上做文章。尽管这样孙良诚也只是表面上相信了谢庆云，内心里还是疑虑重重。

第二天，孙良诚仍向周镐表示起义难度大，军官家眷不安置妥当，要他们行动很难，其实还是一味拖延。

1947年秋，谢庆云和周镐等针对孙良诚脚踩两只船，讨价还价，研究制订了对孙良诚采取一打一拉、促其起义的行动计划。华中分局和华东军区表示同意，并由华东军区派部队配合行动，解放军一部按计划向睢宁孙玉田师防区发起猛攻，歼敌约一个营，并于当晚又撤出睢宁城。与此同时，谢庆云继续做孙良诚的工作，但世故圆滑的孙良诚还是那个老调："不要急，还是再看一看再说吧。"

策反孙良诚的工作进展艰难，主要是孙脚踏两只船，一切从个人私利着想，这使得谢庆云十分苦恼。惆怅中又想起赵云祥军的盐城起义，为什么要吊死在孙良诚这一棵大树上？能否再一次绕过孙良诚这块绊脚石，策动孙良诚的属下部队起义，同样对解放战争起到作用。谢庆云放在大脑中分析，策动孙玉田不太可能，孙玉田是孙良诚的亲叔弟，对孙良诚忠心耿耿，不可能背着孙良诚起义；只有王清瀚部存在可能性。

王清瀚，河北交河人。保定军官学校毕业。历任西北军孙良诚部第二师参谋长、新编第六师师长。抗日战争期间，曾随孙良诚投靠"汪伪"，任"汪伪"第二路军第五军军长。抗战胜利后，任国民党先遣第二路军第二军军长、暂编第五纵队第一总队总队长、第一〇七军副军长兼二六零师师长。他在军中素有"小诸葛"之称。1944年，谢庆云已秘密加入共产党，留在国民党内部从事地下统战工作，而这个王清瀚跟谢庆云除同僚的关系外，还有一层重要关系，连襟！有了这层亲戚关系，好多事就好办多了。更何况在军中谢庆云和王清瀚的关系一向不错。

1947年冬天，谢庆云酝酿了好久，那一段时间整天想着如何约王清瀚会面，如何分析当前形势，并公开自己共产党员的身份。还可以顺便请王清瀚做一做孙良诚的思想工作，毕竟王清瀚也跟随孙良诚多年，并且王清瀚手里还握有兵权，孙良诚对待王清瀚可能因为手握兵权会有三分忌惮。王清瀚其人本来就识大局，明事理，他不像孙良诚"愚而诈"，看不清时局的发展，眼前的时局已经发展到了这个地步，只要稍加分析，权衡利弊，一定能接受共产党的主张，更何况是亲戚，谈起来话来更推心置腹，但是就算是亲戚，工作的方式和方法也还是要注意，所以谢庆云在心里也是思忖了良久。

1947年初冬，谢庆云接到组织通知，到孙良诚的防地配合解放军外打内促，加速孙部的起义工作。但是工作进展得非常缓慢，未能收到应有的效果，反而被国民党国防部二厅派驻在孙部的特务安固本抓住了把柄，安固本到处放出风声，想击跨谢庆云，说：共产党是谢庆云和周镐两个人引来的。

　　这显然也是国民党的计策之一，想先拔掉谢庆云，杀掉谢庆云以此来吓住孙良诚，让孙良诚放弃起义的想法，这使得谢庆云、周镐在孙良诚部的处境受到很坏的影响。在这种情况下，谢庆云觉得应该未雨绸缪，万一自己在孙部待不下去了，也应该把火种留下来。谢庆云立即向"六工委"请示，并把自己的想法细细跟"六工委"汇报清楚，他认为，由于孙良诚的性格，估计策反孙良诚的难度还是不小，但是可以绕开孙良诚，策反王清瀚，王清瀚跟他是亲戚关系，能说得上话。"六工委"很快批准了谢庆云的请示，谢庆云随即展开了争取王清瀚的工作。

　　1947年冬，谢庆云约王清瀚在徐州德兴福旅馆会面。虽然多年共事又是连襟，但谢庆云还是左思右想，说话不能太直接，要讲究一个方法和策略，因为毕竟这关系到两个人的前途命运，想来想去最后决定还是先听一听王清瀚的想法，然后再慢慢把自己的思想渗透给王清瀚。"时局不稳，老蒋败局已成定数，不知你有何打算？"

　　王清瀚答道，"没错，老蒋完蛋只是时日而已。但苦于投靠无门，你交游广泛，想必先机在握。"

　　这样的一问一答，显示了彼此之间的真诚，谢庆云问得坦荡，王清瀚答得真诚。这时候谢庆云心里就有把握了，都是自己人，敞开心扉，不避隐私，谢庆云也直接陈述了自己的看法，并公开自己是共产党员的身份。经过几天的考虑，又因为谢庆云的现身说法，王清瀚很快即表示愿意加入共产党。最后经"六工委"批准，王清瀚于1948年春被吸收为中共特别党员。

　　1947年9月，徐楚光由长沙经武汉去大别山向刘邓首长请示并汇报工作。 途经武汉，住在族姑徐敏文家，因工作需要他约见了夏伯诚。 此人是 1929 年徐楚光任湖北省浠水县自卫大队长时的班长。 不料夏伯纯卖友求荣，向武昌公安局长陈焕炳告密，出卖了徐楚光。 农历八月三十日午夜，徐楚光被捕。 武汉行辕三处对徐楚光审讯没有结果，于 1947 年底转押南京国民党政府国防部二厅，后再转保密局，关押在南京宁海路十九号看守所。

另外，早在 1947 年夏天，徐楚光在武汉派政治交通员吕祥瑞（吕林生）去郑州、洛阳、开封等地开展工作，主要联络孙殿英（国民党将领）等原教导大队的同学，策动武装起义（吕祥瑞原是该大队的成员）。 同年 9 月底 10 月初，吕祥瑞在郑州被捕叛变，供出栗群、徐楚光是地下共产党，并且还供出栗群、徐楚光要策反的对象是谢庆云、周镐等，其实他并不知道当时谢庆云、周镐已经是中共秘密党员。

国民党保密局见吕祥瑞又供出周镐与徐楚光有联系，现在徐楚光又被捕在案，两案合并侦查，破案可望在即。 于是立即下令，于 1947 年 12 月 30 日将周镐再一次逮捕，关押在南京宁海路 19 号保密局看守所。 另外，狡猾的特务早在栗群住处周围布哨监视。 1948 年 1 月，栗群刚从解放区秘密返回南京，几乎在周镐被捕的同时，栗群、谷彦生先后也被捕。 那天，栗群与郭润身从解放区回到南京，由于离开南京时间比较久，不知道家中情况，栗群就让郭润身先去大明湖浴室等他（以前郭都住在栗家），如果家里没事，他就来大明湖叫他回家住。 谁知栗群一回家即发现房子周围已有人在监视，他赶紧上楼让儿子立即去大明湖浴室通知郭润身快快离开，顺道将周镐的 8 两黄金送去（这时周镐已被捕）。 郭润身有幸脱身，栗群却被捕了，关进了宁海路 19 号保密局看守所，与周镐、徐楚光关在一起。

谷彦生是在宿舍里被捕的。 谷彦生在得知周镐被捕后，立即回到宿舍，把藏在床垫下面的两本进步刊物抽出来烧掉，刚刚将灰烬处理完，就听到一阵急促的敲门声，谷彦生知道不妙，把自己的情绪及表情整理了一下，就去开门，门外闯进来两个便衣特务。 他们让谷彦生坐到床上去，谷彦生的宿舍很简洁，特务简单地翻了一下柜子，几件衣服一览无余。特务翻完了柜子，又让谷彦生站到墙边，把床铺翻开，结果什么也没有找到，就带走了谷彦生。同样关进了宁海路19号保密局看守所。

后来谷彦生回忆："我被带走的时候，知道自己要去什么地方——宁海路19号。奇怪的是，我一点不紧张。后来进了看守所我安静地想想，之所以不紧张，是因为周将军也在那里；也因为我对那里并不陌生，九个月前周将军就关在那里，我常去给周将军送饭菜。我与周将军被关在一处，可见不着面，每次放风时，我总是东张西望，眼睛到处寻找周将军，但从来没有见到过，也没见过徐楚光和栗群。"

徐楚光守口如瓶，只承认与周镐是同乡、黄埔同学，抗战期间在"汪伪"内部开展过秘密抗日活动，他"愤怒"地说："我是共产党，周镐是国民党，而且是臭名远扬的军统分子，我们道不同志不合，我俩虽有一定的私交，但我怎么可能把这种人拉到我们纯洁的党内？"

特务把徐楚光、周镐、栗群三人叫到一起当面对质，结果失败。

吕祥瑞只是"听说"，他还不认识周镐，也没见过谷彦生，更不知道内中详情。叛徒的口供没有对上，又一次不能起作用。

特务先将目标集中在年轻的谷彦生身上。谷彦生已经被关进看守所两天，没人来审讯他。同号子的一个年纪较大的军人告诉他，一般来说第三天就会提审他，让他做好思想准备。谷彦生说："我又没犯法就把我给抓进来了，审我，我也没什么说的。"那位军人说："看你的样子还是个学生吧，学生不好好读书，跑出来惹是生非，你不说，他们会让你说的。"谷彦生说："我真的没什么好说的，他们会施刑吗？"军人说："会的。他们的方式多得很，有几十种刑罚，还在继续研究新的酷刑呢。小朋友，我告诉你一点小经验吧，刑讯无论如何厉害，到了你失去知觉的时候，也就是等你晕过去时，你就不受罪了，最多熬半个小时，什么难关都过去了。你能跑出来革命，相信这半个小时你也能挺得过去。"这个军人让谷彦生知道只要挺过这半个小时，什么也不交待,才有可能被释放。 谷彦生听着,汗都出来了。 第二天下午,谷彦生果然被提审,特务将他带进右边拐进去的第二间房。

谷彦生回忆:"我一进屋子就感觉光线不好,屋子很暗,半天才适应过来,看见屋里坐着三个人,两个穿中山装的审讯人员坐在左边的大桌子后面,右边的写字台后面坐着一位穿长衫的书记员。

"一个穿着笔挺的灰色中山装的中年人让谷彦生坐下,开始审讯。 特务:姓名? 谷彦生:谷彦生。 特务:年龄? 谷彦生:21岁。 特务:籍贯? 谷彦生:河南濮阳。 特务:职业? 谷彦生:无业。 特务:无业?"

因为同屋的那位老军人事先给谷彦生提过醒,所以特务用尽了办法,谷彦生就是没开口。

一场紧张残酷而机智巧妙的狱中斗争在保密局看守所内上演了。

关押在国民党武汉行辕第三处的徐楚光泰然自处,敌人多次提审,徐楚光一再申明:"我叫席正,是上海《申报》外勤采访记者。 你们应该保护记者合法权益。"后又暗告胡佛言:"你们要坚强,不要向敌人屈服。"

狡猾的敌人把曾和徐楚光一起从事地下工作的周镐、栗群、张弩关押在同一间牢房里,安上窃听器,徐楚光他们识破了敌人的阴谋,他们用眼睛说话,用一些微小的肢体说话,用一些漠然的态度进行交流,敌人就是再奸诈了,也看不出破绽,因为他们彼此都装作不认识,更不承认有任何政治关系。 敌人对徐楚光、周镐等施以严刑拷打,他们忍受着巨大痛苦,谁也不吐真情。

一天,徐楚光的内兄朱鸿年前来探望。 他对朱鸿年说:"请您通知郭润身(上海'三工委'副书记),让他马上离开上海。"还说:"第一个审讯我们的就是罗纳。"暗示朱鸿年报告党组织,罗纳已经叛变。

1948年秋,由于全国解放战争的胜利推进,国民党蒋介石政权已处在风雨飘摇之中。 保密局按照蒋介石的密令,于10月9日将徐楚光秘密杀害。 徐楚光的遗体至今下落不明。

尽管这样,徐楚光在临死前也没有交出身边的任何一个同志,可他身边的同志都为他的安全担心。徐楚光对同志们说:"一个地下革命者,如果把自己隐蔽得十分彻底,毫无痕迹,那就无法争取团结群众,实际上也就无法开展工作。"又说:"做地下工作,要分清敌友,要敢于牺牲自己。"徐楚光凭着这种态度,大胆而又谨慎地工作,在斗争实践中识别人、团结人。在他联系和吸收的地下工作者中,绝大多数同志出生入死地为党工作或同我党合作,提供许多重要情报,有的同志还为此献出了生命。

一个共产党员在面对死亡时可以无所畏惧,但是真正当他们面对妻儿时,也有许多不舍和留恋,无情未必豪杰,怜子其实丈夫!徐楚光在被捕前临行时对夫人朱健平说,我要到解放区去汇报工作,最多一个月就回来。他接过不满两岁的女儿定生亲了又亲,说:"爸爸要出发了,回来再抱你。"回来,什么时候回来?君说归期总无期,转身不是天涯,而是阴阳两重世界!生死两重世界。那个说爸爸回来再抱你的人,再也回不来了,为了大家只能舍弃小家,为了更多人的幸福只能牺牲自己妻儿的幸福。

曾在华中局第三工委工作过的刘蕴章被捕叛变。国民党保密局根据刘蕴章供出的情况,加紧了对第三工委的侦破。由于徐楚光被捕当日深夜,国民党特务包围了徐敏文的住宅,以查户口为名,将徐楚光、徐敏文、熊泽滋(徐敏文的丈夫)、胡佛言同时拘捕。当徐楚光听见楼下有人喊开门时,知道情况不好,立即将文件销毁;由于徐楚光的大无畏精神,勇于自我献身,保护其他同志,同时他又富有对敌斗争经验和机智巧妙的斗争策略,再加上周镐、栗群的默契配合,以及共产党严格周密的地下工作纪律,使吕祥瑞掌握不到重要的证据资料,使保密局无法定案。此时,周镐夫人吴雪雅利用一切关系进行狱外营救,周镐和栗群于1948年3月再次获释。

1948年5月,原华中局三工委秘书罗纳在武汉被捕,供出共产党地下工作人员及策反对象30余人,周镐又一次名列其中,参与审讯的保密局二处副处长黄公逸返回南京后，某个夏夜与周镐一起饮酒，酒酣兴浓时将罗纳供出周镐一事如实相告，其实这事徐楚光在牺牲前，也递话出来，说罗纳已背叛革命，但是具体罗纳交出哪些人不是很清楚。 听后周镐心里暗自吃惊，但是表面上装作若无其事，黄公逸关心地提醒周镐说，望治平兄注意应付，最好向毛人凤先生当面说说清楚。

周镐沉着地说道：

"一定，一定，谢谢公逸兄关心。"

说完这事周镐仍与黄公逸畅饮周旋，刚才黄公逸所提之事当作什么也没有发生。 时近午夜，周镐回到家中，经过短暂而紧张的商议，周镐夫妇决定立即逃离虎口，并连夜找来栗群研究脱身之计，这就是那个年代的革命情谊，决不丢下兄弟独自逃生。

情况现在万分紧急，已经不是走不走的问题，而是怎样走的问题，走哪条路线才安全的问题。

栗群说道：

"不能硬逃，一旦被拦截，就彻底走不成了。"

"那就出南京奔徐州，转道宿迁，找到王清瀚再从长计议。"周镐说道。

"好，那就这么定了。"

就这样，第二天早上周镐一家和栗群一起神不知鬼不觉地离开了南京。 从徐州转道宿迁，找到王清瀚暂时安顿下来。 当时王清瀚正在宿迁驻防，后又经华东局第六工作委员会的安排，周镐夫妇于1948年9月23日进入解放区。

周镐进入解放区后，策反孙良诚的工作更加紧张。 1948年9月30日，周镐发电报给陈丕显，向他报告争取孙良诚的工作情况，要求约见王清瀚并请陈丕显给予工作指示。 10月4日，陈丕显回电指示："孙良诚部近时起义的条件还未成熟，争取工作宜缓不宜急。"

于是周镐于10月6日给孙良诚写了一封信：

少（云）公均鉴：

  别来两月,心曲常萦。晚（辈）抵店中后,请识各董事,意见一致赞佩吾公支店经营得力,凡百措施都以全体利益为前提,急盼早日合伙,并充裕资金,迅速发展。临别承示各节,俱已遵命完成,还请公早做定夺。

  这封信表面看来是谈生意,实是向孙良诚转达解放军领导对他的期待,并告知他所提的起义条件俱已向各级领导转达,最后敦促他早日起义。信送出后,周镐即向睢宁出发,在孙良诚部驻地附近住了下来。

  王清瀚移防睢宁后,戒备比较森严,守城的士兵不放进一个闲杂人等,可是有一天晚上,守城的士兵到师部报告,城外有人要见王师长。王清瀚的勤务兵刘彦喜即刻到城上问话,刘彦喜听出来是周参议的声音,随即安排人用绳子把周镐拉上城防,住在王清瀚的后院。几天后,又有两男一女（都是地下工作人员）来找周（镐）参议,安排住在西院。两天后的夜里他们四个人又化装成农民,由刘彦喜亲自送出城外。其中一个男的叫祝元福。

  1948年秋,谢庆云的随从、外甥高发启和谢庆云两个人一起经徐州到宿迁,住在王清瀚的防地,与周镐、王清瀚密谈三夜。

  "看孙良诚目前的样子,估计短时间内没有外力作用,他是不可能起义的,可是再跟着蒋介石已经没有任何意义,无论从民族大义还是从个人利益上来讲都没有任何意义,我们没有必要跟着孙良诚走了,他是他的路子,勉强不来,我们可以另选蹊径,谁也不用勉强谁,人各有志。"谢庆云看着王清瀚,这样说道。

  "如果孙良诚不起义,你愿意火线起义吗？你想好了？"周镐和谢庆云一起问王清瀚。

  王清瀚干脆地答道：

  "想好了。起义。"

"好的,一言为定。"

"一言为定。"

一言为定。

他们的手紧紧地握在一起,三个人的目光里透着革命人坚定的意志。无畏生死,置生死于度外。

第四天谢庆云返回南京时对周镐说:

"我把高发启留在这里,有事让他给我送信。"

转身谢庆云又对王清瀚说:

"为了工作方便,请给他安排一个职务。"

谢庆云走后,王清瀚给高发启安排了一个骑兵连排长的职务。周镐再一次进入解放区,并加紧对孙良诚的策反工作。

十天后,祝元福和俞霭珠(地下工作者)从孙良诚部带回来王清瀚的信,是给周镐的。

周镐:

> 国民党七十二师已抵睢宁,有向解放区进犯的企图;国民党国防部二厅派出蒋振莘为首的多名特务在睢宁、高作一带到处缉拿你,望兄务必小心。

可是周镐为了进一步争取孙良诚起义,顾不得个人安危。这个时候孙良诚接到周镐的信当作什么事也没有发生,毫无回应。无奈10月24日,周镐又分别给谢庆云和王清瀚各写了一封信,由栗群专程送达。

庆云吾兄:

> 现在生意一定很难做,福、琴两侄很久没有信来,阿嫂甚念。(释义:策反工作一定很难做。祝元福和琴很久没带来孙良诚的信。)……魏家姑娘大了催着结婚。当然这个年头做父母的总想了却一段儿女姻缘,横直都拖不下去了。(释义:上级指示加速孙良诚的策反工作,横直不能拖。)……两家都是书香门第。哪能一点礼节

都没有呢。……（释义:起义要的安家费哪能不兑现呢。）

正仪　十月十四日

镜兄同（给王清瀚的信内容相同）。

谢庆云接信后，立即带田连熙副官经徐州转睢宁。一路上秩序很乱，到处都有成群结队的败兵游勇滋事捣乱。到了睢宁就径直去王清瀚部，连夜与王清瀚密谈至五更。稍事休息一下，又和王清瀚一起去见孙良诚。他们俩一起给孙良诚分析济南失守后徐州北大门洞开，刘邓、陈粟两大野战军兵强马壮，战斗力强；与此相反，蒋军部队空额多，老兵多，战斗士气更是低落，根本不是解放军的对手。王清瀚、谢庆云二人一致敦促孙良诚千万掌握时机。且告知周镐来信，承诺军官安家费一定兑现……在形势逼迫下，孙良诚同意近期将兵力集中于睢宁，伺机通电起义。

谢庆云、王清瀚二人信以为真，随即通过周镐派驻在王清瀚部的祝元福告知周镐。周镐得到消息后十分高兴，他因策反孙良诚两次被国民党投入监狱，今日终于成功，看来真是工夫不负有心人。不过后来的事实证明，周镐等人还是高兴得为时过早，孙良诚是一个反复无常的人，说过的话完全可以不承认。

淮海战役打响之前，蒋介石深感兵力不足，难以对付刘邓、陈粟两大野战军。开始拉拢杂牌军当炮灰，对具有一定战斗力、作战又比较卖力的孙良诚，更是特别关照。于1948年10月底11月初，下令将孙良诚的暂编二十五师扩编为一〇七军，辖二六〇师（师长王清瀚）、二六一师（师长孙玉田），兵力扩充到1万人以上。孙良诚从师长升为第一绥靖区副司令兼一〇七军军长。这一切使惯于投机的孙良诚受宠若惊，继而对形势作了错误的判断，认为只要自己有了兵力就有了一切。因为孙良诚是一个唯武主义者。1942年他为了扩大自己的兵力，不惜当汉奸投靠汪精卫，如今蒋介石又向他投来青睐，对刚答应起义的承诺又开始动摇反悔。

1948年11月10日，孙良诚把二六一师从双沟调到睢宁，驻军城外。此举可谓一举两得，其一，将辖下的两个师靠拢，既增强了战斗力，又免除了被解放军分割包围。其二，也可看作是起义的准备工作，骗过共产党。

11日，孙良诚得到国民党徐州剿总刘峙总司令的命令："一〇七军向徐州靠拢。"并调给十辆大卡车运载辎重。孙良诚决心执行刘峙的命令，向徐州靠拢。但这是一个关系孙部命运的关键时刻，孙良诚通宵犹豫不定，原定11日12时或12日凌晨偷偷撤离睢宁，直到12日上午9时才从睢宁撤出。下午，孙良诚部抵达睢宁西北的邢家圩子，即被华东野战军第二纵队的四、五、六师包围。

震惊中外的淮海战役已于11月6日晚打响，国民党反动政府基本上败局已定。根据华东分局的指示，周镐与谢庆云、郭楚材等一直没有放弃对孙良诚部的策反工作。他们针对王清瀚易于争取的情况，决定先做王清瀚的工作。王清瀚与孙良诚交情甚厚，1926年就在孙良诚师任参谋长，现任孙良诚部主力师师长，是孙良诚的军事支柱和心腹将领，在孙良诚部起着举足轻重的作用。

经过谢庆云他们几个人的努力，王清瀚很快被接收为中共特别党员，这为进一步策反孙良诚打下了基础。

早在11月6日，陈丕显所在的苏兵团（陈丕显任兵团政委）的任务是切断孙良诚与徐州的联系，且向北威胁徐州，在军事部署完成后，陈丕显于11月8日致电周镐，指示他立即前往孙良诚部，策动孙良诚立即起义，这是孙良诚起义的最佳时机。11日，陈丕显再次致电：

"盼孙良诚此时起义。"

因为这些电文是通过六地委书记兼军分区政委吴觉转达的，所以周镐赶到睢宁时已是1948年11月12日傍晚。周镐得知孙部已经被包围，认定时机已到，立即派栗群到孙良诚部联系，要求孙良诚停止抵抗并派人接周镐到孙良诚部会商。孙良诚不置可否，含糊其词地对栗群说：

"你辛苦了，先休息。"

并马上叫来几名军官将栗群软禁在屋里。在此紧要关头，孙良诚马上召开高级军官会议，会上七嘴八舌吵成一团。

王清瀚是一个直性子，他第一个说：

"军长不要再犹豫了，起义吧。现在但凡有出路都可以不起义，可是就在这个没有出路的关键时刻，人家共产党还愿意给我们起义的待遇，不错了。"

谢庆云也毫不客气地说：

"我赞成王师长的话，没有出路的时候，共产党递过来的是一把梯子，而不是一个坡。（释义：共产党并没有因为孙良诚身陷险境，而不给他起义的待遇，这已是一种尊重，并没有把孙良诚当成一头驴，让其借坡下驴。）"

孙玉田说：

"大哥，你不能听他们的，你要自己拿意见。他们都没安好心呢，没准他们把你卖给共产党，你还帮着他们数钱呢。"

谢庆云、王清瀚哗一下站起来。

"孙师长，你这说的是人话吗？好像就是你跟军长在一条船上，我们都不是，难不成你很多年来都当我们是外人，一〇七军是你孙家的？我们都是长工不成？你说我们是坏人，卖了你们，那你说现在还有什么办法，让我们不当炮灰？不丢性命？"谢庆云以少有的激愤大声地说道。

"你个狗杂种的，平时你就狗仗人势，到处乱咬，关键时候你还在这里叫嚣，不知好歹，叫你拿着几万弟兄的性命当儿戏。"

王清瀚和孙玉田直奔对方而去，几欲动手，被在旁的人拉开，

孙良诚大叫一声：

"不要再吵了……"

争论半个多小时后，终于得出结论：与共产党谈判。

就这样孙良诚立即派副官陪同栗群越过警界线，回到解放军防

地,将周镐接来一〇七军军部。落座后,周镐向孙良诚讲清形势,晓以利害。并指出:

孙良诚不按承诺起义,现今被解放军四面包围,只有放下武器。

厅内死一般的寂静,墙上挂钟"嘀嗒、嘀嗒……"的声音格外清晰。孙良诚一言不发,低着头、背着手,不停地来回踱着。谢庆云、周镐、王清瀚三人看着孙良诚,再望望挂钟,心情急躁地等待着。

十几分钟过去了,谢庆云首先打破沉默,严肃地说:"在今天生死存亡的关头,我有几句心里话不能不说,事情很明显,摆在我们面前的路只有两条,一条是继续抵抗,给蒋介石当炮灰,被消灭;一条是战地起义,绝处逢生。我们撇开自己的名利不说,也要为几万官兵的性命着想!"

谢庆云话音刚落,王清瀚坐不住了,他站起来大声说:"军长,我是个直性子,一向说一不二。不能再跟蒋介石干下去啦!再干就是死路一条!内战以来,战场起义、投向共产党的部队接连不断,既有杂牌军,也有蒋介石的嫡系王牌。共产党不计前嫌,热情欢迎。我们过去虽然和共产党打过多年的仗,但那时是各为其主,不得已而为之,共产党不会计较的。"

孙良诚靠在太师椅上,眯着眼还是一言不发,但眉心的疙瘩却越拧越紧。权衡再三,孙良诚终于答应把部队集中到江苏睢宁,然后通电起义。

恰在这时,蒋介石派飞机给孙良诚送来一封亲笔信,对他表示"慰勉"。孙良诚这个"百变将军"再次发生了动摇,亲率一〇七军大部沿公路向徐州方向狂跑,后又发现解放军大部队尾随而来,孙良诚见形势不妙,决定在邢圩一带构筑工事进行防御。华东野战军第二纵队奉命将孙部包围。

对孙良诚的这一"突变",谢庆云、周镐等人既感到气愤,又感到好笑,孙良诚像一个小丑一样让人无可奈何。

此时,无路可走的孙良诚仍想争取起义待遇。周镐苦笑着摇了摇头:"给你'起义'待遇你不要,恐怕现在已经晚了!"

孙良诚作为西北军的一员虎将,哪能接受投诚,要求亲见解放军指挥官。这既可拖延时间,争取孙玉田的策应,又可再讨价还价,挽回起义的名份。但散会后,孙良诚心中又犯嘀咕,送王清瀚出围子南门时,孙良诚问王清瀚:

"我去有没有危险?"

王清瀚立即肯定的回答:

"没有危险,我负完全责任,你一定得去。"

12日深夜,周镐陪同孙良诚乘吉普车从驻地出发,向七八里外的解放军五师师部驶去……

解放军二纵队五师政委方中铎亲自接见孙良诚,并请示二纵队司令员滕海青。滕海青指示方中铎代表纵队与孙良诚谈话。

孙良诚见到五师政委方中铎,要求解放军给他番号,要率部到朝阳集起义。方中铎一字一句地说:"孙将军,现在你再来说起义,糊弄小孩子呢?!我们过去相信你,曾经几次给你机会让你起义,而你迟迟没有行动,这些周镐同志可以作证。现在,你们只有缴械投诚。"孙良诚自知理亏,但又不肯认输,强辩说:"起义的事,早和贵方联系好了,你们不能失信!"

周镐驳斥道:"到底是谁在失信?当时确实联系好在睢宁起义,但你为什么要带着部队往徐州跑?现在你被四面包围,提出要求到30里外的朝阳集起义,这哪里是真心起义,分明是在搞缓兵之计,妄图借机脱身,溜之大吉。"

孙良诚哑口无言,低垂着头,面红耳赤,还想争取起义待遇。

周镐、方中铎向上级作了请示,上级命令:"孙良诚一贯反复无常,身陷绝地了才想着要起义,不行!他要投诚就投诚,否则武力解决!"

到底是孙良诚,什么招都用上了,霍地一下,他站了起来,夺刀要自杀!百般耍赖!

方政委只好开诚布公地说：

"你不愿意投诚也可以，现在就可以回去，我保证你的人身安全，但是你要知道投诚和战俘是不一样的，一旦被我们活捉就是战俘。想做座上客还是阶下囚你自己选择。"

周镐再次劝告他："你不愿意投诚也可以，但你要知道，投诚和被俘是不一样的！"孙良诚喃喃地说："那好吧，我投诚！"

方中铎对此表示欢迎："那好呀！识时务者为俊杰，你早就应该做出这样的抉择了。"孙良诚不得不提笔写下"放下武器"四个字，并签了名。

这次商谈一直拖到13日近午，但孙良诚仍不死心。当他派随行副官尹燕俊送字条回去时，还偷偷地对尹说：

"这条子是被迫写的，不作数，告诉杜（辅廷）参谋长赶快向徐州突围。"

不料孙良诚的这个小动作被机警的周镐识破。周镐立即从尹燕俊手里夺过纸条，但是他也不动怒，沉着冷静而又客气地请孙良诚和尹燕俊留在解放军师部吃完饭再走。

接着周镐又和栗群立即驱车回到一〇七军军部找王清瀚，周镐在警界线外下车，栗群到军部找到王清瀚后说：

"周镐同志让我来请您，有要事相商。"

王清瀚问：

"他人在何处？"

栗群回答：

"就在前面公路边。"

王清瀚立即从师部出发，向前面的公路走去。王清瀚见到周镐后，二人席地而坐。

周镐把昨天夜里孙良诚的表演说了一遍，接着说：

"上级决定，根据孙良诚一直拖延起义的表现，只能作投诚对待，投诚就该缴枪。咱们都是党员，就应该服从党的决定，顾全大局。希望你设法解决缴械的问题。"

周镐又把孙良诚写有"放下武器"的字条拿出来交给王清瀚看。王清瀚看过字条后坚定地说:

"我的这个师保证先交出武器。"

沉思片刻后王清瀚又说道:

"问题在于军部特务团多是孙良诚的亲信,很棘手!"

周镐忙说:

"不管天大的困难总得你去设法解决。"

王清瀚低着头猛抽着烟,大脑在高速运转,他知道由周镐来传字条,孙良诚却没有回来,这其中肯定有问题,无论是战死还是被俘,估计都免不了一死,而他现在既然已加入了共产党,那就跟他走,哪怕投诚后并没有得到优待。 心里又思忖,以共产党一贯工作作风,他带着一个师投诚不至于过分为难他……想了良久,突然王清瀚霍地站了起来说:

"就这样,一言为定,这事我来办,大不了上雨花台。(这是1948年前后,谢庆云和王清瀚经常挂在嘴边的词。)"

1927年以后,雨花台沦为国民党统治者屠杀共产党人和革命志士的刑场。

"大不了上雨花台"意思就是大不了最后被国民党杀死。 王清瀚师长真是一语成谶!

谢庆云、徐楚光、周镐、王清翰现在都上了雨花台,不过不是被国民党砍头,而是被人民永远地纪念。 他们是真正的英雄,他们作为秘密战线上的英雄被请进了雨花台烈士纪念馆。

如今的雨花台,已是一座以自然山林为依托,以红色旅游为主体,融自然风光和人文景观为一体的全国独具特色的纪念性风景名胜区。

馆内分别有谢庆云烈士、王清瀚烈士他们俩的遗像、遗书和遗物。

王清瀚师长当年的一句话，今天变成现实，谢庆云军长和王清瀚师长今天确实不仅上了"雨花台"，而且已在"雨花台"长住下来，愿那些为了人民的幸福牺牲自己生命的革命烈士们安息！

看着王清瀚抱着必死的决心，周镐也高兴地站了起来，握着王清瀚的手说：

"太好了，祝你成功！"

王清瀚回到一○七军军部，立即以孙良诚的名义召开全军团级以上军官会议，并向传令队长韩春华布置任务，命警卫人员严格控制会场，与会人员一律不许带短枪和卫兵入内。他首先请杜参谋长和军直属团团长到一个角落，先将孙良诚亲手写的手条给他们看，同时很严肃地说：

"军座人没有回来，却由其他人带回手令，这其中原因想必你们都能猜到，希望你们二位忠实地执行军座的命令！"

两个人看过手条后毫无表情地说：

"坚决执行命令。"

接着王清瀚把条子交给杜参谋长，请他在会上宣布，杜参谋长点头答应。

然后王清瀚在会上分析了战场态势：我军已被解放军二纵四、五、六师四面包围，兵力超过我方三倍；孙玉田部又失去联系，打下去必定全军覆没。然后他介绍了孙良诚和解放军谈判的情况。

最后杜参谋长宣读孙良诚"放下武器"的命令。

这样终于使孙良诚的一个军部、一个整编师，在淮海战役的前线缴械投诚，改编为解放军。由于王清瀚是潜伏在孙良诚部的特别共产党员，手中又握有一个师的兵权，所以在这关键时刻起到特殊的重大作用，顺利地解决了孙良诚部的缴械问题。这样就把徐楚光、谢庆云、周镐（按参加策反孙良诚部工作的先后的顺序）等人多年从事策反孙良诚的工作画了一个句号！

一○七军的投诚，使战略要地徐州的东南门户洞开，解放军进逼徐州，为侧击邱清泉与李弥兵团创造了良好条件。策反孙良诚，是围歼黄百韬兵团的重要部署之一。几天后，由于邱、李兵团不能全力援救黄伯韬，使黄伯韬兵团12万人在碾庄被解放军全歼。

1946年6月26日，国民党军队向中原解放区发起进攻，国共大规模内战全面爆发。1948年7月初，国共双方兵力的对比，已由战争爆发时的3.14∶1，变为1.3∶1。1948年8月，人民解放军东北野战军已控制了东北97％的土地和86％的人口。国民党军队有4个兵团14个军44个师（旅），加上地方保安团队共约55万人，但被分割、压缩在沈阳、长春、锦州三个互不相连的地区内。由于部分北宁铁路为人民解放军控制，长春、沈阳通向山海关内的陆上交通被切断，国民党补给全靠空运，物资供应匮乏。1948年9月，中共中央在西柏坡召开政治局扩大会议，决定抓住有利时机，与国民党进行战略决战，决战方向首先指向形势于己有利的东北。东北是全国唯一一个人民解放军军力超过国民党军队的地区，是当时中国重工业最发达的地区和最大的产粮区，也是侵华日军最早侵占的地区，因此中共中央军委把决战的第一个战场选在东北。这就是解放战争三大战役中的辽沈战役。从1948年9月12日至11月2日，历时52天，以我军全胜完美结束。辽沈战役我军胜利和敌军失败都是有原因的，国共双方最高统帅蒋介石和毛泽东几乎同时看到了锦州这步关键之棋，但蒋介石与他的东北将领们意见不一，从而举棋不定，贻误战机。后来蒋介石又犯下一个致命的战略错误，那就是不顾当时东北人民解放军力量增长的实际情况，固执地与解放军展开决战，终使几十万精锐之师在东北大地上灰飞烟灭。相比之下，毛泽东认为，先打锦州，封闭国民党部队逃出关外的道路是上上之策，锦州破后，攻打长春时，东北野战军指战员又加强了政治攻势，使国民党军队主动起义和投降，兵不血刃就拿下了长春，避免了伤亡。

辽沈战役胜利后，解放军并没有打难度最小的平津战役。而是绕开平津打淮海战役。解放战役中，三大战役打得荡气回肠，尤其是淮海战役，60万解放军对阵80万国民党军队却能全歼国民党军主力，堪称经典中的经典。

淮海战役，国民党方面称"徐蚌会战"，是解放战争时期中国人民解放军华东野战军、中原野战军在以徐州为中心，东起海州（连云港）、西至商丘，北起临城（今枣庄市薛城），南达淮河的广大地区，对国民党军队进行的战略性进攻战役。淮海战役于1948年11月6日开始，1949年1月10日结束，解放军消灭和改编国民党军5个兵团、22个军、56个师及1个绥靖区共55.5万人，解放军总共伤亡13.4万人，是解放军进行的一场牺牲最重、歼敌数量最多、政治影响最大、战争样式最复杂的战役。

陈毅在1951年2月11日会见苏联驻华大使尤金时，介绍淮海战役情况，概括说明了解放军决战胜利的原因：一是敌人错误判断，认为我们没有力量，不会集中兵力与他决战。二是在战役战术上分批分割歼敌，主要以近战夜战为主，发挥我们的长处。三是庞大深厚的民力支援，实际上成为500万对80万，充分发挥了人民战争的威力。四是战役过程很艰苦，好比钝刀切脖颈，难以一下把敌人歼灭，是靠战士勇敢献身的精神和天才的创造力来完成战略战役上的正确决策。五是发挥了政治攻势的作用，在战役中敌军有5个师起义，1个师投诚。在俘虏政策上，实行原则性与灵活性相结合，对敌人实行分化。

这其中的第五点"政治攻势的作用"，就有相当一部分地下工作者的默默奉献，与谢庆云、徐楚光等地下工作者的调停斡旋是分不开的，其中谢庆云从头至尾参与了孙良诚就地投诚的全过程，在关键时刻，默默为中国人民的解放事业贡献着自己的智慧、力量，甚至生命，减少了解放军的伤亡，大大缩短了战争的进程。

淮海战役的胜利，首先切断我国南北向的铁路线，阻止傅作义50万大军撤往江南。傅作义是个很能打仗的名将，一旦傅作义大军到了江南，将直接增加国民党的有生力量，负隅顽抗，给未来我军的渡江作战带来很大的难度。因此对于京津地区，首先要围而不打，给傅作义以心理压力，又不让他下南撤的决心；其次淮海战役的胜利，与辽沈战役形成南北夹击，将战略眼光放到全国的解放进程。其次，平津地区能不打则不打。北平是古都，天津则是当时中国北方最大的港口，工业城市，经济中心，和平解放北平是我们秘而不宣的目的。最后，淮海战役的胜利，使长江中下游以北的广大地区获得解放，直接威胁国民党首都南京，为解放军渡江作战奠定了基础。

第十一章
百变孙良诚再变策反刘汝明陷危

孙良诚投诚后,谢庆云不顾个人安危,又回到一○七军南京办事处,继续从事党的地下统战工作。

1948年12月初的一天深夜,谢庆云悄悄地把他的三个最小的孩子在熟睡中抱上了车子,夫人陈英也跟着钻起了小汽车,最后一个上来的是谢庆云,谢庆云轻轻吩咐司机开车,多年跟随首长开车的司机并不多问,他们养成的习惯就是多听少说更要少问。开到第一个四岔路口时,谢庆云终于开口了,"走宁沪线,直开。"还是没有说终点,司机接着开还是不问。

夫人陈英看着自己的丈夫也不敢多问，他们的工作个个都是军事机密，不能多问，家属也不行，除非丈夫自己说。夫人陈英心里也纳闷，1945年赵云祥在盐城起义成功，如果赵云祥一直留共产党那边，算是安全的，而丈夫谢庆云并没有走，却留下来；现在孙良诚也投诚了，王清翰也投诚了，为什么丈夫还不走？孙良诚、赵云祥、王清翰他们一个个就像园丁挖土豆一样，被一条一条地带走，只留下他一个人仍然坚守在岗位上，会不会目标太大？会不会有危险？她心里好担心，但是又不敢多问。特别今晚看见丈夫把自己和三个孩子带上了车，她的内心更加惴惴不安，预感到将要发生什么事，但是她一个妇道人家，嘴更不能快。夫妻二人多年在一起生活的习惯使她知道，丈夫的工作性质决定了他的每一句话、每一次行动都有可能是军事机密，所以她从来不敢多问，跟着他走就是了。

车子拐进上海的雅尔塔路一处楼房前，谢庆云叫司机停了下来，楼房里走出一妇人，一个男子，大家一起七手八脚地把孩子抱进了屋。谢庆云把一个当兵的叫到一边吩咐了几句，站在门口招呼自己的夫人陈英跟自己一道返回。

夫人陈英问道：

"孩子留下？不跟我们一起回去？"

谢庆云答道：

"她们暂时留下，等我们有时间了再来接她们。现在我们必须要回去了。"

夫妇俩临走前又看了三个孩子一眼，悲伤和担忧深深地写在脸上、刻在心里。战争时期父子、母子、夫妻分别太平常了，这平常里蕴藏着多少无奈，骨肉亲情任你是堂堂七尺男儿戎马生涯的将军，谁会在分离时不痛苦呢？不心酸呢？就是痛苦就是心酸也要忍着，并且还要反过来安慰比他们更需要安慰的妻子，他拉着妻子陈英的手说，"没事，这里是安全的，过一些日子我们就来接他们。"

妻子陈英满眼含泪，一步三回头跟着谢庆云上了军车，一路上夫妻俩都沉默着。 他们都知道,他们所说的安全不过是一种自我安慰罢了,朗朗大中国正处在新旧交替之中,没有一寸土地是安全的,可是这又能怎么样呢? 只要革命就会有牺牲,人人都惜命,革命何时能成功,没有一种不怕牺牲的精神就不配做革命者! 无论是看到熟睡中的孩子、还是含着眼泪的妻子,他都要忍着,因为他是男人,更因为他是军人,他心里除了装着自己的小家还要装着千千万万个大家,起码他的心里要装着那些跟着他出生入死的兄弟,他要对他们负责。

妻子陈英不能过多地打听丈夫的事,看着丈夫沉默又严肃的样子,实在不想因为家庭的事过多地烦他,她想好了,等过几天到南京以后安全了,她再折回来陪孩子,现在就留下来陪孩子,她又担心丈夫的安危。 两边她都放心不下。

这个她一生中唯一爱过的男人,自从跟了他的那一天起,他就是她生命的全部。 她知道这个男人内心的无奈,他是一个好丈夫好爸爸,跟随他这么多年,她跟他养育了一群儿女,若不是时局不稳,他不会丢下孩子的,因为一直以来他一直都能带给她和孩子安全和庇佑。所以只要丈夫不肯说她便不问,他不说自有他的道理。

就这样谢庆云安排好三个最小的孩子又回到了南京,风雨飘摇中的中国,风雨飘摇中的南京,动荡不安的军营,等待他个人的将是什么样的命运呢?

孙良诚部投诚后,国民党派在该部的大小特务冒充一般低层军官混入被俘官佐队伍中,当作自愿回家处理而逃过了惩处。 例如,特派战地视察官(少将)武之就更名为吴仲芳,冒充军部政工处少校科员而溜回南京(解放后被捕,1975 年 3 月特赦后释放)。 乱世之中,有人能守得住嘴,不乱说以保全自己的平安;有的则不然,上窜下跳,以便在乱世中牟取更多的利益,这些军官中有的知道一些上层的秘密,人多口杂,难免不泄露消息,其中军需处处长王宝青(军统特务)、军械处处长安固本(中统特务)等几十人逃至徐州,借用邱清泉的电台联名给国民党国防部打电报:"谢庆云私通共产党,策动部队投共,望迅速逮捕。"

谢庆云的处境十分危险。

其实谢庆云也意识到自己的危险，因为毕竟自己动作太大太多，总在河边走没有不湿脚的道理，任你如何的小心如何的谨慎，也是没用的，更何况国民党内部一向特务、汉奸遍布，在背后打小报告不是没有可能的。可是他现在做的工作换成别人来做更危险，因为毕竟他在国民党内部多年，又有一〇七军副军长的职位做掩护，而且他在军中的弟兄众多，他不是心存侥幸，而是不顾个人安危，他在用自己的生命为党为人民争取更多的胜利。而且他也想好了，只要他把妻儿安顿好了，就他一个就算是牺牲，他也不怕，再危险的工作也得有人做，因为他身上背负着新的使命。革命人不怕艰险不畏牺牲，那时候的谢庆云和王清瀚经常挂在嘴边的一句话就是："大不了上雨花台！"

1948年12月，淮海战役进入最后阶段。谢庆云、周镐、王清瀚等对战役的节节胜利，感到格外兴奋。为了夺取全国胜利，他们向党组织建议，通过孙良诚再做国民党第一绥靖区司令刘汝明的策反工作。中共华东分局和华东野战军敌工部经过慎重研究，批准了他们的策反计划。

之后，周镐、王清瀚便找孙良诚商议做刘汝明的策反工作。他们对孙良诚的为人还是缺乏深入的了解，孙良诚虽然表面上已经投诚了，但是对国民党的侥幸心理还没有完全死透，时时刻刻准备死灰复燃。

王清瀚是个直性子，他开口先说：

"军座，我们现在既然是共产党的人，我们就得维护共产党的利益，我们就得和共产党一条心。现在上级要求我们去争取刘汝明司令，如果我们能拉得过来刘司令，这样我们在共产党的阵营也能多一个帮手，不知军座意下如何？"

王清瀚认为这样劝说孙良诚势必能和孙良诚同心共想，其实孙良诚内心的盘算是不会对任何人流露的，毕竟他也是国民党的高级将领,在战场上出生入死很多年,不对下司流露自己的情感这一点很重要,这可是带兵之人共同的驭人之术。孙良诚看着王清瀚,内心对王清瀚背叛自己的余恨并没有消除,但是他表面上并没有发作,一向狡诈的孙良诚开始一愣,他内心还在盘算怎样通过刘汝明回到国民党阵营,怎么可能把刘汝明拉到这边来。他本想说"这根本不可能",可是话到嘴边又变成了:"不妨试一下,不妨试一下,完全可以。"

这个小小的动作,先是"一愣",然后又点头应允,这其中孙良诚经历了漫长的心路历程,他由等待时机的焦灼到突然看到变异的亮光,可是王清瀚这个跟随其多年的老部下,并不知道他的上司跟他已经不是什么党派之争,而是演变成要去留其首级的残酷杀戮。

王清瀚与周镐对此浑然不知,一条毒蛇正在黑暗中朝王清瀚、周镐还有身在南京的谢庆云缓缓地游过来……

11月19日,周镐受命通过孙良诚策反国民党第八兵团司令刘汝明的任务。

表面上应承下来的孙良诚,内心盘算着如何利用这次机会回到国民党阵营,因为他觉得答应周镐和王清瀚的请求策反刘汝明恰好可以给他提供一个可以跟刘汝明光明正大取得交通联系的机会。孙良诚要求由自己的副官尹燕(严)俊担任他与刘汝明之间的交通联络员。王清瀚与周镐觉得不妥,因为上一次在孙良诚"放下武器"的那一次,孙良诚就意欲通过尹燕俊传两条信息,字条上传一条,口头上另传一条,幸好周镐和王清瀚发现及时才没有酿成大错,所以这一次他们没有满口答应。可孙良诚装着诚恳地说,只有他的亲信尹燕俊给刘汝明送信,刘汝明才可能相信,派别人去没用,刘汝明肯定不相信。出于对孙良诚的信任,同时周镐与王清瀚也觉得孙良诚说的话在理,只是他们两人提出了一个要求,孙良诚写给刘汝明的信要给王清瀚与周镐过目。孙良诚一口答应了下来,说:

"这个没问题。"

孙良诚是谁?国民党的高级军官,也是久经战场的人,一点点的机会他也会把它利用到极致。孙良诚在内心里略一沉吟,这个条件好办。

这样孙良诚开始提笔给刘汝明写信,信写好了,孙良诚装作虔诚的样子,第一时间把信给周镐和王清瀚过目。周镐和王清瀚看完信以后,觉得写得言辞恳切、情真义浓。这样至12月25日期间,经周镐、王清瀚的面许,孙良诚先后两次派尹燕俊到刘汝明部送信并联系工作。孙良诚伪装工作做得太好了,他表面上用自己的名义给刘汝明写劝降信,背地里却要自己的亲信尹燕俊传话给刘汝明,明修栈道,暗渡陈仓,搞得还是那一套,周镐和王清瀚大意了,大意最会失荆州。孙良诚解释说不是他的亲信给刘汝明送信,刘汝明是不会相信的,其实不是他的亲信谁给他安全地捎话呢?谁给他捎话他能信得过呢?王清瀚和周镐当时认为他这个理由靠得住,并没有起疑心,而且每次孙良诚写好了信,交周镐、王清瀚过目也是没有问题的。有问题的话装在尹燕俊的大脑里呢,王清翰与周镐如何检查?

可见问题并不出在信上,而出在送信的人尹燕俊身上!每次待周镐、王清瀚等看完信走后,孙良诚对尹燕俊说:"向刘司令当面交代,信是被迫写的,不足为证。希望刘司令念及多年交情,帮助孙某脱离危险,立功赎罪,效忠党国。"

这句话装在尹燕俊的脑袋里,就是有十个人看信也看不出破绽来。人心没法读,孙良诚就这样出卖了跟他多少年出生入死的兄弟,不管有多大的矛盾,也不至于要了弟兄们的命,那些人的命可是真正换过你的命。党派之争最后演变成生死杀戮。

12月下旬,尹燕俊到蚌埠绥靖区司令部后,按照孙良诚的意思向刘汝明做了汇报,并密谋了假起义、真诱捕的详细计划。

孙良诚在暗处准备对王清瀚、周镐实行诱捕,并且说成这是他深入共产党归来后献给蒋介石的礼物。

刘汝明和孙良诚通过尹燕俊这么来来回回地传话,商量好了,一面令尹燕俊携带"同意起义,需孙良诚、周镐、王清瀚亲来蚌埠面议"

的假投降信返回淮北，一面立即电告南京国民党当局，建议马上逮捕正在一〇七军驻南京办事处的谢庆云。

危险离他们三个人越来越近……可怕的是他们三个人浑然不觉，因为他们三个人都过分相信孙良诚了，在孙良诚的人生字典里，只有自己，没有其他，什么战斗友谊，什么兄弟情深都要为自己的私利让路。

尹燕俊回到六分区后，先暗中向孙良诚做了汇报，再将刘汝明的回信交给周镐、王清瀚。周镐、王清瀚详细询问了情况，未发现有诈，决定冒险亲自赴蚌埠绥靖区司令部。

淮海战役后，谢庆云的处境十分危险，先是国民党内部逃路军官告密，现在孙良诚又通过尹燕俊传递信息，将谢庆云参与策反部队起义之事向刘汝明告密。周镐、王清瀚、谢庆云他们对此都毫不知情。孙良诚对国民党蒋介石仍抱有的幻想，终将是一场"幻想"，他明面上答应策反刘汝明（原西北军冯玉祥部下，孙良诚的拜把兄弟），暗中却企图通过策反刘汝明反水回到国民党部队，也是不可能的。一个人不要总是一变再变，到最后谁都不会相信你。国民党也不是傻子。所以他企图通过出卖弟兄们重新换得蒋介石的信任也只是他一个人的"幻想"罢了。一个人的一生难免会犯错误，一次两次改变信仰我们可以认为你是没有认清方向，在黑暗中摸索以至于找错了门，可是一个人如果一变再变三变，真的就不是能力问题了，而是人格问题。没有人格的人与谁共舞，都将是谁的灾难。

其实从这一点也可以看见孙良诚的愚蠢。你刚刚叛变了蒋介石，现在又要回去，蒋介石怎会原谅你？

12月28日，周镐、王清瀚与孙良诚、尹燕俊等十余人到达淮河附近的一个村子里，并与驻村解放军一起欢欢喜喜地过了新年。孙良诚隐藏得太深了，他骗过了周镐、王清瀚等。

1949年1月3日，尹燕俊又过河与刘汝明"联系"。4日，尹燕俊返回，并带来刘汝明的一个"代表"。

5日,周镐、王清瀚与孙良诚、尹燕俊、高发起(王清瀚师部骑兵排长、谢庆云的外甥)、刘彦锡(王清瀚的勤务兵)、朱亚夫、王培功及刘汝明的代表共九人过了淮河,随后派高发起去南京,通知谢庆云尽快赶来蚌埠刘汝明司令部,一同促使刘汝明起义。

周镐等过河后,被刘汝明部特务团长、刘汝明之子刘铁军带人"接到"团部。

一迈进团部大门,刘铁军冷笑一下,与孙良诚耳语了几句后,便转身说:

"来人,将这几个共匪拿下!"

周镐、王清瀚等人发现上当了,急忙掏枪,但为时已晚,涌上来的几十个卫兵,将他们立即捆绑起来。

当天晚上,周镐、王清瀚等在刘铁军的"护送"下上了火车,当夜到达蚌埠,再换乘火车去南京。

火车开动不久,王清瀚、刘彦锡先后跳下火车,准备逃走,但被两个卫兵发觉,又被抓回车上。 次日到达南京后,周镐、王清瀚等人被保密局特务看管起来。

就在此时,谢庆云甚至接到通知"尽快赶来蚌埠刘汝明司令部,一同促使刘汝明起义"。 还没得及启程,危险已经靠近他了。

就在12月28日前后,国民党一〇七军驻南京办事处附近,突然出现了国民党保密局的几个特务,谢庆云立即意识到事情不妙,策反可能败露了。

机警多敏的他深深地知道危险来临了,他稳了稳心神,筹划着下一步如何走。 略一思忖,他想越是这样越不能慌了手脚,越要沉着冷静。 他第一个想到的不是自己的生命安全,也不是他自己的财产安全,他什么东西都不打算带走,他要烧掉一切证据,他要毁掉一切名单,一个都不能落在敌人手里,这样的话,哪怕他自己被捕了,起码可以切断国民党顺藤搜捕,这样可以确保其他弟兄的安全。 而国民党查无证据,到时也必须放他。 想到这儿,他腾地一下站了起来,立即动手烧掉有关文件和书信,他让手下副官拿来一盆水,一边烧一边用水灭,不能起烟,这会引起特务的注意。 就这样谢庆云在这间屋里走走,那间屋里走走,这儿翻一翻,那儿看一看,把能销毁的一切都销毁了,他长舒了一口气,才想到自己。 是的,他要考虑一下自己的去留了,显然自己已经暴露在敌人的视线里了。 白天走那是不可能的,只有夜里走。 白天他当作没事人一样,照样进进出出地忙乎。

12月28日谢庆云决定在夜里趁天黑离开南京。 当晚11时,在谢庆云即将动身之际,早已在此监视良久的十几个特务破门而入。

"放肆! 谁让你们闯进来的?"

谢庆云低低地有力地说道,一个革命者在生死关头置生死度外的沉着冷静彰显了共产党人无畏牺牲的精神。

"对不起,谢军长,我们也是执行公务,请您不要为难小的们,我们也不想这样,谢军长,得罪了! 请跟我们走一趟吧。"

那个小特务露出不堪的谄笑,试图伸手来抓谢庆云。

"不要动,我自己会走。"

谢庆云奋力甩掉特务拉他的手和胳膊。 谢庆云知道走不掉了,不逃了,不反抗了,沉着地嘱咐了家人和部下几句之后,就跟着特务走了。

谢庆云走后,敌人还不甘心,留下特务继续监视达7天之久,见别无收获才悻悻离去。

特务们哪里会知道,谢军长在临走之前跟家人和部下的道别里,已经让他们迅速地传递消息了。 只要不是一个不留,只要有一个活着的,共产党人就有办法将消息递出去,就会让国民党的杀戮到此为止。

周镐、王清瀚、谢庆云等被捕后,中共南京市与上海市秘密党组织及他们的亲属多方营救,但未能奏效。 因为当时正在风头上,气急败坏的国民党企图从他们的嘴里得到更多的情报。

"谢庆云,你知道你犯下的滔天大罪吗? 你背叛党国,现在给你一个赎罪的机会,你交待出两个共产党,我们就饶你不死。"

"无可奉告。我堂堂一个国民党军军长,你们说抓就抓,你们真是无法无天了,也给你们一个赎罪的机会,赶快把我放了,不然后果不堪设想。"谢庆云冷冷地说。

"还敢嘴硬。用刑。"

敌人用带刺的鞭子抽在谢庆云的身上,满身都是血筋暴了起来……谢庆云什么都没说;敌人又端来辣椒水,倒进谢庆云的嘴里,泼在他满是伤痕的身上……谢庆云还是什么都没说,施尽酷刑的敌人,从谢庆云嘴里终无所获。

敌人看硬的不行,又来软的。

"谢军长,我们聊聊吧。如果你能交出几个共产党,委座说了,既往不咎,你仍然可以回到党国的怀抱。"

谢庆云认真地一字一句地说:

"我真的没有什么可交待的,你们不能让我乱说吧。"

敌人知道从谢庆云嘴里是问不出来什么的,就暂时不再理他,把他搁置一边,饿着他。

在谢庆云之前被捕的周镐和王清瀚也是受尽了敌人的酷刑。

在周镐没有和孙良诚一起去刘汝明部之前,刘汝明已将周镐前来策反一事上报给了蒋介石和徐州剿共总司令刘峙。周镐已有四次入狱的记录,不过每次都很幸运,都没有被敌人抓到确凿的证据,最后都无罪开释。就在周镐第四次无罪开释后,蒋介石与毛人凤在得知周镐去了解放区后,曾派人沿途搜捕未果,现在居然送上门来了。

这是周镐第五次入狱、第二次被关进南京宁海路19号的保密局看守所。周镐知道这次他不可能再走出这个牢房了。所以不管敌人用什么样的招数,他都咬紧牙关一个字都不吐。一个共产党人最后的操守令人敬佩。

上文提到王清瀚在被捕后曾设法跳车逃生,但未能成功这一细节。情况是这样的,火车从蚌埠到南京,在浦镇停下来时,王清翰给勤务兵刘彦锡使了个眼色,然后飞快地向车门走去,说"我去方便一下",说着王清翰就跳下了火车,刘彦锡也跳起来,紧跟着也奔下了火车。 如果当时不是王清瀚想带着勤务兵刘彦锡一起走,而是一个人静静地不出声,悄悄跳下去,可能成功的几率会大一点,因为毕竟两个人的目标太大了。 可王清瀚不想丢下跟他多年的副官,目标太大立刻被敌人发现,士兵追了上来,举起手枪说:"再跑我就打死你们。"于是他们只好又回去。 两人被押到南京后,王清瀚被带走了,刘彦锡回到办事处。3天后,有人通知刘彦锡,王清瀚已被软禁。 只能让勤务兵从袜子里带出纸条,嘱咐妻儿去北平。

1949年2月初,大年初五那天,狱里摆了一桌丰盛的"送行饭",王清瀚和刘彦锡都感到凶多吉少。 当晚,王清瀚写了条子让刘彦锡藏在袜子里,嘱咐他带给不满十九岁大的儿子王守谟,上面写着"速与你母回北平"。 第二天,王清瀚就被带走了。 看守对刘彦锡说:"你走吧,王师长不需要你了。"

谢庆云、周镐、王清瀚等人被捕后,孙良诚由蚌埠来到南京向蒋介石请罪、请功,蒋介石恼恨他的"变来变去",将他投入监狱,但很快又将他释放。 1949年4月,孙良诚从无锡来到上海,住到小老婆处。 宁、沪解放后,周镐烈士的遗孀一直追寻孙良诚的下落。 苍天不负有心人,她最终找到了孙良诚,并向军管会告发,孙良诚被捕入狱。孙良诚后被押送到山东战犯管理所服刑,1952年3月病死狱中,终年五十九岁。

与人民为敌的人终于接受了人民的审判,孙良诚输在人品与人格上,一个人一次两次摇摆不定,可以说成是没有看清前途方向,是能力问题;一个人总是摇摆不定真的就不是能力问题而是性格问题,而性格这东西多少是带着胎记的,是无法改变的,起码说是很难改变的。 他的摇摆不定不仅害了自己,同时也害了跟随他多年出生入死的兄弟。 谢庆云、王清瀚等都是跟他多年的弟兄,如果不是他最后摇摆不定,怎么可能被国民党抓去? 其实谢庆云、王清翰他们劝他投诚也是对他的一种忠诚，绝对是为他好，那时候不投诚根本没有出路，死路一条，给国民党当炮灰，难道蒋介石会把你孙良诚带到台湾去吗？根本不可能，所以放下武器走到人民的阵营中，这是他唯一的选择，他竟然还敢讨价还价，党和人民对他已经十分宽容。

第十二章
人民不忘爱国士
革命烈士永不朽

谢庆云是 1948 年 12 月 25 日夜,在南京市云南路西桥 7 号——一〇七军驻南京办事处被国民党保密局逮捕的。

此时,与孙良诚投诚相隔已达 43 天之久。谢庆云被捕前,曾于 12 月初将他的三个最小的孩子悄悄送到上海雅尔培路一处楼房里躲藏起来,这说明他已经知道危险正一步一步向他袭来。把孩子安顿好了,谢庆云自己完全可以到解放区,这样他的生命就安全了,可他并没有离开南京,这到底为了什么?至今没有人知道。

回想1945年，赵云祥一个军在盐城起义，作为副军长，又是策反者之一的谢庆云，随军起义成功后，理所当然地可以要求离开国民党军营，离开危险区，回到安全区，可他没有；后来他又策反了王清瀚起义、孙良诚投诚，这些都获得了成功，任务都已完成，可他仍潜伏在国民党军队中，冒着生命的危险继续做策反工作，他完全可以选择离开国民党军队，回到解放区；最后到底因为策反刘汝明被捕，这就是隐蔽（地下）工作的特点，无论你做了多少事，无论你冒着多大的生命危险，无论你曾遇到过多少艰难险阻，可是都没有人知道，其中细节更是无人知晓，因为你从来不能跟别人说，说出去还叫什么秘密战线呢？无论你受了多少委屈都无人替你伸张正义，不是没有正义之人，而是你的工作性质就是不让人知晓，多么可爱的人，多么值得尊敬的人。因为当你们第一天加入到秘密战线中来，就已经知道了自己的结局，就知道前方将有很多委屈和危险在等着你们，可你们仍还是义无反顾地加入了，这是真正的英雄和英雄主义，不是为了个人成名，而是为了革命事业的成功。

最后谢庆云被秘密地装进了麻袋，抛入黄浦江中。王清瀚、周镐也先后遇害。

可是谁不留恋生命呢？谁不想念妻儿呢？谁又没有父母呢？

隐蔽战线的特点就是不该说的不说，不该问的不问，不该交往的朋友不能交，那么我请问有谁知道你的伟大？你的不平凡？你的所有牺牲？最直接的一个问题就是你遇难了，除了家人有谁会知道你遇难了呢？不是社会冷漠，不是朋友无情，而是别人根本不知道你遇难了，这给营救工作带来了困难。

谢庆云被捕后杳无消息。妻儿又都被他转移到其他地方了，即使不转移又能怎样呢？妇女儿童本来就跟社会接触得少，她们除了傻傻地等着谢庆云归来，又能想到其他什么办法呢？

1949年2月1日，谢庆云从狱中送出两张小纸条和血衣（裤），纸条上这样写道：

在押之人犯均在办理结束时期,如有保,均可开释……

　　可是家人都已被他转移了,一时难以找到家人,于是他又给他的三位好友写了一封信,信中这样写道:

　　卓超、耀宸、瑞竹诸兄:

　　一、在沪押之人犯均在办理结束时期,如有保均可开释,现余人甚少,惟弟现无人给办找保并托人来申请。

　　二、请耀宸弟在警备司令部托人办理,能托陈司令更好。请卓超兄□时在□设法恳托友人设法保释。

　　三、请瑞竹弟至南京面恳□光□少,在司令部向顾总长申请[此处残损]毛局长均可(归毛主管)。

　　四、接信后烦交送人金(元)券拾万元,倘当时寻不到内子,请瑞竹弟或卓超兄暂将此垫付,次日再由内子奉还。

　　五、我现南京市车站路190号交备总队内看守所五号房内,所长姓姜,副所长姓曹,请耀宸托陈司令保最好或托警备部的高级人均可,再加人事的接洽,定可保出成功。

　　六、食住尚可(缺肉菜,并耀宸设法托人相送可也)。

庆云谨托二、一

　　最后这位秘密战线上的英雄向他的三位好友发出求救的信号,请他们帮助保释。奚德民与田连熙两位副官接到纸条后多方奔跑,终于托到特务科一个叫梁耕三的特务进行疏通。梁耕三一开口要200两黄金(十六两制),再三求情也不肯减少。因数量太大没能立即兑付。国民党特务只认钱不认人,求情也没有用,只有回家筹钱。可是在那样的年代,家家饭都吃不饱,哪能拿得出这么多钱! 而且是一次拿出200两黄金!

　　奚德民与田连熙两位副官见和特务无法沟通,自己家里又拿不出来这么多钱,只能到处借钱,那样的年代谁家有闲钱借人呢? 等过了

几天,他们俩再去找梁耕三商量时,梁耕三说:

"人已被装入麻袋投入黄浦江,再凑够钱也没法办了。"

就这样一位秘密战线的革命者又秘密地消失了……来是一个秘密,去也是一个秘密,人是一个秘密,工作是一个秘密,死亡同样是一个秘密……

20世纪70年代北京市公安局为了落实政策,经多方调查:了解到谢庆云被捕后,坚贞不屈,敌人什么都没有得到。当时有关党组织千方百计尽力营救,终无结果。对于谢庆云的牺牲日期、地点和过程,众说纷纭无法做出结论。他的小女儿每念至此,就记起十岁那年父亲教她背诵《吊古战场文》中的"无贵无贱,同为枯骨"。父亲这种大无畏的牺牲精神和对未来身世的预感,深深地感染了她的情绪,心中说不清是什么滋味。

将近三十年后,北京市革命委员会于1977年追认谢庆云同志为革命烈士。并优恤他的夫人陈英!使她在精神上有一个愉快的晚年。1988年南京雨花台革命烈士纪念馆新馆隆重开馆。纪念馆内设有谢庆云烈士事迹遗物陈列室,室内陈列有1928年冯玉祥将军赠给他的一双象牙筷子,1929年吉鸿昌将军送给他的地毯……

走进南京雨花台革命烈士纪念馆第八展厅,首先映入人们眼帘的是几幅威严冷静的烈士遗像。他们是在淮海战役中策反国民党军孙良诚和刘汝明未成而被国民党反动派杀害的周镐、王清瀚、谢庆云三位烈士。烈士遗像旁的注文写道:"1949年南京解放前夕,国民党反动派杀害了中共中央华东局六工委周镐、王清瀚、谢庆云和祝元福同志。周镐、王清瀚、谢庆云三同志牺牲前的公开身份均为国民党军队中高级将领。他们在淮海战役中策动国民党军队起义,因事泄不幸被捕,光荣牺牲。他们为瓦解国民党军队,为淮海战役的胜利做出了贡献。"

很多年前,谢庆云和王清瀚不惧牺牲,为党为人民甘愿献出自己的生命,他们经常挂在嘴边的一句话就是:

"大不了上雨花台!"

很多年后发现不仅仅是一语成谶，更是一语永恒！

因为当年他们所说的"上雨花台"意味着牺牲，而今天能上雨花台的都是人民的英雄，很多年前的雨花台和今天的雨花台是两重天，国民党的雨花台是屠杀革命志士的场所，今天的雨花台是人民纪念英雄的圣地。

后 记

谢庆云同志是中共秘密战线上的杰出代表,他与徐楚光、周镐、赵云祥、王清瀚被誉为五位当代的"徐则臣"。由于秘密战线工作性质决定,同时也因为谢庆云同志一生性格比较低调沉稳,当然还由于其他诸多原因,在他牺牲后的数十年中,他那传奇般的一生却鲜为人知。近些年来,有关他的生平事迹的文章在报纸杂志中偶有披露。作为享受革命成果的后辈人,我觉得将谢庆云烈士的一生介绍给广大读者,上可告慰烈士在天之灵,下可略表后生哀思之情。因此,经过整整两年的准备和思考,眼前这本《燃烧的云:谢庆云烈士传》问世了。

本书在写作过程中,得到山东省巨野县委外宣办杨祯、县党史办谢经灿两位同志的大力支持,他们给我提供了许多补充资料,在此谨向他们表示诚挚的谢意,对支持该书撰写的有关朋友同事,在此也一并表示感谢。

最后要特别感谢江苏省作协的领导,没有他们的支持,这本书不可能这么快地与广大读者见面,感激之情不足言表。

限于水平和学识,错误和遗漏之处在所难免,敬请专家、读者指正。

作 者

雨花忠魂·雨花英烈系列纪实文学

《流火：邓中夏烈士传》　　　　　　　　龚　正 著
《落英祭：恽代英烈士传》　　　　徐良文 于扬子 著
《去留肝胆：朱克靖烈士传》　　　　　　王成章 著
《夜行者：毛福轩烈士传》　　　　　　　周荣池 著
《残酷的美丽：冷少农烈士传》　　　　　薛友津 著
《爱莲说：何宝珍烈士传》　　　　　　　张文宝 著
《飙风铁骨：顾衡烈士传》　　　　　　　邹　雷 著
《碧血雨花飞：郭纲琳烈士传》　　　　　张晓惠 著
《"民抗"司令：任天石烈士传》　　　　　刘仁前 著
《青春永铸：晓庄十烈士传》　　　　　　蒋　琏 著

《文心涅槃：谢文锦烈士传》　　　　　　周新天 著
《丹心如虹：谭寿林烈士传》　　　　　　刘仁前 著
《云间有颗启明星：侯绍裘烈士传》　　　唐金波 著
《风向与信仰：金佛庄烈士传》　　　　　李新勇 著
《栽种一棵碧桃：施滉烈士传》　　　　　将亚林 著
《雄关漫道：陈原道烈士传》　　　　　　杨洪军 著
《忠贞：吕惠生烈士传》　　　　　　　　辛　易 著
《红骨：黄励烈士传》　　　　　　　　　雪　静 著
《热血荐轩辕：李耘生烈士传》　　　　　张晓惠 著
《世纪守望：徐楚光烈士传》　　　　　　李洁冰 著

《以身殉志：邓演达烈士传》　　　　　　　王成章 著
《逐潮竞川：孙津川烈士传》　　　　　　　肖振才 著
《生命的荣光：朱务平烈士传》　　　　　　吴万群 著
《信仰无价：许包野烈士传》　　　　　　　裔兆宏 著
《金子：杨峻德烈士传》　　　　　　　　　蒋亚林 著
《血花红染胜男儿：张应春烈士传》　　　　李建军 著
《青春祭：邓振询烈士传》　　　　　　　　吴光辉 著
《任凭风吹雨打：罗登贤烈士传》　　　　　龚　正 著
《红灯永远照亮中国：吴振鹏烈士传》　　　曹峰峻 著
《青春的瑰丽：陈理真烈士传》　　　　　　薛友津 著
《长淮火种：赵连轩烈士传》　　　　　　　王清平 著
《青春绝唱：贺瑞麟烈士传》　　　　　　　刘剑波 著
《逐梦者：刘亚生烈士传》　　　　　　　　李洁冰 著
《抱璞泣血：石璞烈士传》　　　　　　　　杨洪军 著
《新生：成贻宾烈士传》　　　　　　　　　周荣池 著

《血色梅花：陈君起烈士传》　　　　　　　杜怀超 著
《文锋剑气耀苍穹：洪灵菲烈士传》　　　　张晓惠 著
《红云漫天：蒋云烈士传》　　　　　　　　徐向林 著
《在崖上：王崇典烈士传》　　　　　　　　蒋亚林 著
《生死赴硝烟：夏雨初烈士传》　　　　　　吴万群 著
《八月桂花遍地开：黄瑞生烈士传》　　　　辛　易 著
《英雄史诗：袁国平烈士传》　　　　　　　浦玉生 著
《青春风骨：高文华烈士传》　　　　　　　吴光辉 著
《魂系漕河四月奇：汪裕先烈士传》　　　　赵永生 著
《犹有花枝俏：白丁香烈士传》　　　　　　孙骏毅 著

《麟出云间：姜辉麟烈士传》　　　　　　　杨绵发 著
《燃烧的云：谢庆云烈士传》　　　　　　　晁如波 著